刺客信条

(美)克里斯蒂·高登 等著

吴培希 译

新 星 出 版 社　NEW STAR PRESS

数个世纪以来，圣殿骑士团一直在搜寻着神秘的伊甸苹果。

他们认为它所包含的不仅仅是人类第一次反抗强权的种子，更是自由意志的关键所在。

如果他们能找到这个神器、并解开它的秘密，他们就能够获得控制全部人类思想的力量。

而阻挡着他们的只有一个兄弟会组织，其名为刺客……

序章

安达卢西亚，西班牙
1491 年

天空是金色的火焰，镀满它所触及的一切——崎岖山脉的岩石表面、在其下方延展开的城市、以及摩尔人城寨上方琉璃瓦制的屋顶；而在那里的敞开庭院中，它们的火焰也熊熊燃烧着。

一只雄鹰在猎猎劲风中翱翔着，趁着那片金色还未被渐渐浸没的夜幕所带来的寒冷淡紫色所取代之前，一路飞向夜晚的归宿。在它的下方，那些人忙于看守熔炉、锻造剑刃。无论是鹰、强风还是天空都不能引起他们的任何注意。

他们的面容被阴影所包裹着，被他们工作时所穿戴的兜帽所遮蔽；他们打磨着钢铸的刀剑，用熔化的金属浇筑成新的兵刃，用钢锤将炽红的金属锻打至顺服的灰色。没有人说话。打破沉默的只有他们作业时的刮擦、击打声。

在这巨大的城塞入口外站着一个人影。他的个子高大，身形挺拔，肌肉虬结，既阴郁又焦躁。尽管他同其他人一样穿戴着兜帽，他却不是他们中的真正一员。

还不是。

毋庸置疑，它存在于他的血液之中。他的父母就曾隶属于这个他将会立誓以死守护的兄弟会。在他还仅仅是个孩子时，他的父母就教会了他如何战斗，如何藏匿，如何跳跃、攀爬。所有这些都是假借着玩耍冒险的名义进行的。

那时他还太年幼、太不经事，无法理解自己所学的这些课程背后隐藏着怎样残酷的真相。后来，等他长大了一些，他的父母才向他说明自己是谁、为何而效命。他并非自己命运的主人——他为这个想法而不快，并曾经抗拒、不愿追随他们的脚步。

而他们都为此付出了代价。

那个敌人嗅出了他们的踪迹。

它观察了他们的行动、他们的习惯。这个古老的宿敌，如同捕猎者一般将他的父母驱离了群落，驱离了他们的兄弟和姐妹，然后以压倒性的人数袭击了他们。

然后这个古老的敌人杀死了他们。

并非利落的死亡，并非怀有尊严的死亡，并非经由一场公正的战斗而带来的死亡。噢不，绝非如此。这个敌人绝不会如此。这个敌人将他们用锁链捆绑在火刑柱上。他们的脚下堆了木柴，柴堆上——以及他身上——被浇上了油。他们被点燃，伴随着人群为这可怕的盛景所发出的欢呼。

他们被抓走时他并不在场。他曾想过——并且现在、当他将身体重量从一只脚换到另一只脚时，他仍在想着——如果他当时在那里，他能够扭转局面吗？那些当时来得太晚的兄弟会成员们向他保证说，不，他不能。没有受过训练是做不到的。

凶手们没有任何想要掩盖自己所作所为的企图，他们甚至还为抓住了"异教徒"而大吹大擂。领导那场袭击的人名叫欧哈达，身材高大，胸膛宽阔，眼神冰冷，而内心比眼神更冰冷。当托马斯·德·托尔克马达神父宣判阿吉拉尔的家人，随后烧死了他们的时候，欧哈达就站在这个怪物的身边。

要救他们已经太晚了。但要拯救他自己还不算迟。

一开始，兄弟会拒绝了他，他们怀疑他的动机。但玛丽亚从他身上看见了复仇的渴望之外的东西。她打破了他粗暴的哀恸以及那本能的、冲动的愤怒，触及了置身其中的那个人——比起向杀死自己全家的人进行复仇，那个人的眼光还能够看得更远。

那个人知道，在这个世界上，还有东西比他所爱的事物更重要——那就是信条。有些东西将会比他们存在得更长久，将会被传递给未来的世代。

传递给刺客的孩子们——像过去的他那样的人。

因而，他接受了训练。其中一些很简单——他因此为他的父母祈福，感激他们带他进行的那些"玩耍"。另一些比较困难，当他动作太慢、太漫不经心或仅仅是太过疲累的时候，他便会收获伤疤引以为证。

他学习了自己家族的历史，以及驱使他们行事的勇气——在那些外人看来，在那些心跳并不会像兄弟会成员那般加速的人看来，这些行为肯定就如疯狂的鲁莽。

而自始至终，玛丽亚都在这里。

她的笑容明亮，而挥舞的刀光比笑容更明亮。当他颓唐时，她毫不留情地催促他；在他成功时，则褒奖他。而现在，她正在里面，帮助准备进行这场典礼。这场将会让他到达那些被杀的家人期望他所在的位置上的典礼。

当几个戴着兜帽的人影出现在门前时,他停下了自己的沉思。他们举手示意他跟上。他沉默地遵从了,心跳因期待加速,但随着他拾级而下、步入开阔地带,又逐渐沉静下来。吟诵的声音进入了他的耳中:"Laa shay'a waqi'un moutlaq bale koulon moumkine(万物皆虚,万事皆允)。"

在中央的一座矩形台面前,其他戴兜帽的人松散地围成一圈。一端,站着一位新入会者所熟悉的人:本尼迪克特,他的导师。本尼迪克特训练了他,并和他并肩作战。本尼迪克特是个和善的人,从不吝于笑容和赞赏,但桌上的烛光和灯台上的火把晃动的光芒,照出的脸庞近来已欣悦不再。

正是本尼迪克特与玛丽亚一起,向这个失落的年轻人伸出了援手。他并没有假装自己可以取代这个失魂落魄的儿子被夺走的父亲,但他尽了自己所能。他受到在场所有人的尊敬——包括这个新入会者。

当他开口时,他的声音强而有力,他的话是对在场所有人说的。

"异端审判所终于将西班牙交到了圣殿骑士手中。苏丹·穆罕默德和他的人仍然坚守在格拉纳达。但如果他的儿子,王储本人被抓住,他将会交出那座城市,以及伊甸苹果。"

那些布满刺青、多数还印刻着疤痕的脸上保持着不动声色的表情,但阿吉拉尔能够感觉到房间里的气氛因这个消息而变得紧绷。本尼迪克特看着他们,似乎满意于自己的所见。

他阴暗的注视最终落在了新入会者的身上。是时候了。

"阿吉拉尔·德·奈尔哈,你是否发誓,在我们兄弟会的荣誉之下为自由而战斗？你是否将保护人类不受圣殿骑士的暴虐侵害，并守卫自由意志的存在？"

阿吉拉尔毫无迟疑地回答："我发誓。"

本尼迪克特继续开口，他的语气强烈尖锐：

"若伊甸苹果落入他们的手中，圣殿骑士将毁掉阻挡他们步伐的一切。所有反抗，所有异议……人们为自己着想的权利。向我发誓，你将牺牲你自己、以及现在在此所有人的生命，来阻止他们得手。"

阿吉拉尔感觉到，这并非既定程序的一部分；本尼迪克托想要抹掉那一丝怀疑的阴霾，确认在这最危急的时刻，这名新入会者已完全明了他所被要求的一切。

但阿吉拉尔毫无迟疑："是的，导师。"

导师棕色的双眼审视着他，随后点了点头，站到了阿吉拉尔的身边。他握起这个年轻人的右手，那只手上缠绕着绷带，静候着即将到来的祭献。他轻柔地将这只手放在一段包裹着雕刻、箍有金属装饰的木段上。

这块木段上还有其他颜色更为阴沉、有着古老锈色痕迹的装饰。

本尼迪克托将阿吉拉尔的手放在那上面，随后，这名长者将一柄伸出两齿的刀具架在这年轻人的无名指上。阿吉拉尔知道导师感觉到了他不由自主的紧张。

"我们自身的生命不值一文。"本尼迪克托提醒他，他的注视刺入阿吉拉尔的双眼，"而伊甸苹果是一切，鹰的灵魂将会看顾未来。"

他的母亲和父亲留给他了一份狂热的爱，以及一段让现在的阿吉拉尔迫切渴求去追寻的历史。他们也丢下了他。他曾以为自己孤身一人。而马上，他就不再是一个人了。马上，他就将进入一个巨大的家庭——兄弟会。

本尼迪克托猛将那柄刀具压下，切下了手指。

痛苦剧烈无比。但阿吉拉尔挺立不动，没有吭声，也没有本能地抽回手。血液涌出来，迅速浸湿了绷带。阿吉拉尔深吸了一口气，他的生存本能与经过训练所构筑起的规则争斗着。而此时，绷带已经将血液全部吸尽。

这柄刀已经被打磨得极尽锋利，他对自己说。伤口很干净，它会痊愈的。

而我，我也将痊愈。

玛丽亚朝他走来，递上一只以金属和皮革制成的华美金属臂铠。阿吉拉尔小心地将手伸进去。在伤口碰到臂铠边缘时，他咬紧牙关克制着不看疼痛难忍的手，只是看着玛丽亚，看着她温暖的、蓝绿色双瞳的深处。刺青的刻印亲吻着她的前额、脸颊、双眼下方，加深了她的美丽。

玛丽亚，最初，她以一种姐妹般的身份与他接触，但随着时间的推移，她变得远远不仅止如此。阿吉拉尔了解她的一切：她的笑容，她的气息，当她熟睡在自己的臂弯中时吹拂在自己皮肤上的轻柔呼吸。她大腿的线条，以及她戏谑地掐他时双臂的力道。而在那之后，她会以自己口中的温度犒赏他。

但这一刻毫无戏谑。玛丽亚对他来说意味着许多，但阿吉拉尔很清楚，若他在这里失误，她的利刃会第一个迎上他的咽喉。

在所有一切之上，她是一名刺客，在所有牵系之前，她已与信条相系。

而他也将如此。

她的声音，甜美而有力，说出仪式的话语："当其他人盲目地跟随着真理，谨记……"

"……万物皆虚。"其他人齐声说。

"当其他人被道德或法律所制约，谨记……"

"……万事皆允。"

阿吉拉尔继续承受了片刻她的注视，随后依照所学过的，稍稍轻弹了一下手腕。随着一道明亮的金属闪光，他手臂下部的刀刃有如因被解放而欢腾般，一跃而出，填补了被切去的无名指所留下的空缺。

当阿吉拉尔开口时，他的声音因紧绷而颤抖：

"我们行于暗夜，侍奉光明。"

他吸了一口气。

"我们是……刺客。"

在他们上方，一只鹰发出长啸，仿佛欢欣鼓舞。

第一章

墨西哥下加利福尼亚州巴扎半岛
公元 1988 年

卡勒姆·林奇听见那只鹰的啸鸣。他抬起了头,在阳光下眯起眼睛观望着。他看不清楚,在天空的映衬下那看起来不过是个剪影,但他冲那里一笑,同时拉起灰色运动衫上的兜帽,盖住他深金色的头发,做好准备。

他也即将起飞。

他一直想这么做,自从他的父母几个月前第一次搬到这里开始,他就一直想这么做了。他们常常搬家,卡勒姆对他家庭的这部分早就习以为常了。爸爸和妈妈会做他们能得到的所有奇怪工作。他们会停留一阵子,然后继续上路。

正因为如此,卡勒姆从未真正有机会交上朋友。因此,在今天,在他终于有机会这么做的今天,他却没有任何观众。他倒不是特别介意这一点,实际上,这样也不坏——因为原本他就绝对不应该做这件事的。

卡勒姆将自行车一路拖上那栋年久失修的空置旧屋楼顶,在这过程中他一脚踏穿了一块烂透的地板,结果撕开了自己的牛仔裤,把腿也划伤了。这没什么大不了的,他一年前就在一家低价诊所打过破伤风针了。

卡勒姆已经习惯待在屋顶上。晚上,他的父母以为他好好地待在自己屋里时,他会从卧室窗户爬出去,爬上屋顶,溜进夜晚的凉爽和隐秘之中——溜进好多好多万幸他的父母毫不知情的"灾难"之中。

今天,卡勒姆的目的地是一个巨大的船运集装箱,正伫立在卡勒姆和他的自行车所在的屋顶下方不远处。他们之间的距离差不多有二十英尺左右——小菜一碟。

只不过,当他在自行车上坐好,一脚踏在踏板上、另一只脚踏在屋顶上时,他的心脏却扑腾个不停。

他闭上自己的眼睛,慢慢地用鼻子呼吸,以便让他疯跳的心脏和短促的呼吸平静下来。

你已经过去了,他对自己说。已经完成了。看着这一路上的每一寸。看着车轮如何完美地着陆、你该如何赶快把车身转过来,这样才不会一路从另一头冲下去。

哦,这个场景可不太好,他立即试着将它从脑海中抹去。但是,这就像那个老笑话里说的——"别去想粉色的大象",然后,锵锵,突然之间你就满脑子是它了。

卡勒姆调整了一下方向,看着自己踩着踏板、飞起、着陆——胜利。

在他的想象中,自己如同一只雄鹰在飞翔。

他能做到。

慢慢地、冷静地，卡勒姆睁开双眼，握紧车把手。

现在。

他全身心开动，猛踩踏板，双眼并没有盯在那飞快缩短的屋顶边缘以及摊在屋顶和集装箱之间的那团垃圾堆上，而是只盯着自己的目标。快一点，再快一点，然后，当他猛向上拽起自行车前轮时，轮胎已经飞入半空。

他越过下方的垃圾堆，脸上绽开了完美、纯粹喜悦的笑容。棒极了！就要成功了！

第一个轮子到达了。

第二个，没有。

一切发生得如此快，甚至都没有时间感到害怕。卡勒姆就和自行车重重地落在那堆旧床垫、垃圾和其他破烂堆成的小山上。那是他这几个礼拜以来辛辛苦苦拖来的。他试着动了几下，看起来没有哪根骨头摔断。虽然脸上的一道划伤在流血，而且浑身都痛，不过没什么大碍。

自行车看起来也不成样子，而它所遭到的破坏比任何其他东西都昭示了他的失败。

"该死的。"他咒骂道，随后将把自行车从垃圾堆中拖出来。他一点都不愿意去思考要怎么对父母解释自己身上的伤。

他花了几分钟来查看自己。脸上和身上有几道划伤，一些乌青，没什么太糟糕的，连腿上的划伤都已经不流血了。那辆自行车也有些小损伤，不过还能骑。

很好。卡勒姆抬起头，眯着眼睛，当看见那个小黑点时微笑了起来，是那只鹰。好吧……爸妈也不用马上就知道所有的事。

他骑上车，追了一会儿那只鹰。

当卡勒姆回到自家所在的那个破廉价住宅区时，阳光下的阴影已经开始拉长了。

他的自行车在土路上激起了黄色的沙尘。所有的一切都披上了这种苍白、漂浮的金色。几根彩色装饰三角旗横拉过路上，为这条路提供了仅有的些许色彩。

卡勒姆恢复了以往的好心情。他已经开始反思自己做错了什么、下次要怎么改进才能成功。说到底，刚才那确实还是第一次尝试。他可不是个会放弃的人。他明天要再试一次——或者，现实一点说，等他的父母把自行车还给他以后就试。

直到卡勒姆距离镇子已经很近了，他才注意到有什么事不太对头。人们跑出自己家，有几个人手拿饮料坐在椅子上，但大多数的人都四处站着，就这么……看着。

他们在看着他。

他们的脸上谨慎地保持着空白，但卡勒姆的胃抽搐了起来。

有什么事不对劲。

他加快速度，在房门前丢下自行车，又瞥了一眼身后那些沉默、肃穆的邻居们。

卡勒姆的心跳又加快了一点，尽管他并不明白为什么。他伸手去握门把手，然后手僵住了。

门大敞着。

他的父母总是把门关上的。

卡勒姆吞咽了一下，踏入小小的室内门廊。他停了一下，听着，缓慢地移动着，仿佛一个陌生人，走进这个他如此熟悉的地方。通往房子主屋的门也大开着。他伸出小小的手,拨开长长的琥珀色串珠,这个家里的大多数房间都用这来当作虚饰的屏障。

没有谈话声或是笑声,没有炉灶上煮着晚饭的味道,没有碗碟的碰撞轻响。唯一的惯常声响是佩西·克莱恩的嗓音,轻而飘渺地从那台老旧的灰褐色收音机中传出来。以及还有电视机在后面发出的嗡嗡声——某个新闻节目:

"今天我们请到了艾伦·瑞金博士,阿布斯泰戈工业公司的首席执行官,"主持人正在说,"艾伦,看起来似乎这个世界正岌岌可危。"

"确实如此,不是吗?"说话者有一种上流人士的英国口音。卡勒姆瞥见一个接近四十岁的男人,衣着光鲜,样子讲究,有着黑色的双眼和犀利的容貌。

"人类似乎下定决心要用持续不断、越来越广泛的暴力来毁灭自身。我相信,除非我们找到我们攻击性天性的最初根源,否则我们所知的文明必将毁灭。不过,在阿布斯泰戈工业,我们正想法分离这种关键成分——"

电视中的人继续唠叨着。卡勒姆没有注意,继续向前走着。房间里很黑。这没什么稀奇的,这里的夏天很热,而黑暗可以带来凉爽。但这并不是一种友善的黑暗,卡勒姆意识到他的双手变得黏糊糊的。

当他踏入起居室时,他能够看见母亲坐在厨房里,在窗前形成一道剪影。卡勒姆松了一口气,不明白自己在害怕什么。然后他开口叫她,但他的话哽在了喉咙口。他现在意识到,她正以一种奇怪的角度坐着，靠在椅背上，手臂垂在两边。

她没有动。一动也不动。

卡勒姆僵住了，紧紧注视着她，他的大脑试图理解哪里出错了。有动静引起了他的注意——有什么东西从她的手上滑下，慢慢地滴到了地上。它滴入一片扩散开的红色水洼中。这一点，残忍的阳光就捕捉到了这一点。

卡勒姆的双眼被这一动静慑住了。随后，他慢慢地追随着那道红色的方向看去。

鲜红的血液慢悠悠地沿着一条银项链滴下，卡勒姆记得每天都能看见它挂在母亲长而纤细的脖颈上。一颗八角星，中间有一个钻石的形状。在那上面，用黑色雕刻着一个很像是字母 A 的记号——如果 A 字的线条是由装饰般、稍稍弯曲的刀刃组成的话。

那条链子现在正从她的手中荡下，而银色的链环被侵染得鲜红。

虽然眼前的一切和身体的反应都足以让卡勒姆掉转目光、转身逃离这一幕。但卡勒姆站着，定在那里。

她的双手沾满了鲜血。她的衬衫左袖已经被浸透。

而她的喉咙……

"妈？"卡勒姆嗫嚅道，尽管喉咙上的开口意味着她已经死了。

"Laa shay'a waqi'un moutlaq bale kouloun moumkine."

这个低语引起了卡勒姆的注意力，他惊恐地注意到，房间里并不仅仅有他和母亲。

杀死她的凶手也在这里。

那个人站在电视旁边。一个身高超过一米八二的高个子男人，正背对卡勒姆注视着窗外。他的头上戴着一顶兜帽。

再一次，卡勒姆的视线被别的动静吸引，那同样让人毛骨悚然的红色液体——他母亲的血正从谋杀者手腕下延伸出的刀尖流下,滴落在便宜的油毡地板上。

"爸。"他轻声说。他的身体就要开始呕吐、就要崩溃、想要蜷缩成胎儿的样子再也不要动弹,与此同时他的世界正在崩塌。这不可能是真的。

慢慢地,那个戴着兜帽的人影转过身,卡勒姆的心脏因痛苦和恐惧而抽搐,他意识到自己是对的。这个身影是他的父亲。

约瑟夫·林奇的双眼充满哀愁,就仿佛连他也在悲恸之中。但这怎么可能呢?就是他把——

"你的血脉并不仅仅属于你自己,卡勒姆。"他的父亲说,嗓音中带着一丝多年身处美国都未能被完全改变的爱尔兰口音,显得沉重而痛苦,"他们找到我们了。"

卡勒姆瞪着他,无法理解这其中任何一部分,甚至这所有的一切。然后,他的父亲完全转向他,开始向他走来。脚步声在这恐怖之屋中响亮地回荡,一个本该是普普通通的声音,一个电视里的交谈声和佩西·克莱恩唱着她没有发疯都无法淹没的声音。

疯了。我疯了。这不可能发生的。

然而,让卡勒姆惊讶的是,自己的双腿开始了某种完全不疯的行动。它们仿佛有了自己的意志,要躲开他的父亲——这个刚用一把刀插进自己妻子喉咙的人。

这个戴着兜帽的男人向他走近,缓慢、无情、如同死亡本身一般无可逃脱。卡勒姆后退的脚步忽然停下了。

他不想生活在一个他的父亲杀掉了他母亲的世界。他想要去和母亲在一起。

约瑟夫·林奇也停下来,他的双臂无力地、几乎是无助地垂在他的身侧，血从那柄被他插入自己妻子脆弱咽喉的刀刃上滴下。

"他们想要你身体里的东西，卡勒姆。藏身在阴影中。"他的父亲说，仿佛他的心脏正随着这些话语碎裂。

卡勒姆瞪视着他，他自己的心脏猛击着他的胸膛。他无法动弹、无法思考——

轮胎的吱吱声和外面车辆的阴影打破了这致命的魔咒。这名凶手抬起头，越过他儿子的头顶，注视着那些甩着车尾在房门外停下的车辆。

"快走！"他冲自己的儿子大叫，"快走！马上！"

卡勒姆惊跳了起来，冲向台阶。他刚刚还僵硬的双腿现在三步并作两步猛冲，冲出了窗户，上到屋顶，这条父母从未察觉的自由秘密小径，现在变成了一个杂技演员的逃生路。

他以此生从未有过的速度飞奔着，毫无犹疑地向上或向下跳到下一段长长的屋顶，在跌倒的时候翻滚一圈、一跃而起再度奔跑。从眼角的余光里，卡勒姆看见似乎有十几辆黑色的厢型车涌了过来，仿佛洪水冲下布满尘土的街道。

卡勒姆躲了起来，花了一点时间平复自己的呼吸，并冒险向下瞥了一眼。

在一辆车的副驾驶座上，他瞥见一个苍白、瘦骨嶙峋的人，一头黑发、一身黑衣、还戴着黑色墨镜。这看起来几乎就像他刚刚在电视上看见的那个人，但这当然是不可能。

可能吗？在这个男孩完全无法理解的理由之下，他感到一阵战栗。

厢型车一掉头，卡勒姆就再度跑了起来，从屋顶上跳进一堆垃圾中，继而沿路飞奔而去，远离那一群廉租楼房、远离他死去的母亲和杀了人的父亲、远离身为卡勒姆·林奇所意味着的一切。

第二章

三十年之后
汉兹威尔刑事司法部
得克萨斯州，美国

弗兰克·基姆勒，四十七岁，在汉兹威尔刑事司法部担当警卫已经超过十七年了。在这期间，他已见识过一个人能对另一个人所做出的最糟的事。但不知为何，他仍然常常惊异于笼罩在他日常中的黑暗；而经过糟糕的一天后，他总是回到家，向妻子保证自己会辞职，找个更平静、更安全的什么职业。某种让他晚上回到家可以和他的女儿们讲讲的职业。然而到了第二天，基姆勒总是会回去工作。

在十月二十一日这天晚上，监视器屏幕在他身旁和背后播放着，红肠奶酪三明治和一听可乐碰也没碰地放在他身边。他坐在那，看着另一个完全不同的屏幕，一边同他的妻子珍妮丝打着电话。

"突发新闻，今天在得克萨斯州休斯顿发生三起疑似刺杀事件。"

新闻播报员阴郁地冲着摄像机说,"IMF（国际货币基金组织）总裁卡西安·拉克罗斯,得州石油巨富卢瑟·怀利,以及中国媒体大亨张柏林,三人全部在光天化日之下于四季酒店被杀害。"

"对,亲爱的,我现在正在看新闻,"基姆勒说着,"同一天三个。光天化日之下。我知道,我知道,这太可怕了。你在哪里？"

"我刚刚开进车道,"珍妮丝说。她的声音在颤抖。"他们拦了一些路。到处都是警车。路上都堵住了,我花了三个小时才到家！弗兰克……我真希望你不在那里工作。"

他也这么希望,但他没法这么说。相反,他说:"哦,亲爱的,我留在这里可比任何人都要安全。我担心的是姑娘们。她们和你一起在家吗？"

他一边说,双眼一边飘到电视屏幕上那三个受害者的图像上。与此同时,珍妮丝告诉他苏珊正在楼上写作业,但帕特里西亚打电话说会晚回家。

"你说她还没回家是什么意思？明天可是要上学的！"

"她打电话回来,说她和她的朋友们在商场,黛比的妈妈正尽快赶去接她们。她没事的。"

一阵很长的停顿,随后珍妮丝说:"你……你能回家来吗？我正在做菜肉馅饼。我觉得我们都需要吃些安抚食物。"

他看了看他的红肠三明治,长长地叹了口气:"我只能等着回家热热再吃了,宝贝。我被困在这儿了,我大概九点能到家。"

他冲那个正朝自己走过来的熟面孔招招手:"我得挂了。雷蒙德神父来了。"

弗兰克挂下电话,转向那名神父,冲他露出一个和善的微笑。雷蒙德神父最近四年一直来这里,而弗兰克开始喜欢上了这个话音轻柔的干瘦年轻人。雷蒙德神父在这行的资历还相当浅。有一次，他曾告诉过弗兰克，在找到自己的真正使命之前，他曾是东海岸某个大学的英语教授。弗兰克能很容易地想象出他站在学术讲堂里，就关于莎士比亚或者狄更斯或者其他什么人侃侃而谈。

"总是这么准时，神父。怎么样？因为今天发生的事整个城市都封锁了。我妻子花了三个小时才到家。"

"我很高兴她平安无事。"雷蒙德神父回应道，看起来深感宽慰，"女孩们怎么样？"

"一个在家，另一个和一些朋友被困在商场里。我试着照顾她们，但是……"

弗兰克叹了口气，挠了挠脑后。几年以前，他就开始掉头发。上一次雷蒙德神父来的时候，他曾拿这个开玩笑，说弗兰克可以当个削发僧侣。

"我有点担心他们，你知道。看看现在世界上发生的事……这没法令人感到愉快。"

雷蒙德神父满怀同情地点点头："那……那个人如何了？"

"很安静。他只是在画画，一整天。这是违反规则的，但你能怎么办？今天是这家伙的生日。还有，许多年前，他爸把他妈杀了。这种事是会搞乱你脑袋的。"

弗兰克抬起头，哀伤的棕色眼睛注视着神父："我不知道，神父。他杀了个皮条客，于是我们杀他。这没道理……"

"上帝的行事——"雷蒙德神父开始说。

"——与我们不同。"弗兰克叹了口气。

神父拿出一条手帕，抹着他的掌心，带着谦和的微笑望着弗兰克。"你一直都没能习惯这工作的这一部分。"他说。

"没有习惯。"弗兰克回答道,"而我也不觉得这是件坏事。"

雷蒙德神父将手帕收好,向另一个走上前来、准备护送他回去的警卫点点头。

"替我向珍妮丝和姑娘们问好。告诉她们我会为她们祈祷的。"

304号囚室的犯人并非什么天赋异秉的艺术家,雷蒙德神父这样想。但他确实高产,并且以一种近乎愤怒的专心致志,全身心地投入到创作上。

一张张长方形、奶油色的马尼拉纸上画满了画,从让人难以忘怀的,到光怪陆离的,贴满整个墙面,一直到人能碰到的最高度。在另三面墙上,黑色、绿色和蓝色的粗马克笔在墙上留下了胡乱的涂鸦或是奇异的符号,其怪异恐怕连噩梦的创作者都难以理解。

雷蒙德神父观察着这个将近四十岁的囚犯,对方正坐在地上,用一块炭涂写着。这名犯人停了下来,用他的拇指搓着画面上的一个点,将生硬的黑色线条涂成柔和、模糊的形状。他只在门打开的时候抬了一次头,示意神父进来,接着站起身,安静地坐在行军床上,抬头注视着神父,神色中带着一丝无聊。

钥匙碰撞声传来,门在这名上帝的侍奉者身后关上。他聚精会神地观看着这些让人不安的图像,没有露出一丝厌恶,而只有慈悲。在走进这将赴死之人的囚室之前,他定然曾见过比这更粗俗的东西。

雷蒙德神父怀着严肃和沉思仔细地观察着它们:炭笔速写画出戴着古怪头盔的人;块状、几不成形的身体只能隐约看出是人类,正在彼此拥抱或厮杀;埋藏在花朵间的骷髅;一张深洞般的嘴在尖叫;一只挥出十字形的手;一个被火焰吞没的人影;一匹近乎骷髅的马在恐惧中嘶鸣。

有一幅画让神父停了下来：那是一幅简略、几乎是漫画式的形象，画的是一个老派的刽子手，黑色的兜帽拉过他的头顶。

随后他转向这名囚犯。

他有个名字，当然了。所有的人都有名字。雷蒙德神父确保自己会使用这些名字。每一次，在这些人将死的时刻，让他们知道其他人理解这一点，这非常重要。

"你就是卡勒姆·林奇，"神父说，他的声音平静而和蔼，"我是雷蒙德神父。"

卡勒姆·林奇的双手沾满了炭粉，他红金色的头发被剪短，而那双蓝眼睛的深处有某种东西闪着光，让神父明白卡勒姆·林奇平静的表象下实际并不平静。

"你是来拯救我的灵魂的吗？"囚犯问道，他的嗓音因长时间没有说话而嘶哑。

"差不多就是这样。"雷蒙德神父迟疑了一下，想着是否应该提到弗兰克告诉他的事，随后决定继续说下去，"我，呃……知道今天是你的生日。"

卡勒姆因这句话而轻笑起来。"是啊，"他说，"派对才刚刚开始呢。"

雷蒙德神父感到不知所措。在这种时候，在这个男人将面对死亡的时候，他才应该是那个提供慰藉的人。他接触的大多数人都很情绪化——恐惧、愤怒，其中一些人会后悔。但现在，雷蒙德神父站在这里，看着这个似乎全然平静的男人，却不知道接下来该怎么做了。

"坐下吧，"卡勒姆说道，又加了一句，"你让我紧张了。"他看起来没有一丝一毫的紧张，但神父在面对这名囚犯的一张小条凳上坐了下来，打开了他的圣经。他有几篇最喜欢的篇章，这些年来，它们曾似乎给那些被宣判的人们提供了些慰藉。

现在他翻到其中一篇，并开始读："'于是他说，神啊，请洗清我的罪过，而我将清净。让我倾听爱与欣悦之声，而尽管你将我碾压粉碎，我亦将再度完整。'"

雷蒙德神父抬眼望向囚犯，他显然对此毫无兴趣。神父已经发现，人们应对死亡的方式，就如同每个人的个性一般大相径庭。有些人在听说上帝将会原谅他们、说只要他们真心忏悔就将得以进入天堂时，他们会流泪哭泣。有些人会愤怒——情有可原——口中全是粗鲁、仇恨、残暴的言辞。有些人只是坐着，静静抽噎，不发一言。当然，所有这些都应该得到尊重。

而卡勒姆·林奇和他彬彬有礼的厌倦也是如此。"你对圣经没有什么兴趣，对不对？"雷蒙德神父问，并知道这只是句自问自答。

卡勒姆心不在焉地摇摇头。

"我能说些什么，给你提供慰藉吗？"

雷蒙德神父并不期待能得到答案，但让他吃惊的是，卡勒姆说："有一篇我母亲过去给我读的诗，《摘苹果之后》。"

神父很高兴自己过去的职业使得自己现在能够满足这个人最后的请求。上帝是良善的。他点点头，说："我知道这首诗。罗伯特·弗罗斯特。"他开始念。

对大多数人来说，这首诗并不像弗罗斯特的其他诗，诸如《雪夜林畔小驻》或《火与冰》那样为人所熟悉，但这是雷蒙德神父自己很喜欢的一首。它奇妙而哀伤，非常适合今天的卡勒姆。

神父用一种轻柔、平和的语调念诵着诗句。诗中的梯子似乎直指天堂，而讲述者没有机会装满的那只空空的苹果桶，则让雷蒙德神父想到一条被中途截断的生命。

就像那名受害者的生命；就像卡勒姆·林奇的生命所将面临的。当神父停下来喘口气时，钥匙的碰撞声再次响起。门打开了。

行刑的时间到了。

如果这是一场普通的探视，神父会提出要求念完这首诗。但这场探视并不是这样。在这里，死亡是有既定时刻的，而人，即便是侍奉上帝的人，也不得不让出舞台。

卡勒姆站起身。雷蒙德神父也站了起来，站在他身边。至少他能陪卡勒姆走到那个房间，并站在那里，陪着卡勒姆直到他的灵魂离开身体。

至于在那之后它会去那里，雷蒙德神父无法假装自己有所了解。

卡勒姆的手腕和脚上挂着锁链，发出碰撞的响声，那杂乱的响声一路跟随着他走过那条冗长、却不知为何让人感到太过短暂的走廊，走向那个将结束他生命的房间。

那位神父没能念完那首诗，不过这也没什么关系。卡勒姆已将它熟记在心，无声地念完了它，想着一首诗能怎样地唤起收获水果的香味，以及邻近冬季所带来的回响。

他的心思并不在他们把他绑上的那张轮床上，而是在别的什么地方。在一个安全而平静的地方，伴随着蜂蜜色的光线流淌在窗户上。在那个没有时间的地方，他七岁，而妈妈还活着，她的声音甜美而轻柔，他满心信任地靠在她身上，她的身体温暖，她的薰衣草香皂隐约的香味逗弄着他的嗅觉。那个记忆中带着睡意，如同那首诗。

绑带紧扎住他的腿，绕过他的胸口。

睡意和平静的景象不过是个幻象。就如同安全是个幻象，安全早已永远地被粉碎，那把血腥的刀刃也终结了一个无辜的生命。

那首诗诉说着冬季的熟睡，诉说着蛰伏深眠，诉说着潜入梦乡直到春天。但他现在所面对的并不是这种睡眠。卡勒姆正身处于死刑室。

他们绑住了他的手臂，让静脉鼓出。他曾经进过医院，见过静脉注射的滴液。但这一次，伴随着他每一次剧烈心跳注入身体的将不再是对身体有帮助的药剂，而是毒剂。

走廊的窗户打开着。卡勒姆斜着眼睛想要看清窗户，但监狱长站到了他的面前。

监狱长的语调简明，毫无感情；近乎无趣。这又有什么不对的呢，卡勒姆苦涩地想。这些说辞监狱长已经说过足够多次了。本州光是今年就有一打以上的人被处刑。

"特此通告，卡勒姆·林奇犯下一级谋杀罪，被宣判死刑，并于今日，2016 年 10 月 21 日执行。犯人还希望做出什么最后的声明吗？"

他妈的，生日快乐。

在一个美妙的、完美的瞬间，恨意和愤怒驱散了对即将到来的黑暗的恐惧，只留下挑衅，以及随之而来的、也许只不过是幻觉的勇气。

"告诉我的父亲，我会在地狱等他。"

也许到那时，他就能得到些答案了。

轮床缓慢地斜抬起来，卡勒姆抬眼盯着天花板。这个动作，机械，不带感情，缓慢而平稳，突然完成了那名神父、那一路走廊以及监狱长的通告都没能做到的事。

它让这变得真实了。

他汗如雨下，难闻又湿黏。他的呼吸现在变快了，而他难以抗拒那可怕的好奇，转过头，看看那透明的液体的死亡通过管子悄悄爬入他的手臂。

当它进入他的身体时，感觉起来是冷的，而他心脏击打胸膛的每一次跳动都将死亡更深地推入他的身体中。

我自己的身体正在杀死我，他想着。

愤怒激发了他，但仅仅一瞬间就在那赤裸裸的领悟之前蒸发殆尽——这领悟对他来说来得太迟了，没能改变他在那天的行动；太迟了，没能让他收住手或别拔出那把刀；太迟了，什么都再也做不了，只剩下灼热的悔恨以及响彻他体内的四个字：

我不想死。

他抬起头，望向走廊里的那些人影：他们正注视着一个人类在自己面前死去。严峻，表情冷酷；苍老，皱纹刻入脸庞，冷漠得如同他们是由岩石所雕刻的。

至少，他们中的大多数……只有一个例外。

麻痹掌控住了他，卡勒姆的身体开始不听自己的使唤，无法转动自己的头，当眼泪涌出来的时候无法闭上双眼。

因此，在黑暗降临前，卡勒姆·林奇所看见的最后一件事物是阴影包裹下一个女人椭圆的脸庞，而他无法克制地想着，自己是否正被死亡天使所注视着。

第三章

我死了,卡勒姆想道,我一定是在地狱里,而这地狱是一片白色的荒原。

依靠睫毛遮住刺眼的光线,他小心翼翼地环顾四周。他视线模糊,双眼灼热疼痛,像是两个正在燃烧的煤块嵌在他的头颅中。他的整个身体都觉得寒冷,除了双手是温暖的,似乎正在被人握住。影像闪现:蜂蜜色的光芒,轻笑,他母亲的双臂环绕着他,轻语着摘苹果的故事。

一个身影在他面前浮动,消失又出现。也许那是他死时所见到的那个天使。

他退入黑暗之中,又再度清醒过来。这里有某种医院的味道,干净却寒冷,和那白色墙壁、白色光线同样寒冷。

他怀疑天堂怎么会闻起来像消毒剂。这应该是医院。他的头脑告诉他。

也许有什么事出错了——或是,对了,也许是州长打来电话下达了大赦,然后他们在所有毒药进入他的心脏之前停掉了静脉点滴。

他的双眼搜寻着白色设备部件上彩色的小光点,随后,对上了那名天使令人难以置信的蓝色双眼的注视,那名注视着他死去的天使。

她的椭圆形脸庞上有一双大眼睛,四周被黑色的短发所环绕,而她的皮肤仿佛瓷器。在她的前额有一颗小小的黑痣,这非但没有破坏那种完美的光滑、反而将其衬托得更甚。她全身包裹着白衣,红色的嘴唇上露出一抹和善的微笑。在怀疑之中,他伸出手碰触她的脸颊,想要看看她是否真实。

在卡勒姆碰到她之前,她轻柔地抓住他的手,他感到自己的手指被温柔又有力的手指握着。

"我是索菲亚·瑞金医生。"她用音乐般的嗓音说,语调里带着一种柔和的口音。

他试着分辨。法国?英国?这增加了她的非现实感。但她仍旧在说话,而她下面所说的话紧紧抓住了他的全部注意力:

"昨天晚上六点整,你接受了处刑并被宣告死亡。因此,对于这个世界上所有知情和关心你的人来说,你都已不再存在。"

他的心脏在胸膛里剧烈跳动。

我还活着。但我还是被困住的。

我得从这里出去。

卡勒姆的身体迟缓、不听使唤,但他强迫它服从自己的意志,笨拙地将点滴从右臂上拔去,他手脚挥动,呻吟着努力要从那张病院躺椅上爬起身。

那位天使——索菲亚·瑞金医生——完全没动手阻止他,尽管那双注视着他的柔和大眼睛里充满了担忧。

"你最好坐下,"她建议道,"你的身体还在消解毒素。"

卡勒姆眨眨眼睛,想要调整焦距,但他的双眼疼痛:"我的眼睛……"他呻吟道，用掌根揉搓着双眼。

"你现在所感觉到的一切都是正常的，虽然不太舒适，"她说，"河豚毒的药性非常剧烈，但这是我们能骗过狱医的唯一办法。"

她用轻柔的口气说出这些话，逻辑严密，就好像她能够理解：卡勒姆现在的感觉就像是爱丽丝掉进了兔子洞。卡勒姆眨着眼睛，因那不合作的双眼感到恼火，努力试图看得更清楚一些。

索菲亚·瑞金倾身向前，她的脸贴近他，她的声音抚慰人心："卡勒姆。"

他听到她在叫自己的名字，于是转了回来。她如此美丽，让他忍不住怀疑这只是个长眠之前的梦——或者，是个噩梦。这是否是他大脑的最后一搏，叫嚣着他是存在的，是重要的？

"我是来帮你的，卡勒姆。"有多少人曾对他这么说过了？他想着。但她看起来仿佛相信自己所说的每一个字，"而你可以帮我。"

有那么一会儿他确实想要这么做。但随后更多的记忆回来了。不。不，她不是个天使；现在他已经清醒到可以理解这一点了。她是个医生，她绑架了他，他必须逃走。

他能够模糊地看到两道金属杆，看起来像是门把手，于是他朝它们扑过去。让他吃惊的是，它们立即打开了，他重重地摔在干净的白色地板上，喘不上气来。

两个一袭白衣的人影从他的左侧匆匆地大步走近。卡勒姆转向右边，仍然无法起身，他趴在地上，像个动物一样用前臂拖拽自己，逐渐感到自己的下肢开始跟着动了起来。他听见索菲亚的声音在身后说："让他走。"

在一间监控室内，几个观察员监视着一些屏幕。安全负责人麦克高文身高六英尺，有着宽阔的胸膛，头发和胡须打理得很短。他半阖的双眼总是带着欺骗性的困倦，却从不漏看任何事。现在，这双眼睛正注视着卡勒姆·林奇，注视着这个死人，跌跌撞撞地进行着徒劳的爬行逃脱。

在一间办公室里，古董武器与一台美丽的三角钢琴相伴，上好的美酒和吧台椅相望。一个举止优雅的男人正坐在那里，身穿休闲的羊毛衫和黑色长裤，灰色头发和线条清晰的脸庞让实际年纪很大的他显得时髦。他注视着卡勒姆向那虚妄的自由挣扎。

卡勒姆咬紧牙关，对自己不听使唤的身体懊丧地低吼。他跌跌撞撞、摇晃着冲过一道道门，踉跄着经过看护、技师、冰冷的金属墙与石头。人工照明沿着墙壁流转，仅有一点自然光透过滤窗，从高处投下来。

卡勒姆继续前行，磕绊、跌倒又执拗地重新站起，像个醉汉一般走过一棵棵树干——树干，这在这全然的室内显得极为奇异，但倒是也不会比他在此地所见到的所有其他事物更奇怪了。

不过，随着一步一步继续前行，他的双眼逐渐适应，身体开始受到控制，他开始加快速度。他蹒跚地经过一个腰后别着枪的保安，冲上台阶。保安没有阻止他。

"别碰他。"他听到索菲亚说。她在他身后，跟随着他，而她的声音给了他新的力量。她看起来尽管如同天使，但却是他的狱卒。

他跑过一道金属坡道，在双脚落地引起的回声中，进入明亮的阳光照射之下。卡勒姆猛抬起手臂，遮挡刺眼的光亮。他意识到，自己正置身于一座花园之中。

也许他终究还是死了。他没有那种想象力能编造出这一切。

这里有小径和草地，长椅和小树，还有鸟儿的歌唱。卡勒姆眯起眼睛，慢下脚步，四下环视。在这奇异的花园中，他并非独自一人。这里有看护人员，以及……病人？囚犯？他不知道该怎么称呼他们。他们穿着同样的灰色套头短袍，白衬衫，以及长裤。

制服？卡勒姆不喜欢制服。

有些人奇怪地打量着他，但其他人只是走来走去，冲自己低语，对他陡然而突兀的出现毫无兴趣。他向前走着，双眼终于调整了过来。他走向一堵矮墙，站到了上方。

在一侧，卡勒姆看见了直升机：光洁、线条流畅、毫无疑问极其昂贵。但它们引不起他的注意。在很远很远的下方，坐落着一座城市。但这并非是一座美国城市。这座城市有着摩天大楼，没错，但卡勒姆还能看到古老的教堂、清真寺、高塔。

你已经不在堪萨斯州啦。卡勒姆想道，而他体内有某种坚持粉碎了。

他是个多么大的傻瓜。他要有多愚蠢，才会相信自己有办法可以逃脱。他还活着，现在他接受这一点了，但是，再一次，他被抓住了。

然而，这一次，他并非一名囚犯。他身处于一间该死的城塞之中。

正当他站在那堵墙上，绝望、些许动摇着，一个中年黑人站上了他的右侧。他白色的胡子精心剪短了，光着脑袋。

"去吧，"他催促道，"下手吧。"

卡勒姆低头盯着自己的脚。脚上穿着一双白色软底鞋，上面用尼龙搭扣扣紧。这双鞋，以及他本人，有一半已经踏在墙壁边缘之外。

"跳下去。"

随后这个男人咧嘴笑起来。

卡勒姆感觉到,现在其他人的视线转向了他,但他不敢朝他们看。他在颤抖,意识到他的身体还没有完全恢复掌控。他不知道自己是会踏前一步,选择向下跳——还是会就这么跌下去。

跳下去的想法非常诱人。选择了结自己的生命,再也不做其他人的囚徒。但随后卡勒姆想到了当他以为那清澈的死亡正打入他的血管时、那种恐惧和领悟。尽管发生了这所有的一切……他却并不想死。

一个声音从他的另一边传来:索菲亚的声音。一边肩上是魔鬼,一边肩上是天使,他思忖道。

"在这里你不是个囚犯,卡勒姆。"

听到这句话,他转头面向她,双眼怀疑地眯了起来。"在我看来却很像。"他说。

"我是来这里保护你的,"索菲亚继续说,她的身姿挺立,神态平静,"如果你能听我说完,一切都会得到解释的。但如果你现在从这里跳下去,你就什么也不会知道。你必须要信任我。"

信任?简直是荒谬。看在上帝的份上,她绑架了他。无论她怎么说,他都是个囚犯,而她却站在这里,要他信任她。

但是……他还活着。

"我在哪里?"他并没有从墙上爬下来。

"你在马德里,阿布斯泰戈基金会的康复中心别栋。"

卡勒姆的双眼睁大了一会儿。阿布斯泰戈?他知道这个名字,当然了。每个人都知道阿布斯泰戈工业——从咳嗽药水到早餐谷物，所有东西都是由他们生产的。老天，他们搞不好还造了用来处死犯人的戊巴比妥和事后他们的爱人哭泣时用的纸巾。

随后他咧开嘴，开始轻声笑起来。索菲亚丝毫不受打扰地继续说：

"这是一个民营组织，致力于对人类进行完善……"

他因这疯狂、充满意味的讽刺而笑得更厉害了。他自己，和任何"人类完善"的一点点影子，都全然风马牛不相及。

你可真是找错了人了，他想着。

但天使还没有说完："有了你的帮助，卡勒姆，我们可以试验一些根除暴力的新方式。"

根除暴力。

他的笑意消失了。暴力一直是他生活的一部分，如同呼吸。它高效、便捷、无需准备并且随时可以上手。一直都是如此。

但这不是真的。他小时候并不是这样的。他一直是个麻烦，这点他知道；一个胆大包天的家伙，精力过剩，但从不残忍，从不施虐，从不……暴力。暴力在他母亲的生命被终结的那天进入他的生活，像个不受欢迎的客人一样拒绝起身离开，但在那之前，从未来过。

如果她真的能做到呢？如果他能够帮助她呢？

如果在某个地方、有某个孩子再也不用担心某天起床，发现自己的母亲在一个再平凡不过的下午身处厨房流干血液而死呢？再也不用发现自己的父亲站在那里，手里一把奇怪的刀正在滴血呢？

索菲亚·瑞金坦然接受卡勒姆长久的凝视，她的双眼看起来……快乐。几乎是喜悦的。见鬼,在他看来她仍像个天使,哪怕药效已经消失了。

一声尖锐刺人的声响。一枚小小的飞镖突然射在卡勒姆的脖子上,他随之无声地倒在了地上。

第四章

愤怒涌上索菲亚的心头。考虑到正注意着她的人，她很快将愤怒又压制了下去。她转过身，看见麦克高文毫无歉意地注视着他。

当然是麦克高文了。在她明确告诉他们不要干涉卡勒姆之后，不会有其他警卫胆敢介入。

"我能处理的。"她冰冷地说。

"你的父亲要带他进去。"麦克高文解释说。

当然了。父亲说的，所有人都会听从。她从多年以前开始就厌倦了这点。现在，这已经不仅仅是种妨碍，更暗示着对她能力的不信任。这是对她有能力保证的结果的直接干涉，而这结果明明是他们双方都迫切渴望的。

"他是我的病人。这是我的项目。"

索菲亚继续承受了一会儿安全负责人的凝视。她不会骗自己说这才不是老掉牙的争权夺利，而她也不想把自己的领导地位拱手让给麦克高文。

他也不是唯一一个注视着她的人。他很不明智地选在了这些病人面前来挑战她。他们中大多数人都毫不关心，但会关心的那些人都在场……并密切注意着这里。

穆萨正如他一贯所做，在怂恿卡勒姆、试图让情况变得更糟。索菲亚看见林也在这里。这个中国女人懂英文，但就像穆萨习惯喜怒外露、喋喋不休一样，她习惯沉默不语。暴脾气的内森和温和的埃米尔同样也在这场对峙中担当着沉默的见证人。

索菲亚很清楚，她的父亲正从自己办公室的屏幕上观看着这一切。当他在这里时，他总是在观看。她爱她的父亲，并尊重他的观点。但她希望他也能表现出自己有同样的感受。

卡勒姆刚刚经历了一场极端的煎熬，并才回复过来了一小会儿。他不单单是在心理上还未准备好接受将要面临的事，甚至连身体上都还未准备好。他还没从毒药的效力中恢复过来。那种毒药让他最大限度地接近了死亡，好从监狱中逃脱。

索菲亚原本计划给这个新来者一些时间来进行调整，以便了解她在这里所进行的工作的价值、了解它的重要性。不仅仅是对于全人类的重要性，也包括对他个人的。

然而，她的父亲从伦敦赶来，决意要加速一切进程，但他却还没有确切地告诉她为什么。

索菲亚曾希望卡勒姆会自愿地接受所有这些事，会主动与他们一起合作，而不仅仅是为他们工作，但首席执行官艾伦·瑞金迫使她妥协了。

一如往常。

麦克高文只是毫无感情地直视着她。他知道他会赢的，而索菲亚也知道。

最终，她苦涩地说："准备好阿尼姆斯。"

卡勒姆被两个魁梧的勤杂人员一路拖下走廊，意识时隐时现。他的脑袋向后垂着，试图透过被麻醉的视线看清楚这个新房间。这地方——不，他现在知道这里的名字了，马德里阿布斯泰戈基金会——的所有一切都是怪异的、无法理解的，而卡勒姆已经足够了解哪些怪异是因为药力作用而来，哪些则不是。

首先是医院，干净得不可思议。随后是他跌跌撞撞走过的一系列中世纪与现代的走道和房间，它们被奇异地结合在一起。屋顶花园和居住在里面行尸走肉一般的人们，坐落在距离地面如此遥远的高处，仿佛他们正与鹰隼或是与天使一较高下。

但这……

教堂。尽管卡勒姆几乎都没有途经过多少教堂大门，他还是第一个想到了这个词。石制地板由美丽的马赛克图案装饰着，中央是一块空旷的场地，由地面以及第二层的一连串拱门所环绕。整体效果看起来如同一个蜂巢。

卡勒姆隐约地瞥见墙上有画作，而画面的灰暗不仅仅来源于他模糊的视线。阳光透过高窗，融合了模糊的蓝色人工照明光，穿过一座座摆着剑、弓、刀一类过去年代武器的玻璃柜中，黯淡地照耀在经过的人身上。

在中央那块开阔地带的周围，所有一切都是最尖端的科技。卡勒姆看见屏幕上闪烁着光芒的奇怪图案，随后他集中注意力想出了另一个词，可以描绘这个奇怪的场景：实验室。

那么，接下来他又会被怎样对待呢？

第三名看护一路小跑而来，将一条沉重的帆布带系在了卡勒姆的腰间。卡勒姆低下头，正看到带子咔嗒一声卡紧。是因为他被下了药,还是这帆布带的搭扣看起来就是像个A字?

出于自的本能,卡勒姆开始恐慌。不管是金属搭扣还是上面有闪亮字母的带子,锁链就是锁链。他疯狂地抬起头,看见索菲亚平静地注视着她,那双寒冷的蓝色双眼中没有任何想要解释的意思。

"刀具准备好了吗?"她问道。卡勒姆花了一会儿才意识到,她并不是在问他,而是在问一名部下,那人正站在一排监视器和键盘跟前。

"就在这里。"这个留着胡子的年轻人说。他只是离开监视器走向一个展示柜,就这么一步从现代化的二十一世纪退回冷兵器时代的十四世纪,并将某个东西递给那两个看护——或者实验助手,或者随便什么其他的见鬼头衔。

"我们已确证过它们的出处了吗?"索菲亚继续问。

"它们明确无误曾属于阿吉拉尔,由他的埋葬处所获得。"

埋葬处?这些人到底是些什么鬼,盗墓的?

索菲亚让他相信她,说一切都会有所解释。因此他才会信任她,而这个信任换来的是被一支飞镖扎中,像只什么动物似的,随后就如同字面所说、被一路拖下这个教堂一般的地方,而这里的所有一切都没有任何可以解释得通的地方。

现在每个实验助手都拿着某种手套或臂铠。那两个抓着卡勒姆手臂的人更加重了力道,随之那皮质的东西被套上卡勒姆的双手。

他抬头看向索菲亚,他感到眩晕和紧张,完全手足无措。

"这些是什么?"他低吼着,尝试——徒然无功地——抵抗。它们是皮质的,闻起来很陈旧,并且不知为何有些熟悉。

"这些遗物和你的DNA将使我们能够具象化地与你的血缘祖先进行接触。"索菲亚回答道。

"什么？"卡勒姆能听懂每一个字，但连在一起却毫无意义。索菲亚继续与自己的助手对话，但她的双眼一直看着卡勒姆。

"进行最终准备程序。我们的回溯目标：安达卢西亚，1491年。记录所有一切。"

屏幕亮起，而卡勒姆飘忽的目光注意到凹室里出现的图像、图纸、蛛丝般涂写的数据。每一样都远远超出他的理解能力，就像飞机超出猫的理解能力一样。

"手臂准备好了。"索菲亚的其中一名助手告诉她。

手臂？

卡勒姆听到一种不祥的液压呼呼声响从头顶传来。药力已经从他的体内消失了，因此非常明显，他正被一架巨大的机械设备缚着。穹顶上射下的光在机械光亮的表面闪动，某种机械臂螺旋而下，以一种欺骗性的柔和嗡鸣着，摇动、打开，如同一条机械蛇从睡眠中醒来，直至其展现出U型的尾端。

它急落到卡勒姆身后，优雅地就位。手臂应该就是这个了，而它只有两根手指的机械手现在正稳稳地将卡勒姆拦腰抓住。

极度的恐惧涌遍他全身。他的胃抽起，随时有失控的危险。但他不知怎么地控制住了这可怕的恐惧，让自己有机会大口喘息，但同时也愤怒地问："这是什么？"

她用那张天使的面孔注视着他，随后低下头，似乎无法直视他的双眼。她的话语里有种东西，听起来仿佛是真诚的悔意："我很抱歉，卡勒姆。我并不想这样做的。"

"那就不要做！"

他体内的某种东西、某种深藏而原始的东西，正在告诉他如果她下手做了她准备做的事，那他就再也不会是原来的自己了。

索菲亚抬起头，用一种混杂着哀伤和强硬的眼神注视着他："硬膜接入。"

十个细小的金属点定在卡勒姆的脖颈上，像某种机械昆虫的腿。在他来得及躲开之前，某种尖锐的、长长的东西，伴随着极度的疼痛刺入他的颅骨底部。

他尖叫起来。

卡勒姆曾经有过无数次斗殴，甚至他还杀过人，当然，也有好多次险些被杀。他曾在被警察抓捕前逃跑、被枪击、被刀刺、被打得命悬一线。

但他从来没有尝过如此的痛苦。

不是医院。不是实验室。

这是一间刑房。

随后，就如同到来时一样迅疾，痛苦逐渐褪去。并非完全消失，但足够让卡勒姆大口吞下空气、喘息着，茫然而愤怒："你想从我身上得到什么？"

索菲亚注视着他，平静，自控："你的过去。"

"我的过去？"

极度诡异地，他想到了在三十年前的那个下午，那台老旧收音机里放着的那首歌：佩西·克莱恩的"疯狂"。

我要疯了，他想，这真是太疯狂了。

卡勒姆低头看着索菲亚。现在他已陷入了纯粹的、出于本能的恐慌之中。她似乎感受到了这一点，因为她的声音和态度已经有所改变："仔细听我说，卡勒姆。你正要进入阿尼姆斯。"

这个词以她所无法预料的效果撼动着他。在少年时期，他曾知道有家公司推出了一种昂贵的软件，这间公司就是后来的阿布斯泰戈娱乐。他曾听说过一句传闻：这家公司正在开发基于某个人先祖记忆的游戏，想必是找来某些舒舒服服地坐在时髦办公室里的幸运雇员，在传说中看着像个高级躺椅，名叫阿尼姆斯的设备上花了点时间搞出来的。

当卡勒姆在少年管教所和寄养家庭进进出出时，他把从店员的鼻子底下偷软件的技巧练得炉火纯青，并将它们卖给那些有太多钱、生活中却太少有真正威胁的孩子手中，让他们得以间接感受下持刀干架和暴力的滋味，双手和鼻子却不用沾血。

而这就是阿尼姆斯？这个可怕的东西，这个贪婪、无情，仿佛出自某人腐化而深埋的噩梦的手臂——这就是某个小孩手上的电子游戏的出处？

索菲亚继续说着，将卡勒姆的注意力拉回到她身上："你即将看到、听到以及感受到的，是某个已经死去超过五百年的人的记忆。"

卡勒姆突然意识到，在她说话间，索菲亚已经慢慢地、有意地从他身边退开了。新的恐惧钻过他体内，他恳求地向她伸出手——向着这个此地唯一一个似乎真正将他视为人类的人，这个将他放入这只手臂中的人：

"等等！"他乞求道，但已经太迟了。

他被猛然吊入半空，仿佛被一个巨人抓住，仿佛这整场折磨不过是某种扭曲的游乐场项目。那只手臂抓住他，以无法挣脱的力量摇动着他，而卡勒姆·林奇无助地吊在上面，如同这无情机械掌中的一只破布娃娃。

"你必须要理解，你无法改变发生的事，卡勒姆，"索菲亚说，抬高了声音以盖过吊臂的嗡嗡声，"试着跟从那些影像。如果你试图改变任何事，或试图挣脱，这可能会给你带来危险。跟从那些记忆。"

自那可怕的一天——他撞见母亲仍有余温的尸体，看见父亲朝他步步走来，父亲手上那把用来杀死母亲的刀还滴着血，准备将他也杀死的那天——卡勒姆就决定永远、绝对不让任何人控制他。甚至在监狱中，他也一直保持着自我的意志。

但在这里，这只手臂，在一瞬间就将一切自我控制从他身上夺走。而卡勒姆有一种可怕

的预感，不知怎的，他们将从他身上夺走一些东西，甚至包括那些他根本不知道自己曾拥有的。

更多的机械嗡鸣。手臂将他四处移动，索菲亚正在下达指示，它们对他来说完全没有任何意义，却将影响一切。

"接合扫描器！"索菲亚下令道。

无数透镜猛地聚集到他面前，一个接一个，它们的"眼睛"在开阖着，观察着——仿佛从某个疯狂科学家的春梦中走出的设备降下来，伴随着不祥的咔嗒声，缓缓地移动。

卡勒姆将视线从这些机械上移开，低头看着下方的人类和他们所注视的屏幕。

"扫描器读取记忆。"其中一个人对索菲亚叫道。索菲亚在距离卡勒姆已足有二十英尺的地方，抬起椭圆形的脸庞望着卡勒姆。

"状况？"她询问自己的部下，尽管她的双眼仍旧紧紧盯着卡勒姆。

"血流量与神经活动监视中……DNA 配对确认。"

索菲亚沐浴在蓝光中，她抬头冲卡勒姆微笑："跟从它，卡勒姆。"她再度劝告道，尽管她允许他们对他做下这一切，卡勒姆却还是感到她是站在自己这一边的。

"扫描 DNA 链，时间点搜索中。"

现在,那只手臂以惊人的温柔移动着卡勒姆,慢慢地将他抬起、放下,将他转向面对一架奇怪的设备、又继而转向另一架。他现在冷静下来了,渐渐适应了这种感觉,尽管他的心脏仍在狂跳,呼吸短促剧烈。

"第一记忆配对锁定。"助手宣布。

"自我意识完整性?"索菲亚询问。

"适宜。"这一次,做出回应的是个女性的声音。

"尝试进行同步。"索菲亚下令。她仍抬头注视着他,而他看见她的眉毛因担忧而蹙起。担忧他?不,更像是担忧这个计划。

"第一先祖链接完成。我们找到阿吉拉尔了。"

卡勒姆突然先轻抖了一边手腕,随后又抖了另一边。臂铠中隐藏的袖剑弹了出来。他清楚自己完全没有这么做的意愿,于是像个白痴一样看着这一双不受自己控制的手腕。

"自我意识完整。"那个女助手的声音飘入他的耳中,不知怎么的仿佛有些遥远。

出于某种原因,尽管闭上双眼似乎并不恰当,他却希望这么做。几次心跳之后,他屈服了,颤动地合上了他的眼睑。

一种奇怪的平静降临。

"同步达成。"一个男人的声音说。

随后是她的声音,如音乐般,如夏日的轻息,带着平静的喜悦:"果然在那儿!"

慢慢地,卡勒姆睁开双眼,极度平和,就如同当他阖上双眼时的极度恐慌。

"开始回溯。"天使说。

"回溯进行。"

随后卡勒姆落了下来。

石制地板猛地冲向他,这种视觉冲击力让他感到一阵反胃。

忽然间,地板仿佛打开来,将他吞入一条充满着炫目光线,火焰般、翻搅着的隧道。随后,在卡勒姆还来不及在这景象前闭起眼睛时,光线消失,一切变得灰蒙蒙的,而他正向下注视着一座雄伟的、被阳光绘上金与棕与青铜色泽的城市。

在他平稳地划过这景色上方时,他注意到了每一件事——甚至多过他以为自己的双眼所能够观察的极限。他突然奇异地想起了如此遥远的、过去的那一天,飞过他头顶上空的鹰。那时他尝试骑车跳过那道缺口、并失败了,那时他最大的担忧就是如何向他的父母解释他把自行车和自己弄成了那副样子。

那时他的生活被粉碎了

随后那道记忆,以及卡勒姆·林奇的全部,屈从于他眼前所展开的这一片浩瀚,屈从于鹰的视界,消失了。

第五章

格拉纳达围攻,西班牙
1491 年

在遥远的下方,尤其是和劲风以及内华达山脉强大的上升气流相比,人群的活动显得不值一提。但如果有人能靠近一点、像这只鹰一样下潜,他就能看见住宅小小的、重复的形状,以及拔地而起的建筑,其特性比起炉火来说更近似于山脉:那是一道巨大的城塞墙壁,跟随着河流银色的曲线。而它的桥梁、城墙、街道上,是战斗、鲜血、死亡。

一名人类的呼吸只是小事,但对于呼吸的本人来说却弥足珍贵。有成千上万人正在作战,手握剑与弓箭,手握匕首和长矛,手握火焰与信仰。升起的烟形成阴沉的长流,钢铁头盔反射着照入下方街道的阳光。

马与人雷鸣般地冲过街道,而弓箭手正绝望地试图从上方瞄准他们。已脏污了的白色旗帜被扯烂,但上面绣有的红色十字仍然可见。

在鹰的双翼下还有那雄壮的宫殿，阿罕布拉宫。摩尔人战士绝望地战斗着，守卫着宫殿，而他们的苏丹正忧郁地注视着他下方的这片狂热。随后，他抬眼望向远处的山脉，在那里，一个小小的村落内隐藏着一个至珍的宝藏。村落的许多建筑仍在燃烧，而在那里，最奇特的守卫者已经在那里做好了准备，要将这宝藏夺回来。

"我们的任务是那个男孩，"导师本尼迪克托在几小时以前对他们这样说，"我们被出卖了。圣殿骑士不一定能找到他的藏身处，但如果他们找到了，他们会要求用伊甸苹果来交换他的生命。穆罕默德苏丹将没有选择。"

寥寥数语已经足够。这个任务中没有任何人是新手，他们全都了解自己所寻找的那件东西无法估量的价值。但是阿吉拉尔·德·奈尔哈怀疑，这些话是否是专门对他而说的。

阿吉拉尔知道，自他正式加入刺客兄弟会后的这几个月来，他的表现良好。他遵照了导师的指示，并没有自行其是。他证明了自己值得信任。他锻炼出了清醒的神智，来克制自己冲动的心和大脑。他能加入这次任务正是已被器重的最好证明。

刺客兄弟会很清楚，圣殿骑士团中执意获取伊甸苹果的幕后黑手，正是高阶圣殿骑士托马斯·德·托尔克马达。而这名矮小、激烈的大宗教审判官一旦涉足，有两件事便一定无法避免。

第一，假借着"宗教净化"的名义，无辜的人会因为骑士团的利益而以可怕的方式死去。

而第二，到了某一时、某一地，骑士团的黑色骑士欧哈达将会出现。

前来告知圣殿骑士到来的密探告诉他们,这一队人中有超过两打的骑兵,以及两辆四轮马车。其中一辆载着几个木桶——密探们不敢胡乱揣测里面装的是什么;而另一辆则装着一个巨大、空置的笼子。

这其中蕴含的意义很明显:圣殿骑士准备将王子抓获,并将他像一只被擒住的牲畜一样呈给他的父亲。

指挥这一队人的是一张熟面孔——拉米瑞兹将军。拉米瑞兹形象优雅,面带疤痕,有着长长的灰发和矛尖般笔挺的身子。他把拥有相当出众的军事技巧和策略天赋的自己贡献给骑士团,深得托尔克马达的器重。

而在拉米瑞兹身边——密探汇报着,目光在本尼迪克托面前闪烁——他身边是欧哈达。

本尼迪克托眼睛都没有眨一下,也没有对阿吉拉尔说一个字。但年轻的刺客知道,让他与这个抓住他的家人、将他们交给托尔克马达烧死的禽兽如此接近,必定会让导师心怀忧虑。本尼迪克托担心阿吉拉尔会忘记他们的任务是营救、而不是复仇;这并不是毫无根据的。

阿吉拉尔明白这一点,他不会忘记自己的任务。

但他同样也知道,在刺客们营救阿迈德王子时,如果命运奉上可以亲手杀死欧哈达的机会,他会毫不犹豫地动手。

他们开始向下攀爬,从一处绝壁跳到另一处,在其他人绝无可能立足的地方落脚,轻巧地向村落前进。在那里,敌人已经到达,并放火烧掉了几座偏远的建筑以示威胁。现在,人群站在那里,恐惧而不安,等待着圣殿骑士的来临;刺客们轻易地混入了其中。这是信条的原则之一:大隐于市。

当那群圣殿骑士们急驰而来时，刺客们分散开来，进入不同的位置。先头部队是一群士兵，目光尖锐，穿着盔甲和红色斗篷，携带的武器有长矛、刀剑和十字弓。

一些人留在他们的马上，从有利的高度注视着人群。其他人跳下坐骑，在聚集起来的村民之间就位，准备消除任何流露出的不满。

在士兵之后到来的是他们的指挥官。传奇性的拉米瑞兹将军，他在盔甲外面穿着一件优雅的、精心制作的红色天鹅绒短袍。他的仪表引人注目，但阿吉拉尔对他没有任何兴趣。他的全部注意力都集中在指挥官身边那个体型如山般的人身上。将军从他的坐骑上翻身而下，而这个人正静候着，脸上毫无一丝表情，仿佛这张脸的主人是岩石雕刻而成。

现在阿吉拉尔理解了为什么这个人会有"黑色骑士"这个称号。从他的顶髻、编起的头发一直到他的靴尖，欧哈达一身上下都如夜幕般漆黑。

漆黑如他的心，阿吉拉尔怀着涌起的怒火想着。

欧哈达粗壮的脖子和宽阔的双肩上所围着装饰的皮革都带有战斗过的痕迹，那条刺绣的斗篷因黄色尘土而黯淡。他厚实的胸膛上覆盖着皮甲，只有黯淡的银饰钉和下方的锁子甲反射出光芒。欧哈达并没有佩戴铁手套，而是戴着一对由精致的黑色皮革制成的护腕，让阿吉拉尔手臂上环绕的臂铠相形见拙。

就连他所骑的马匹都与其骑手相配。这匹牡马的黑色毛皮因尘土而黯淡，但它厚实的鬃毛和尾巴，强健的体型和高傲的姿态都说明了其顶尖的血统。就像欧哈达一样，这匹美丽的安达卢西安马匹也身披黑色铠甲。它的头部被墨色板甲所保护，而遮住它全身的皮甲则饰有突出的铁质三角。

拉米瑞兹与一批手下大步走向一栋简单的石屋。欧哈达留在外面，身披红色的斗篷，没有说一句话，也没有动弹一步，仅仅沉默地站在那里就散发着震慑力。难怪他会被托尔克马达器重。

灰烟混杂着黄色的尘土，让阿吉拉尔的双眼刺痛。他眨着眼睛让视线清晰，努力忽略这疼痛、就如训练所教会他的那样。但哪怕经受过训练，自第一眼看见这个杀死他父母的凶手起，阿吉拉尔的心跳速度就开始加快。他强迫自己回忆所学过的纪律性，就像导师所命令的那样——牢记任务。

那个男孩——以及，通过他，取回伊甸苹果——才是重要的事。只有这才是重要的。的确，如果在某种好运的帮助之下，拉米瑞兹没发现这个被遗忘的、简简单单的村庄就是苏丹宝贵的继承人的藏身之处，刺客组织就不会与他或他的人马交手。而阿吉拉尔就得被迫眼睁睁地看着可恨的圣殿骑士们安安全全地策马离开，连一根手指都不能动，更别提举起刀刃了。

当然，这将是个完美的结果。阿迈德将会安然无恙，伊甸苹果将会安然无恙，没有刺客会在今日丧命。

尽管如此，阿吉拉尔发现自己仍希望事情会向另一个方向发展。

这个毫不崇高的愿望在片刻之后就被实现了。房中传来一声大叫，随后一名士兵出现了：

"我们找到他了，"士兵对这名静默、庞大的骑士宣告。欧哈达点了点头，用一种对如此巨大的身躯来说难以置信的优雅翻身下马。

阿吉拉尔暗自怀疑是谁出卖了他们。他也许永远也不会知道。这并不重要。因为恐惧或贪婪，有人这么做了；而现在，救回年轻的阿迈德王子就是刺客们的使命了。

无论以什么方式。

欧哈达大步走向吓坏了的村民，如同狮子走在羊群间。他眯起眼睛，视线闪动着扫过他们。他走到其中一人身前，抓住这个女人的头巾，狠狠一拽，让她跪倒在地上。

"是哪家窝藏了那个男孩？"他质问道。

阿吉拉尔能够看到女人双眼中的恐惧和痛苦，但这个女人拒绝回答。欧哈达皱起眉头，更进一步扭动他的大手。女人发出轻轻的嘶声。

"只有我一个。"伴随着一个声音，一个男人踏上前来。

那是迪耶格，一名兄弟会长年的友人。本尼迪克托请求他帮忙藏起年轻的王子，而迪耶格勇敢地同意了。就像那个正受欧哈达折磨的女人一样，迪耶格也在害怕，任何神志清醒的人都会如此。但他仍高昂着头。

阿吉拉尔非常清楚，迪耶格要是想活命，只需要指向人群中任何一个戴着兜帽的身影，并大叫出那一个词："刺客！"那样，他也许甚至能拿到一笔丰厚的奖赏。但他并没有这么做。

阿吉拉尔一路穿过人群，一边注意到迪耶格和那个女人飞快地交换了一个目光。尽管短暂，欧哈达也注意到了，他低吼了一声，再度拧起女人的头发，随之将她猛摔在尘土之中。他转过身，注视着这个站上前的男人，他比对方高出至少一英尺。

"没有其他人知道他在这里。"迪耶格继续说。

欧哈达上下打量着他，随后冲自己的将军点点头："我敬仰你的勇气。为此，我将饶过你的性命。"

这个男人吐出一口气，他也许根本没有意识到自己屏住了呼吸。欧哈达的嘴唇微微翘起，形成一个可能是微笑的样子，同时继续说道："吊死他的家人，让他看着。烧掉整个村庄。从这个女人开始。"

他们散发着猪粪和罪孽的臭味。"

圣殿骑士居然敢说自己是良善的一方。阿吉拉尔想着,怒火窜过他的全身。他尽力将它置于一边,尽力让自己继续随意地走动,而不是冲向这个他所憎恨的残忍敌人。

即便到了现在,迪耶格依然保持着沉默,没有背叛兄弟会。他明白这其中的利害攸关,知道只要刺客们还在这里,他和他的家人就有存活的希望。圣殿骑士的士兵将迪耶格和那个女人——他的妻子——双双拖走了。

阿吉拉尔继续低着头。沉重的赤褐色兜帽将他的脸浸没在阴影中。他浑身的每一处都想动起来,要一路冲向欧哈达,并杀掉这个人。但命运却安排他更为接近另一个目标。而本尼迪克托,即便是现在,仍巧妙地跟在黑色骑士欧哈达身后。

阿吉拉尔无可奈何地朝人群的边缘移动,溜到王子所在的那栋单层建筑背后,轻巧地爬上屋顶,身体紧贴其上。

没有人注意到阿吉拉尔。村民们被拉扯着拖在地上,而他们的王子正被两个士兵拖着走向前。拉米瑞兹跟着他们走出来,看起来十分得意。他心满意足地注视着士兵把这个孩子一路拽过满是尘土的地面,拖向那个放着笼子的马车。他们粗暴地打开金属门闩,将阿迈德往里推搡。

"请看这格拉纳达的王子!"拉米瑞兹大叫,他的嗓音中溢满轻蔑,"他的父亲苏丹将会交出他反叛的城市——这异教徒们最后的避风港!上帝会惩罚他子民们的异端邪说。终于,西班牙将服从于圣殿骑士的统治。"

刺客们允许他洋洋自得了一会儿。随之,伴随着协作精确、有如编排好一般的动作,他们进攻了。

49

阿吉拉尔从屋顶一跃而下,他的袖剑蓄势待发。拉米瑞兹看见刺客的阴影,转过身来。他已经来不及拔出武器、但还来得及直视阿吉拉尔的双眼——与此同时,薄薄的金属切开了他的喉咙。

卡勒姆盯着他的双手,看见刀刃被弹出,精巧而致命,藏在五根手指之下——不,是四根,他的右手只有四根手指,那场仪式——

"跟从记忆,卡勒姆。"

阿吉拉尔阖上死人的双眼,站起身。

"刺客!"

尖叫声响起,随之,混乱爆发了。

第六章

阿吉拉尔的兄弟和姐妹们在看到他跃下的那一刻就立刻有了行动。

就如几秒之前阿吉拉尔所注意到的，本尼迪克托站在了欧哈达的正后方。不知怎么，骑士似乎感觉到了刺客的存在。就在本尼迪克托的斧头劈下，本该将欧哈达一击斩首时，这名圣殿骑士却以惊人的速度猛地翻滚，躲开了这致命一击。

一个柚子大小的拳头挥起，直直地击中了本尼迪克托的脸。第二击迅猛的连击让这名刺客导师倒在尘土飞扬的地面上。

阿吉拉尔突然明白了，兄弟会的保证——他们所说的即便他在场，他也救不了自己的父母——并非信口开河。阿吉拉尔并非从未见血的新手。在这以前，他就曾与他的兄弟们一起同训练有素、身经百战的人——比如说他刚刚杀掉的那个圣殿骑士将军——作战过。但比起凡夫俗子，欧哈达更像是拥有超自然的力量。

所有这些发生都比他的一记心跳还要迅捷。

从他的眼角，阿吉拉尔看见他的一个兄弟从背后拔出双剑，流畅地用两把锋利的刀刃相交，切下一名圣殿士兵的脑袋。脑袋在尘土地上弹跳着，双眼睁开，瞪视中还含有最后的一丝惊诧。

另一个人从后面割开了一个喉咙。第三个人拧断了一根脖颈。

又有一人将一名士兵踹得跪倒在地，有力地一脚踢向喉头，了结了他。

但玛丽亚牢记着本尼迪克托的指示——"我们的任务是那个男孩"。当其余的刺客——包括阿吉拉尔，他现在正受到两边夹击——正忙着解决士兵时，她径直冲向那台关有王子的铁笼马车。

每一名刺客的刀刃都是独一无二的。玛丽亚在她的臂铠上安装了机关，可以将自己的刀刃作为远程武器发射出去，让它变成一柄飞刀。阿吉拉尔知道，她的另一把刀的尖端分为双股，如叉一般。

现在，她翻动左手腕，将叉子的两端插入一名站在马车边、穿戴长长红色斗篷的圣殿骑士腹部。当对方弯下身时，玛丽亚抓过这个男人的长矛，向后一跃，长矛在手中一转，矛尖切过那名士兵的脖颈。

圣殿骑士倒在地上。玛丽亚轻巧地跳上座席，猛一抽环绕在马匹宽阔脖子上的缰绳。马匹顺从地跑了起来。

阿吉拉尔只在短暂的一瞥中见到这个景象。他正忙着解决那些可能会去追赶她的人。他

向一名红斗篷击出一拳，让那人向后倒去，转身切开从自己身后冲上来的另一人的喉咙，同时借旋转动作的末尾猛抓住那名红斗篷的脑袋，将他按入坚实地面的尘土中。

阿吉拉尔抬起头喘了口气，他的双眼紧盯着此刻最大的威胁——欧哈达。这个人并不仅仅是个高大、狡诈的战士，他还很聪明。这就是为什么导师本尼迪克托将欧哈达选作了他自己的目标。

但最终，导师的全部技巧、经验以及惯常万无一失的时机把握都变得毫无用处；现在，三名士兵正用力制服在激烈抵抗的本尼迪克托。

阿吉拉尔的心沉了下去，但他的痛苦被难以克制的暴怒所取代。

应该是我。本尼迪克托不像我一样，被愤怒所激励。如果是我，我就能拿下他。

"阿吉拉尔！"本尼迪克托在大叫，叫声因为一记击中他腹部的重重踢击而停顿了一下。

就在阿吉拉尔开始向欧哈达靠近时，这个巨大的男人突然转过头去。

他看见了玛丽亚正带着王子逃走。

欧哈达以一种他这种块头的人本不可能拥有的迅疾冲向士兵带给他的第二辆马车，一跃而上，冲上前座，将一个自己人扔下地，并取代了那个人的位置。

"阿吉拉尔！"本尼迪克托的声音不知怎么穿过了重重尖叫和武器的鸣响，"那个男孩！那个男孩！"

阿吉拉尔咬紧牙关。他浑身的每个细胞都在叫嚣着要去追赶欧哈达。形势对刺客们不利。他很清楚自己有可能会死于今日。如果他要死，他希望能够与这个杀死了他全家的恶魔一战而死；这个会杀掉一整个村庄里每个人，就因为他们胆敢站出来与圣殿骑士作对的恶魔。

但他听从了导师的话，半途改变方向，转而去追逐那个策马的红斗篷。他一手抓住受惊马匹的缰绳，另一手将骑手从上面拽了下来，翻身跃上马鞍，朝这匹牲畜重重地踢了一脚。

强壮、迅捷而顺服，如同离弦的箭，马匹猛地向前方进发。其他兄弟们也同样听见了他们导师的命令。一个接一个,他们解决了眼前的对手——或是试图解决、却不幸失败——并拔腿开始追赶逃跑的马车。

但圣殿骑士们也注意到了玛丽亚的逃脱,他们策马狂奔,仿佛有整个地狱的恶魔在身后追赶。

欧哈达已经追上了她,他的马车与玛丽亚的并肩。玛丽亚飞快而又轻蔑地瞥了他一眼,猛一挥缰绳,冲刺客们大吼着要他们加速。但率先跟上的却是另一个圣殿士兵,他策马接近马车后方,从坐骑上跃起,一把抓住在王子的牢笼栏杆。

阿吉拉尔鞭策他的坐骑加速,低伏在它的脖颈上。玛丽亚及时地抓住了那名骑士。电光火石间,她已跃离马车前部座位,在峡谷石壁上借力一蹬,流畅地落在马车车厢里,直落在她的敌人身后。阿吉拉尔注视着,赞叹她的技艺之娴熟,但并不感到吃惊。

那名圣殿骑士吃了一惊,没来得及拔出剑来。他为此付出了代价。玛丽亚踢向他的腹部,迫使他丢下武器,随后又补上了一击。骑士从马车上摔下崎岖的路面,而玛丽亚已经先一步夺走了他的剑。

又一名士兵爬了上来,准备继续同僚未竟的任务。玛丽亚将手中夺来的锋利长剑大幅挥出。

但这一个骑士并没有像先前那个那样措手不及。他低下身,手握一把长匕首向玛丽亚刺来。她几乎毫不费力地闪身躲开,如同托钵僧般旋转,用手肘狠砸在他的脸上。她再度转身,穿着靴子的脚猛踢在他的喉咙上。他挣扎着想要呼吸,却从马车上掉了下去。

第三个人正策马飞驰而上,但玛丽亚抽出一把十字弓,一箭射在了那个士兵的胸前。他像另两个人一样落了下去,重重摔在地上。玛丽亚飞快地跳上囚笼顶部,爬回驾驶座,再度抽打缰绳。

这整串动作只花了一分钟多一点儿。

双方都有很多人加入了这场追逐,道路开始变得拥挤。阿吉拉尔用膝盖顶了顶马匹,让它转向右边,跑上一条碎石更多的小路,在这里他能让自己的坐骑超前,绕过拥堵在路上的刺客和骑士们。欧哈达正在逼近玛丽亚和年轻的王子;但阿吉拉尔在逼近欧哈达。

他猛踢马匹,希求它再多出一点点力。随后,他轻快、但绝对精准地动了起来,站上了自己坐骑的马鞍。在路间疾驰时,增加的那一点高度会带给他明显的优势,帮助他接近目标。

在极短的一瞬间,他保持住了平衡,测准时机,从这飞驰着的、口吐白沫的坐骑上一跃而起,跳上欧哈达马车的拖车。落地算不得特别优雅,但阿吉拉尔还是做到了。他重重撞在木制车板上。

他知道自己的落地会惊动驾驶者,而就在他站起身时,欧哈达已经面对他了。

第一次,阿吉拉尔·德·奈尔哈得以与杀害他父母的凶手面对面。他惊讶地发现欧哈达有一双颜色奇特的双眼——一只是深棕色的,另一只却是黯淡、不自然的蓝色——一条疤痕从眉毛划下直切过颧骨。但两只眼睛中都显露着他冷酷残忍的本性。

欧哈达的双眼中闪过某种依稀的相识神色,随后很快就消失了。阿吉拉尔能够理解。他知道自己有力的下颌与父亲如出一辙,而母亲总是说自己的儿子有一双和自己一样的眼睛。

你在我身上看见他们了吗,欧哈达?你感到这种刺痛了吗?仿若你正注视着一个鬼魂?

两个男人相对而立了一瞬间,双眼注视彼此,然后,伴随着一声喉咙深处发出的大吼,欧哈达猛扑了上来。

他携带着小而锋利的斧头,将它挥下,把那强有力的身躯中的所有力量都注入这一击。阿吉拉尔的双手抬起猛甩向欧哈达,刚刚来得及将斧头从这个高大的男人手中挡开。斧头被挡格出去。但欧哈达一秒钟也没浪费,他一记一记朝阿吉拉尔猛击,其力量和暴烈让刺客几乎难以招架,更别提能匀出宝贵的瞬间来激活袖剑了。

更多的圣殿士兵正逐渐追上玛丽亚。这会儿,阿吉拉尔看不到她了。想到玛丽亚可能已落到了雷霆般疾驰的铁蹄践踏之下,恐惧刺痛了他。但他不能让这影响他,不能是现在,不能在欧哈达——

突然,马车撞上了路上的一块大石,猛地掀了起来。它本来就不是为了用这种速度穿越这种崎岖的路途而造的,现在终于投降了。伴随着一声巨大的破裂声,以及马匹在疼痛中发出的可怕、让人无法忘怀的尖啸,车轮飞出,马车碎裂解体,就要向前倒下。这个震动让战斗中的双方都向前倒去。阿吉拉尔利用了这一刻,猛朝玛丽亚的马车扑去——

——巨大的机械手臂陡然将卡勒姆举起,让他悬在半空,只是为了再度将他摔向那无情的石制地板——

——而他险险擦过阿迈德王子囚笼尖锐的金属角。他整个人摔在马车的木制车板上,发出一声闷哼。

阿吉拉尔听见持续不断的木料吱嘎和碎裂声。伴随着一声碎裂声响,他知道作为跳板的那辆马车现在已经只剩下一堆碎屑。他希望欧哈达也已粉身碎骨,浑身是血地躺在路当中,每呼吸一次生命就流失一些。

这是个美好的想象。他唯一能感到的哀悼是为那些美丽、高傲的骏马。

现在,阿吉拉尔的注意力全都集中在马车前部所发生的事上,而玛丽亚不在那里。看起来她似乎不知怎么地掉到后一对拉车的马匹之间了。

但他知道她还活着,因为那名圣殿骑士正发出愤怒的大吼,完全没注意到自己身后马车上的这名刺客,一心暴怒地用他的剑向下刺去。

已经没有时间让阿吉拉尔爬过囚笼了。以一个流畅的动作,阿吉拉尔抓住他配戴在大腿部位的匕首,瞄准,旋转掷出,擦过那个惊诧的年轻囚犯头顶。它没有被任何栏杆所阻挡,直插入阿吉拉尔所瞄准的地方——那名圣殿骑士的咽喉。圣殿骑士无助地从座位上落了下去,变成路上毫无威胁性的又一块杂物。

阿吉拉尔站起身,越过笼子上方向前看去。他感到十分紧张,他意识到玛丽亚和那个可能杀掉她的人太专注于彼此,根本没有人在操纵这辆马车。马匹一味向前猛冲,因暴力和血的味道而恐慌,而它们会一直这么猛冲——一路冲下悬崖,落入横亘在前方的巨大峡谷之中。

已经没有时间拉住缰绳,将这些吓坏的动物拽回左侧、返回大路了。阿吉拉尔低头看着小王子睁大、惊恐的双眼,尽管遭遇这一切磨难,他却并没有被恐惧所击垮。

他弹出刀刃,开始用其尖端撬锁,那个他所挚爱的声音从马车前端传来,大喊道:"阿吉拉尔!那个男孩!"即便在此时,他的心仍因此而陡然悸动。

她的声音激励着阿吉拉尔。他猛拽开门,王子已向他伸出双手,他猛地将他拽了出来。刺客知道他应该已经没有时间了。马匹现在应该已经冲下了悬崖。他意识到,不知怎的,他们已经偏向了左侧，急转、飞驰向安全的地方——但马车仍在以全速向前冲去，坠毁无可避免。

而他和阿迈德仍在车上。

马车车轮不再紧咬着地面了，它正开始朝前飞去——然后落了下去。

终于，在这最后一刻，王子尖叫起来。但即便如此，当阿吉拉尔举起一只手臂时，他仍用铁钳一般的手指紧紧抓住这名刺客。阿吉拉尔射出的不是袖剑，而是一支抓钩，它飞了出去，紧紧地钩住墙壁，相连的绳索陡然绷直。

阿迈德滑了下去。

阿吉拉尔的手飞快伸出，比蛇咬还迅捷地抓住了阿迈德的手腕。这两人大幅度地在半空中摇晃着，弧线以让人牙齿震颤的力道将他们甩到悬崖侧边上。

马车在他们遥远的、遥远的下方摔得粉碎。

而在他们头顶上，是一张巨大的脸庞，这脸庞因恶毒的愉悦笑容而变得更加宽大。站在那里的是欧哈达。

第七章

"把他带出来!"索菲亚大叫道。

她亲手挑选了这个队伍的每一名成员,一部分原因就是为了确保他们闪电般的反应速度,而她从来没有像此刻一样对自己坚持不懈地要求完美感到欣慰。

阿尼姆斯的机械臂砸在地面上。卡勒姆倒在它的抓握之中,失去了意识——但还活着。

"开始复原。"她指示她的队伍,"进行一遍系统校验,并记录下他的状况。"

索菲亚走向这个失去意识的男人,在他身边跪了下来。她直视着卡勒姆大睁但毫无知觉的双眼,惊讶地发现自己在压抑着伸手去安抚他的冲动。索菲亚·瑞金是个优秀的科学家,而科学家不能允许自己喜欢上他们的实验小白鼠。

但有如此多的东西倚赖于他……

在她意识到以前,这些话已经从她的唇间说出:"你做得很好,卡勒姆。"而她的语调是温暖的。

看护们朝这个毫无知觉的人走上来。"小心对待他，"她说，"没有我的允许，无论发生什么，谁也不准进入他的房间。"

"包括我父亲。"索菲亚又加了一句。

他们点头服从，她看着他们将卡勒姆带走，就算说不上"温柔"，也至少也像她所指示的那样小心翼翼。

"你们也做得很好，"她向两名部下，阿历克斯和萨米娅说，"他完成得怎样？"

"好得惊人。"阿历克斯回答道，"强壮的家伙。他状况很好，不过你也知道的，这会耗尽他的全部精力。"

"这是场紧张的模拟，尤其还是他的第一次。"索菲亚同意道。卡勒姆将会精疲力竭，睡上好几个小时。他们会有足够的时间来检视所得到的内容，而索菲亚已经急不可待想要开始了。

"你们两个干吗不去吃点午饭呢？"她建议道，"我们可以等你们回来以后再一起开始检查。"

萨米娅和阿历克斯心照不宣地望向彼此。他们比任何其他人都更了解自己的上司。他们意识到索菲亚想要一些时间独处，独自思考一些事。

说到底，这里展示出的所有技术，这房间中央的巨大手臂，以及现在遍布世界各地数个阿布斯泰戈机构中的早期机型，都是由索菲亚·瑞金所发明的。

他们点点头，说会在一小时以后回来。队伍中的其他成员也已经离开了，几分钟以后，只剩下索菲亚与她所创造出来的机械独自相对。

她出生于1980年，那一年，阿尼姆斯原型机的创造者华伦·维迪克刚刚开始认真地进行这一项目。索菲亚愿意这么想：她是和阿尼姆斯一起长大的。直到最近的大多数版本里,阿尼姆斯都是某种椅子或桌面,让实验对象能够躺下,头部包裹在某种特殊头盔中。这个头盔可以分析脑部活动,让先祖记忆得以通过对象的DNA进入。之后所录制下的模拟演示将会呈现在一台电脑屏幕上。

但从小就接触电脑的索菲亚想要更好的模拟效果。某种三维的、与实物同等大小的东西,能让观测者得以与实验对象以近似的方式体验事件的发生。虚拟现实场景,但比现今市面上所存在的任何类型都要更加高级。

同样,也是她想要让实验对象的身体也加入记忆重演过程,不是被动接受、而是以一种主动的方式进行。索菲亚相信,大多数科学家都低估了肌肉记忆所能带来的优势。她坚信,这能够创造一种积极的反馈回路。如果实验对象做出与先祖同样的动作——比如说,在打出一击之前抽回手臂,或者弹出袖剑——记忆将会更加深刻地植入他的大脑。

"这非常明显,真的。"某个晚上,她和她父亲正在巴黎用餐时,她这么说道。就算他小心地保持着无动于衷,她也能看出这对他来说一点也不容易。

早先机型只应用到她所提的大堆改动中的一小部分。而这次是头一次全部应用。

现在,索菲亚激活了一部分录影,大步走下场地观看。尽管她能见到卡勒姆所见,但却无法感觉到他所感觉的,而她对此心怀感激。索菲亚从未有过想要亲自进入阿尼姆斯的愿望,尽管她听说伦敦分部的新历史研究部主任正竭力要求所有高阶圣殿骑士都如此执行。

她检视过卡勒姆跪在拉米瑞兹上方的那部分录像。他停了一会儿，惊恐而茫然。在这一刻，她本有可能很轻易地失去他——第一次就进入真正的刺杀回忆。但当她冲卡勒姆呼叫时，他听从了，跟从着记忆，然后，噢，他们得到了这么多东西。一切都如此清晰，特别是考虑到这还是卡勒姆的第一次实验。

索菲亚将录像定格在另一个不同的地方，环绕欧哈达巨大的身体踱步，观察着他盔甲上精致的细节——花了这么大的功夫，就是为了将这件盔甲铸造如此精美，尽管这皮革不可避免地会在击打中留下划痕，而整个盔甲最终都将会被尘、被土、被鲜血覆盖。这真的太令人惊讶了——她几乎能够伸手触到这名黑色骑士。

对于卡勒姆来说，这么做是可能的。他能通过他的所有感官经历这些记忆。当他杀死拉米瑞兹时，这对他来说就是真实的，仿佛他虽然就站在这里的地面上、却将他的一把刀刃直插进了一个活人的身体。

索菲亚·瑞金有一个对所有人，哪怕是她的父亲都保守着的秘密，那就是她的大多数巨大科学突破不仅仅是源于专注，源于极具纪律性的头脑和对学习的渴求，它们也同样源于她的想象力——她是一个孤独的小女孩。对伟大的艾伦·瑞金——圣殿骑士团大团长——来说，她太过重要，不被允许与其他普通孩子一起玩耍，却又还没有重要到能让他察觉，这种玩耍恰恰是她最最渴望的。

因此，索菲亚·瑞金创造了她自己的故事……给她自己找来了玩伴，那些"幻想的朋友们"。因为她喜欢历史，因而他们就是来自种种不同历史年代的男孩女孩；而因为她喜欢科学，他们便都是乘坐时空机器来看她的。

她并没有发明出一种方式能够真正地回到过去，但阿尼姆斯提供了科学所能给出的最近似的可能性。这名定格地站在房间中央、身材巨大的圣殿骑士，就是她五六岁时所想出的电子所成就的最高结晶。这个仅存于一个早已死去的记忆中的人，她赋予其形体与声音。

她再度打量卡勒姆·林奇定格着的全息图。他们之间的相似之处也许远超过他所能够想象到的。

而在某种意义上，索菲亚嫉妒他。

艾伦·瑞金，阿布斯泰戈工业公司CEO，大团长，同时圣殿骑士团内殿团成员；他是一名四海为家的世界公民。但他也是个英国人，而伦敦分部是他最喜欢的一个。他昨晚刚刚去过那里。因为在那里处理一些让人不快的事物，他到达马德里的时间比希望的要晚。实际上，他一小时前刚刚接到消息，说他被要求于今晚再度返回那里。艾伦·瑞金显然永不停歇。

他很高兴地看到索菲亚的研究似乎进展得非常顺利。最近，他非常清楚地得到暗示，并非每个高阶骑士都与他以及那些长老意见一致——而这种势头必须被掐灭在萌芽之中，越早越好。

瑞金不得不承认，他对阿布斯泰戈基金会马德里分部的好感几乎与伦敦分部相差不远。

这里大部分都是索菲亚的世界，而他听任她在这里随心所欲。但这间办公室是他的，它反映出他对美和价值的观点——相称于他生命中林林总总的站点。

墙壁上挂满了优秀的画作，描绘着骑士团历史上的各个伟大时刻。一张世界地图装点着他背后的墙壁。小小的绿点代表了阿布斯泰戈的分部，而小白点则标注出骑士团尤为注意的地点。在某些城市，诸如伦敦，这些绿点和白点相重叠。地图上方是一排钟表，展示着每一个主要城市的时间。

一面绘有红色圣殿十字的白色旗帜，曾在十字军东征时由伟大的圣殿骑士团大团长罗伯特·德·萨布莱亲自挥舞过。这件极特别而珍稀的物品被放置在的盒中矗立在那里，沐浴于其独有的光辉之中。

易碎的皮面书本静躺在玻璃档案柜中，安全地展示着。古董武器静躺在另一个柜中，其中一些——诸如带有圣殿十字的盾牌和一排剑——来自于瑞金自己的历史。

至于其他的，还有钉头锤，十字弓，早期转轮发火手枪，火绳枪以及精密铸造、外表雕琢得像是精细装饰的香油瓶的烟幕弹，都是刺客组织所使用的。

一把弓身上有着华美的雕刻，绘制着写意的兜帽"英雄"形象，正用他们著名的袖剑轻易解决他们那些穿着十字战袍的敌人。这是瑞金最喜欢的弓箭之一。这具如此明确地反圣殿的武器如今却落入一名内殿团成员的手中，这个事实让他感到陶醉。

现在，这些武器是他的了。很快，刺客组织本身，或者说他们还残存的部分，也将成为他的。

而这将能够使那一小撮误入歧途的骑士们重回正轨。他怀疑，这是否就是他被召回的原因，是的，他没有被告知太多。

今晚，大量的思绪在他脑中翻转，他安抚自己，并只专注于进行两件事：让他长长的手指在三角钢琴的象牙琴键上，精心地奏出肖邦舒缓的曲调，以及观看他最近一次于 G7[①] 会议上的发言。

"回首过去，"他的影像正在巨大等离子屏幕上诚恳地说道，"很

[①] 西方七大工业国集团，即加拿大、法国、德国、意大利、日本、英国、美国——译者注。

明显，世界的历史就是一场暴力的历史。去年，反社会行为所造成的经济影响达到九万亿美元。我们相信今日的人们拥有了极大程度的进攻性，却找不到合适的抒发途径。"

在他自己的声音以及轻柔的音乐声下，瑞金听到一种轻微的悉索声，但他继续看着录像。

"现在，"他的影像继续说道，"想像一下，如果所有这些钱都能花费在别处——花在教育、医疗、新型技术——"

"你觉得我看起来老吗？"瑞金不再看屏幕上的自己，面对正走到他身边的女儿。她换掉了白色医生大褂，换上了一条简单的黑裙子。

"是的，父亲，"索菲亚回答道，唐突但精准，"因为你确实很老。"

瑞金微笑了一下。"说得漂亮。"他说，"想想我的年龄，再谈虚荣心似乎是显得有点可悲了。我想，用六十五年来端详一样东西是有点过长了，哪怕是用来端详自己。"

她浅浅的笑容加深了，因感情而变得温暖："你看起来很棒。"

"那么，"他说，起身看着窗外下方铺展开来的马德里，"回溯进行得不错？"

"卡勒姆是我们要找的人。"她宣告道。瑞金抬起一边眉毛。索菲亚最大的特质就是谨慎，与其身为科学家的身份所相称，但她显然对自己的看法具有完完全全的信心。"一个阿吉拉尔的直系后裔。一切都清晰无误。有史以来第一次。我们进行过这么多次回溯，它们都获得了不同程度上的成功。但这一次……相当让人惊叹。"

她的双眼仍然盯着屏幕上的父亲，而不是现在与她同在这间房中的这一个，专注地听着他的演讲。

"有了你们的帮助,"那个艾伦·瑞金正在说,他皱纹遍布但仍旧英俊的脸上散发着诚挚的光芒,"阿布斯泰戈能够从市场的领导者,变为实现我们梦想的先驱——一个更加和平的世界。"

G7的听众们爆发出雷鸣般的掌声。索菲亚微笑了。

"我看见你又剽窃我的说辞了。"她嘲弄道。

"我只从最好的人那里剽窃。"瑞金答道。这话要是由别的人说出来,也许不过是句玩笑。索菲亚却知道她父亲完全是认真的。"那么伊甸苹果呢?"

"已经触手可得。"她很冷静,但仍然非常自信,她转向她,一抹胜利的微笑在她的唇角扬起。

"那里发生了什么?"瑞金问,不再假装做任何寒暄,"你说一切进行顺利。那你为什么要把他带出来?"

"我必须这么做。"索菲亚回答道,"我们必须保证他的健康。麦克高文了麻醉他,他还没有从河豚毒素中恢复过来,我们就直接将他放入阿尼姆斯中了。这可不是什么赢取他信赖的好方式。不过我想我能做到。而一旦我们做到了这一点,我认为他将会把我们领向伊甸苹果。"

瑞金扣好袖口,为接下来的夜晚做好准备。他丝毫没有被说服。

"送他回去。"他命令道。

她冲他微笑,几乎是宽容的样子:"阿尼姆斯不是这么运转的。"

瑞金知道他能对人产生威胁感,而他也对这一点加以利用。大多数圣殿骑士会急不可待地遵照他的命令。但索菲亚只是微笑。她从未被他所慑服,自她降临到这世上,一次都没有过。这既让他满意、又让他恼火,而在这一刻,他所感到的是后一种。

瑞金回想着先前关于自己衰老的说辞。就在笨手笨脚地拨弄着袖口时，手指的关节炎更进一步提醒了他，就像是索菲亚诚实地所指出的，他确实是很老。他恼火地叹了口气。

索菲亚走到他身边，在黑色裙装里的她阴暗而沉默如同一个影子。她灵活的手指扣紧并亲切地抚平袖口。

"好了。"

撇开那种科学家式的超脱，索菲亚仍拥有一种瑞金遗失已久的和善——如果他真的曾经有过的话。他平静而又诚挚说道："谢谢。"

他们的眼神相遇。索菲亚的双眼像她母亲、而不像他，蓝色而辽阔如同天空。但她继承了他的执拗以及追求目标的专一。

正是这种特质，以及她极高的智力，将他们两人共同带到了这一刻，正站在成就伟业的边缘。

"1917年，卢瑟福分裂原子。"瑞金静静地说。索菲亚盯着他的眼睛，思索他究竟想要说什么。他直视着她的目光："1953年，沃森和克里克发现双螺旋结构。2016年，"随后他停了下来，品味着这点，允许自己享受着这种骄傲的感觉抚过全身，"我的女儿发现了治愈暴力的方式。"

索菲亚低下头，因这种类比而不安起来。她不该如此。圣殿骑士就应该为自己骄傲，为天赋、技巧、智慧——以及成就。

他轻柔地用拇指和食指抬起她的下巴，让她抬起头来看着他。

"我们——你妈妈和我，我们为你挑选的名字恰到好处。"索菲亚在希腊语中是智慧的意思，"你一直都比我更聪明。"当他向她展现那少有的真诚的微笑时，一声轻柔、也许是有些后悔的轻笑从他口中发出。

他放下手并吸了一口气,为接下来的夜晚打起精神:"现在我要迟到了。我今晚必须回伦敦去。我不会花很久的。"

"伦敦?"她好奇地问道,"做什么?"

瑞金叹了口气:"我必须去向长老们报到。"

第八章

瑞金并不习惯于被召唤。但即便是他也得听命于某个高层，而这个"高层"便是长老团。当他们——尤其是，当他们的主席召唤时，他就得像条唯命是从的狗一样跑去。

现在，他独自站在董事会会议室等待着，双手握在背后，一心一意地盯着墙壁上的画。

这间房间极为美丽，并且，就像很多圣殿骑士的场所一样，将现代与历史融合在一起。舒适的现代化座椅，足以坐下好几十人，由巨大、精致的烛台和其他中世纪遗物分隔开来。在他左侧的墙壁上是四十八把让人震撼的中世纪古剑，排列成一个闪动着银色辉光的圆圈。

在圆圈的中心是一面盾牌，上面是绝不会被错认的白底与红色圣殿骑士十字。这件展示品上还搭配着长矛和闪光的小巧手斧。

但吸引了瑞金注意力的还是那幅画。即便在经过了那么多个世纪后，它的色泽仍旧鲜艳，而其对那么多微缩人物的细节刻画则令人惊叹。

他回忆起这幅画所描绘的这种行动的名称：auto-da-fé。由葡萄牙语直译过来的意思是"信仰的行动"。它所指的是某一种非常特别的信仰行为：将异教徒活活烧死。

画家绘出了一系列不同的旁观者，从皇室成员到平民，他们都带着极大的乐趣，以及兴许是宗教感上的狂喜，注视着那些在大审判官的命令下被送去见自己造物主的人。大审判官细小的身形坐在同样小小的国王和皇后中间。

他听见高跟鞋击打在大理石地板上的声音，但双眼仍在注视着这幅画。身后响起的声音优雅而明确，他向声音的主人转过身去。

"弗兰西斯科·利兹的作品。"埃琳·凯尔说，她是董事监理会的主席——以及长老议会的领导者。她是个身材苗条、举止优雅的年长女性，几乎和他一样高，穿着量身定做的深蓝西装与奶油色的丝衬衫，雅致而老派。

"这幅画的标题为'马德里集市上的信仰行动'，所描绘的是1680年当地所发生的事件。"

"我还以为伊莎贝拉太老了，当不成皇后。"瑞金开玩笑道。

"对我们来说，1491年是一个具有重大意义的年份，"她无视瑞金试图表现的幽默，"战争，宗教迫害——以及神父托尔克马达，或是任何我们的骑士团成员距离伊甸苹果最接近的一次机会。"瑞金朝她走上前，她稍稍微笑了一下。

"你怎么样，我的朋友？"她问道，语调中带有一丝友善。

他弯下身，亲吻她伸出的手："很好，尊贵的阁下。"他回应道，也冲她露出一个微笑，"但我还是猜想您召唤我今晚从马德里赶回来不仅仅是为了看画，尽管它们确实优美而启迪人心。"

当然，他说的没错。凯尔是出了名的绝不寒暄、直奔主题。她匆匆开口，语调中却带有一丝遗憾。她说出口的话是灾难性的：

"下周，当长老们聚集时，我们将就终止你的阿布斯泰戈计划进行投票。"

瑞金的微笑消失了，冰冷侵入了他的心。这不可能。阿布斯泰戈已经为此工作了许多年，数十年。自索菲亚呱呱坠地起就开始了。仅仅过去几年间，他们的进展飞速，所发明的技术以光年等级超越任何人的想象，并逐步地不断突破壁垒，朝他们的最终目标靠近。

"将三十年花在追寻一个无果的梦想上已经太长了。"凯尔毫不留情地继续说，"我们认为一年三十亿的投资花在别的地方会更好。"

她什么都不知道。他回答的声音冰冷："三十亿不算什么，相比——"

"我们已经赢了。"

瑞金眨了眨眼睛，不明白她在说什么："抱歉，再说一次？"

"人们不再关心他们的公民自由，"她继续说，"他们所关心的是他们的生活水准。现代社会不再容得下像是'自由'这种概念了，他们满足于盲从。"

瑞金的声音在喉间作响，但充满了警告："我怀疑，有多少我们的先祖曾犯下相同的错误了？洋洋自得地端坐在他们的王座上，而仅仅一个反对的声音就将他们拖下地来。"

主席眨了眨眼睛。她不习惯被人驳斥。瑞金继续说下去："威胁会继续存在，因为自由将存在。为了灭绝异见，我们尝试了数个世纪，用宗教、用政治，现在所用的则是消费主义。"

当他说话时，薄薄的嘴唇拧成一个冰冷的笑容，几乎可以称得上轻松："我们是不是该试试科学了？我的女儿比我们任何人所达到过的都要更接近目标。"

"那么你漂亮的女儿还好吗?"凯尔问。

说得好像她关心一样,他想道。我的女儿不仅仅是漂亮。她智慧过人。而我们可不是在喝着茶寒暄琐事。

"她追查到了伊甸苹果的保护者。"他回答道,并满意地看到凯尔的双眼睁大了。这一次,她的回应中没有了假意的礼仪。他让她饥渴起来了。

"在哪里?"

"安达卢西亚。"瑞金回答道,并尖锐地加了一句,"1491年。"他允许自己品味了一会儿这一刻。

"那些后裔?"

现在他引起她的注意了。"所有的血系都灭绝了。"瑞金回答,并带着他无法隐藏的满足继续补充,"只除了一条线索。我们利用他追查至五百年以前,追查至刺客兄弟会。"

强压住的胜利微笑还是在瑞金的嘴角扬了起来。

索菲亚盯着那些她已经看过上千遍的纸页。这些纸出自一部古老巨著,画面上描绘了对伊甸苹果的使用。伊甸苹果闪耀着明亮的光芒,似乎正漂浮在一圈欣喜若狂的远古人上方;那些人身上只穿着草衣,几乎无法蔽体,握着手,表现出纯粹的喜悦之情。

旁边的一页稍稍多一些分析性。这名古早的艺术家试着分解伊甸苹果的构造,但尽管他那份历经多个世纪流传下来的勤勉让人称道,这张蓝图所引出的问题却远远多过解答。

然而现在,伊甸苹果有了一种全新的意义。它,就像她告诉父亲的那样,已经触手可得了。

一个突然的响动引起了她的注意,她转而看向一面清晰的屏幕。

屏幕里的卡勒姆从床上猛然坐起，惊恐地战栗着。

卡勒姆失去意识将近二十四个小时。看到他清醒过来让索菲亚深感宽慰。在听到昨晚她父亲下令"送他回去"后，她一直怕她将不得不给他注入更多的药剂来唤醒他。

他环视四周，好像认为应该有人同他一起身处房间中。索菲亚放下了笔。现在她的全部注意力都集中在了卡勒姆身上。

卡勒姆将双腿放下围栏床，揉着自己的后颈。他的手指碰到那块痕迹，那是昨天扎入他脊髓的硬膜连接所留下的。他轻轻地摸索着它们，收回手，注视着手指，似乎很惊讶上面没有血迹。

随后，他注意到了隔着那道厚重的玻璃正在监视着他的那三名保镖。卡勒姆凝视了他们一阵，随后很快地无视了他们。他试探性地站起身，向门口走去。

当然，门是锁上的。在试了几次之后，他转而开始打量这个小房间：除了那张简易围栏床、一张没有扶手、狭窄带垫子的长凳以及旁边一张同时用来当作照明的小桌子外，这里什么都没有。

索菲亚有些惊讶地看到，卡勒姆几乎立即就盯住了那台小监视器。从她的视角看来，他正直直地盯着她。

这是一个对监狱非常熟悉的男人，索菲亚想道。但对这种情况的熟悉却似乎并没有造就出顺服。

一阵对父亲的怒火忽然冲过心头。索菲亚不知道这将会变得有多糟……

卡勒姆盯着镜头，琢磨着那一端坐着的是什么人。另一个警卫？那个亲手带来允诺和痛苦的天使？这都无所谓。他将自己的注意力再度放在警卫身上，没有一丝胆怯。他让这种人在注视下低下头的次数多得不计其数。

玻璃上有一阵闪动；一个倒影。又有一个警卫进入了那间屋子吗？不，不是警卫，他们不会有那种猫科动物般的优雅动作。他看向那里，眼睛睁大了。

这个人的脸被兜帽所遮蔽。他抬起头——卡勒姆所注视着的面孔极为熟悉、却又难以言喻地陌生：那是他自己的脸。

一对杀手的蓝色双眼凝视着卡勒姆，随后眯了起来。双眼的主人轻柔地向前踏去，加快脚步，猛地甩出双臂，弹出那对刀刃，然后一跃而起。

刀刃贴上他的喉咙。阿吉拉尔猛将其拽回，随即那道冰冷而灼热、极度疼痛的裂口出现在卡勒姆的脖子上。他弯下身，咳出鲜血，他的手抬起捂住他被划开的——

——完好无损的？

——喉咙。

什么都没有。没有血。那不是真的。只是他的头脑玩的小把戏。

卡勒姆放下他的双臂，不住地颤抖，浑身被汗水浸湿。

伴随着轻柔的滴滴声，门打开了。有那么一会，卡勒姆以为他仍处于幻觉之中。他的母亲过去一直喜欢二十世纪三四十年代的老电影，而走入房间的那个人看起来就仿佛是从那种电影里走出来的。

索菲亚·瑞金穿着一件纯白的棉上衣，折线如刀锋般笔挺的长裤，以及一双黑色鞋子。这套衣服的风格几乎带有阳刚气，但在人们眼中她依旧只可能是一位极度迷人的女性。

或是一位天使。

"那种幻觉被我们称之为'渗透效应'，"她在走进门的时候说道，同时将门在身后关起，"攻击性影像。昨天你所重历的暴力记忆正与你的现时视界交叠。"

"只来源于我昨天所经历的?"他问道。

她平静地注视着他:"那些是攻击性的记忆。其中一些来源于昨天。但并不是全部。"

在她说话间,卡勒姆从她面前转开,靠在玻璃上。警卫面无表情地回视着他,但他并没有注视他们。索菲亚的话让无数情感在他体内翻搅起来。他说不上来那都是些什么,但那些情感的冲击让人不快,而其中有一种很可能是羞耻。

她走到他身前,双眼在他的脸上搜寻着:"如果你允许,"她轻柔地说,"我能够教会你如何控制他们。"

一种感情涌出,置于所有字词的最前方:愤怒。

卡勒姆的唇间发出怒吼,他的手猛地抬起,一把扣住她柔软、脆弱的喉咙。他能够挤碎她的气管。他的一部分想要这么做。但他没有动手。

他只是如此束缚着她,就像她束缚着他一样。

"退下。"索菲亚马上说道,而卡勒姆想着,不知道阿布斯泰戈的警卫是不是聪明到能够意识到,如果她还有足够的呼吸空间,足以让她大叫出声,那她就并没有受什么伤害,"这里交给我。"

她的语调平静一如往常,尽管她的脉搏背叛了那种平静;它在他手下跳动着,如同小小的、被囚禁的鸟儿。卡勒姆知道现在他掌握着主动,而他要利用这一点。

他将索菲亚压在玻璃墙上,眼角瞥见那些警卫,但他更在意的是她的反应。她是个冷静的对手,而那是——

——阿吉拉尔抓住他,刀刃划过他的喉咙——

卡勒姆僵住了,双眼因剧痛而眯起。但那只不过是一阵头痛,完全不能与他所经历的、极度栩栩如生的幻象中的那种痛苦、可怖和疯狂相提并论。

他没有放开索菲亚。痛苦冲撞着他,如同海啸无情地席卷毫无防备的海岸线。卡勒姆仅仅凭借着意志睁开双眼,吸了一口气以平定下来。

"在那机器里的东西是什么?"

"那是铭刻在基因中的、记忆。"她谨慎而平静地回答道,"借由阿尼姆斯,我们能够重新经历那些造就了今日我们的一切。"

"我在那里看到的东西……它感觉起来是真实的。"

她承受着他的目光,并小心地回答道:"那确实是真实的……在某种意义上。"

怒火席卷了他。卡勒姆猛将空着的那只手砸向玻璃。一阵让人不快的声音颤抖着回荡在空荡荡的房间里。

"别对我说谎,"他咆哮道,"我感到……不同了。"现在,索菲亚一定会崩溃,会流露出恐惧。

但她的双眼仍保持着平静。让人难以置信的是,连她的脉搏都稍稍减缓了一些。她几乎微笑了,就仿佛她知道某些他所不知道的事。

"为什么要做出攻击行为?"她问道。

"我是个有攻击性的人。"

"更确切的问题应该是,这是谁的攻击行为。"

他不想玩她的游戏。现在不想。在他还能栩栩如生地感觉到刀刃划过脖子的触感的时候不想。

"这里是所什么监狱?"他质问道。

"这里不是监狱,卡勒姆。在阿尼姆斯里发生的事情很复杂。如果你合作,你将能够了解更多。"她的话通情达理,几乎像在闲谈。

接着,她说:"先放开我。"

这既不是个请求、也不是个命令。这句话的提出是个理性的建议,暗示着,他,卡勒姆·林奇,是个理性的人。

也许他是。也许他不是。

他们在那里站了很长时间,两人之间的紧张气氛不断升高。他们的脸庞靠近,仿佛一对爱人。卡勒姆想要向她宣告这里握有控制权的是自己。他能够当场折断她的脖子,而这就能够让她洋洋自得的理性谈话闭嘴了,对不对?

但有一部分的他不想要这么做。她自得,是因为她非常明白她刚向他提供了唯一一件比暴力还要让他渴求的东西:某种对他自身所遭遇的事的解释。解释他们究竟对他做了什么。

他的嘴愤怒地抿成一条细细的线,浅而急促地用鼻子呼吸着。他的目光落在了他自己的手上。随后,他轻柔地、仿佛正在释放那只小小的被困的鸟儿般,张开了手指。

他以为她的手会伸向她的喉咙。他以为她会马上躲到他抓不到的地方去。但她两者都没有做。

索菲亚·瑞金反而微笑了起来。

"跟我来。"她邀请道。

第九章

三十年间，卡勒姆从来没有踏入过一扇博物馆的大门。同样他也没有从中学毕业。而索菲亚将他带入的这间房间让他想起了这两者……再乘以一千倍。

身穿白衣的男男女女在某种静默、专注的气氛中走动着。他猜想这些人是索菲亚的研究员。这让他记起儿时仅有的几次去图书馆时的记忆。这里的光线充足，但卡勒姆能感到这光线具有某种特殊之处，它的照明给了这房间一种清净的、近乎是与世隔绝的感觉，随着他们一路走下，被旁边那些雕花的石制拱门烘托地更加强烈。。

一路上呈示着许多武器，但都只是作为古董被小心地排放着、研究着。这里还有陶器的苹果、墨水台和羽毛笔、一件件雕像。在一个区域，一幅显然经过了精心复原的画作呈示着。古老的书卷安放在展示柜中，一卷一卷的手稿排列在塑料或玻璃的透明墙上。

但当卡勒姆凑近时，却看见大多数纸页并不像他一开始所想的那样是手稿，而是某种更现代的文稿。

而其中有一些看起来令人毛骨悚然地似曾相识。

当注视着一幅自己的照片时，卡勒姆的心跳加快了。

照片上的男孩正与他逃出那间血腥公寓时年纪相同。他蓝色的双眼一路注视着这一系列照片，似乎在看自己人生事迹的剪贴簿，让人感到诡异而不安：一张旧宝丽来照片那曾经自然的色泽现在已褪成了橘色与黄色，上面的他还是个小男孩；其他照片上显示的则是个更警惕的年轻人，出自他不幸的寄养家庭。还有大量不同的警方照片，数量让人震惊。

新闻剪报以夺人眼球的头条报告着他的人生历程："为卡勒姆·林奇的担忧加剧：帮助我们找到失踪的男孩""帮派袭击地方署""夜店斗殴，一人死亡""'卡勒姆将面临死亡'：陪审团判定杀死皮条客凶手有罪"。

丙烯容器中装着小小的玻璃管，上面有用颜色标识的盖子。他在最近一次监禁中着迷般画下的炭笔素描也在这里。一份假冒护照，他的指纹，以及最后，一张看起来一路追溯回几个世纪之前的家族图谱。

一张他毫不知情的家族图谱。

卡勒姆感觉到体内变得冰冷。他感觉……自己的全部隐私都赤裸裸被剥开。"这是什么？"他爆发出来，"你们是谁，我的跟踪狂？"

"我了解关于你的一切，卡勒姆。"索菲亚回答道。她的声音和神态沉着得令人不安，"你的医疗数据，你的身体资料，你的单胺氧化酶基因变异，你的血清素级别。我知道寄养家庭的事，少年管教所的事。你对他们所进行的伤害——还有，"她轻柔地加上，"对于你自己，你是遗传与犯罪息息相关的最好证明。"

卡勒姆感到震惊和恶心、但却又被迷住了。他沿着自己的家系往下走，而现在的"剪贴簿"上不再是新闻剪报和照片，而是泛黄的老旧银板相片和蛛丝般的字迹。

一张褶皱的图片上画着戴兜帽的人，手上佩戴着装有刀刃的臂铠。

"你是怎么找到我的？"

"我们找到了阿吉拉尔。"她说。

——这个名字——

——既毫无意义又意味深长。"当你被捕时我们发现，"索菲亚继续说，"你的 DNA 与他吻合。"

"阿吉拉尔是谁？"卡勒姆问道，尽管他意识到他知道。

"你的先祖。"

索菲亚转过身，漫不经心地走向其他图片。她的双手插在裤子口袋里，她的身体语言没有显示出一丝紧张，就好像他们正肩并肩走在夏日的公园里。她冲一张泛黄羊皮纸上的老旧素描点点头。

卡勒姆的双手攥紧，抗拒着被丢回又一个幻象之中的可能。他用鼻子平稳地呼吸，注视着这一切。鸟类的白色羽翎——那是猛禽的羽毛，卡勒姆知道这一点，但并不知道为什么——缝制在大衣的前部。长布在腰间绕了几圈，扎在最上方的是一种看起来像是皮制腰带的东西，但仔细看却发现是那一条鞭子。匕首挂在两侧，袖剑暗藏在手臂上雕花的臂铠之下。

那张脸大部分都隐藏在阴影之中，但卡勒姆再熟悉不过。

有那么疯狂的一秒钟，卡勒姆以为这是某种装神弄鬼的把戏，是这里的人在玩弄某种精心策划的圈套。但究竟是为了什么目的？

卡勒姆自孩提时期就没有再打过电子游戏。但他非常肯定，如果有人真的能够让他感觉到在那只巨大吊臂上所感觉到的一切，他们要不就会严守这个秘密，要不就会靠着这个赚上一大笔钱。

"阿吉拉尔的家人是刺客。"索菲亚继续说，"他们被圣殿骑士托尔克马达和你所见的那名黑色骑士——欧哈达——绑在火刑柱上烧死。阿吉拉尔·德·奈尔哈继承了刺客的使命。"

托尔克马达。人们会记在脑中的东西真是可笑，卡勒姆在小学时曾学过西班牙异端审判所的知识，不知怎的他还记得这个名字。

卡勒姆继续观看着这些自己家族历史的诡异展品。现在，报纸已经不再出现了，仅剩下素描和绘画，或者来自古早年间写满拉丁文的纸页。

他的视线向下望去，落在彩色图画下方，桌上所摆放的一个显示屏。上面，唯一的色彩只有黑色的背景和白色的线条，但其所构成的图像已经超越了他的理解能力。成百上千错综复杂的线条构成某种机器部件的形状。

但其中有一样东西他认得，鲜明无误。那只手臂，那两指的巨爪。

"这是什么？这台机器。"

"我们管它叫做阿尼姆斯。"

"我听说过阿尼姆斯。我以为它是张椅子。"

"不再是了。你是怎么听说它的？"

"我从没玩过那些游戏，但我为了赚些现金从商店里偷过够多次了。"

她看起来有点被逗乐了："真的？那你就该知道，借着投影你的基因记忆，它能让我们观测，并让你重历自己先祖的人生。"

卡勒姆稍稍翻个白眼，走向另一个显示屏。"你常出门吗？"他嘲讽道。

"比你多。"

她的语调轻巧,几乎可以说友善。多奇怪啊,与索菲亚·瑞金这样交流——这可是他的天使,也是他的狱卒。

她继续着那个话题:"你有没有想过,一只鸟儿要怎么才知道何时该迁徙到南方去过冬?"

"我还真就每天都在思考这种事呢。"

一丝真正的微笑在她的唇角出现,马上就消失了。但她的嗓音中仍留有一丝笑意:"这就是基因记忆。当你重拾这些记忆时,你就继承了他们生命中的某一些东西。如果你允许我带你完成这个项目,没有人能说得准你究竟会感知,或看到多少。"

当他想起阿吉拉尔处于他房中的感觉时,卡勒姆感到自己窒息起来。"我已经看够了。也不喜欢让你偷取我的记忆来制作游戏。"

现在,所有的轻松神色都从索菲亚脸上消失了,她紧紧地注视着他:

"我没有偷。我在运用。这些记忆并不是你的。它们属于你的先祖。相信我,这绝不是什么游戏。"

卡勒姆转了个弯,看着另一堵墙,同时变得更加清醒。这面墙上的东西与他毫无关联。它上面布满了彩色的纸页,每一张上面都小心地标注了编号。每张纸上都贴着小小的、钱包大小的照片,上面是那另一些……人们,那些他在这里所遇见的人。这都是警方照片,他想。

他开始将那些面孔和名字对上号了。看起来,那个让他往下跳的人,名叫穆萨。他只模糊地记得曾见到一个亚洲女人,林,以及一个年轻、苍白、诚挚的小孩,叫做内森。另一个人,埃米尔,是一个和卡勒姆年纪差不多的男人。

卡勒姆的声音强硬而平板:"那么这里的其他人呢?他们也是实验老鼠吗?"

"他们是刺客,就像他们的先祖一样。"索菲亚停了停,加了一句,"就像你,卡勒姆。都生来就具有暴力体质。他们的DNA和你的DNA一样,让我们能够进入你们的潜意识,进入你为何而来得本源行为,进入所有这些暗藏着、驱使了你一生的冲动。"

这些话让人难以接受。卡勒姆退开了几步,努力克制着他的感情,转而面对她:

"杀人犯?"他说,"那么,你就是这么看待我的?"

"你杀了一个人。"她用一种不带任何指责的口吻说。对她来说,这不过是个事实。

"那不过是一个皮条客。"卡勒姆澄清道。

那个景象在他的脑海中浮现出来,那个贩卖女人肉体的男人狞笑、丑陋的脸。妓女脸上勉强用化妆品遮盖着的瘀青。她们被迫发出的笑声。恶臭,混杂着过多的香水、汗水和最主要的,她们的恐惧。

而当那个皮条客抓住一个至多不超过十六岁的女孩的喉咙,将她的脸撞向吧台的那一刻。当卡勒姆·林奇决定让这个人渣永远无法再伤害另一个吓坏的女孩。

而如果,根据这些他所看到的内容,索菲亚真有那么了解他的历史,那么她也应该非常清楚。

"我不喜欢他那样威胁女人。"卡勒姆只评价了这么一句。

索菲亚朝他走近,话中既有好奇、也有一种挑衅:"你还会再动手吗?"

卡勒姆没有回答。当他向下看去时,他的视线落在一张照片上。

就像他的照片一样,这张也被小心、尊敬地嵌在相框中。他拿起来看着。

这是一张老照片,尽管是在那记忆的国度中拍摄的。它看起来有点像卡勒姆先前看到的自己的照片,已经开始褪色,但图像依旧清晰。

相片中有两个人。一个是迷人的、大笑着的女人,有着齐肩的头发,穿着雪白的衬衫和牛仔外套。她的手臂保护性地环绕着照片上的另一个人——一个刚会走路的孩子,有着蓝色的大眼睛,正坐在一架老式秋千上。这个小女孩专注的表情就仿佛她正注视着除了所认识的照相者,还有别的什么人。

"真不错。"他说。随后,又狡黠地补充了一句:"幸福一家。有你母亲的眼睛。她一定很骄傲。"

索菲亚的表情从兴味和好奇,转变为柔和以及稍稍的伤感,尽管她的唇角露出一个留恋的微笑。

"我不知道。"她说,"她被一名刺客杀死了。就像你的母亲一样。"她让这句话悬在半空,让他去消化。

"抱歉。"他说。让他吃惊的是,他意识到自己是真心的。

卡勒姆又沉默了一阵,才继续开口:"我的老爹杀死了我的母亲。"而索菲亚无疑也知道这点。

"而这让你有什么感觉?"那个哀悼着母亲的女孩又戴上了科学家的面具。

"我想杀掉他。"他直截了当地说。他转回身,继续细看着这间屋子。

索菲亚跟着他:"这种事能影响我们的一生,我们也可以为此做点什么。你可以诉诸暴力,我则诉诸科学。"

卡勒姆的注意力被一排安置在透明塑料架上的金属球所吸引。它们都是一样大小，比棒球小一点，比网球大一点。然而每一个球体都有些微妙的图样差异。他漫不经心地伸手拿起了一个。它很重。

"圣殿骑士将它称为神器，而刺客们将它称为伊甸苹果。"索菲亚说。在她说话时，卡勒姆查看着这个球体，又瞥向那些绘制着有关这个物件的素描或注解的羊皮纸卷。"圣经告诉我们，它包含着人类最初忤逆的种子。"

以一种他自己都难以理解的方式，卡勒姆被这个带装饰的球体迷住了。他心不在焉地拉过一把椅子坐下，仿佛他就该在这个房间、在指间翻转着这件物品。索菲亚矗立在他前方的办公区，伸手抓过一个鼠标，将什么东西在屏幕上打开。

她一边说话，一边点击着鼠标，大量伊甸苹果的蓝图出现在屏幕上。它们看起来与卡勒姆之前所见的阿尼姆斯蓝图很相似，卡勒姆怀疑它们是否是基于同一种技术。

"但我们中的有一些人相信它的运作基于科学。我们相信在它的基因密码中，上帝——或某种古老文明——给我们留下了一张地图，以便让我们理解人类为何是暴力的。"

他们视线相对了一会儿，随后索菲亚蓝色的双眼转回那张画。

"阿吉拉尔是已知最后一个曾拥有过它的人。"紧接着，甚至在她的双眼回到他身上之前，卡勒姆就明白了。

"你们需要我来找出他把它藏在了哪里。"

他感到一种古怪的失望，尽管他知道自己并没有理由这么感觉。显然，每个人都有其目的。即便是天使。他开口的时候保持着轻松的语调："我以为在这能够治愈我的暴力倾向。"

"暴力是一种疾病，就如同癌症。而就像癌症一样，我们希望有朝一日能够控制它。我们在寻找让你得病的源头，并且我们希望能够对其进行控制。我们追求的是人类的进化。"她吞咽了一下，"这样，发生在你母亲……和我母亲……身上的事将不会再重演。"

卡勒姆静静地说："是暴力让我活着。"

她抬起头注视着他。她的黑发落在前额上。他想要伸出手将它拨开。"实际上，"她说，"从技术角度来讲……你已经死了。"

她说得有道理。卡勒姆的脑袋疼痛，而他的身体，他肯定还没有死的身体，仍坚称着自己的存在。

他将那个灰色的球体扔给索菲亚，她熟练地接住了它。

"我饿了。"卡勒姆说。

第十章

"对我来说这有什么好处？"当他们大步顺着走廊走下时，卡勒姆问道。他们经过穿着白衣的看护、灰色的石拱门、以及可能是真的、也可能是假的树桩。他渐渐开始习惯这企业化与创造性、历史与无菌般清洁的现代科技所形成的奇异并列。

但卡勒姆仍然开始逐渐厌烦起这地方冰冷的蓝、灰、白色调。他体内的某种东西渴求着刺目的阳光、爆炸性、迫切的明黄，他嘴里尘土的味道。而他不知道这是不是一种他在童年时期对加利福尼亚州的向往，又或者是阿吉拉尔所在的那阳光普照的西班牙正渗透进他的意识之中。

当他们绕过一道走廊时，卡勒姆瞥见一块巨大的屏幕。一张说着话的脸正出现在某种新闻节目上，而那精心修饰的灰发、诚挚的表情和尖锐的灰色双眼带来某种奇怪的熟悉感。他的双眼落在那张脸下方滚动的名字上：艾伦·瑞金，CEO，阿布斯泰戈工业公司。

啊，卡勒姆想着，怪不得你仿佛有无限的资金，索菲亚·瑞金博士。

"显然,是会有一些法律后果,"索菲亚正在说,"但一旦我的研究完成,就没有理由再将你留在这里。"

卡勒姆慢下脚步,停了下来,索菲亚转身面对他。

"我能拿回我的生活?"他问道,不敢相信自己正确地理解了她的意思。

索菲亚冲他微笑,双手一本正经地交叠在身后,她的双眼明亮,就仿佛这是圣诞节的早晨,而她正要递给他一份礼物。

"比这更好,"她说,"一个新的生活。"

就他在这里的所见,卡勒姆毫不怀疑阿布斯泰戈能够做到这一点。一个新的生活,一个新的开始。也许将再也不会有对暴力难以抵御的渴求来打扰自己。

她朝他们站定的方向前面做了个手势:"你饿了。"她说道,并没有做出要跟上他的样子。他向那扇门走去,双眼仍停留在她身上,随后踏进门。

这个卡勒姆推测是公共休息室的地方,看起来与至今在这间阿布斯泰戈设施中所见的其他一切都别无二致。看护们一身白衣,病人们一身与卡勒姆一样的白T恤、灰裤子和灰色的V领上衣。很难相信这些人全都像他们的先祖那样,是凶手——刺客。

墙壁是蓝灰色的,而卡勒姆马上就注意到了单面镜。他知道在那后面,警卫人员正在注意着一切。房间里同样也有一些守卫,站在一边,不怎么成功地尝试着不引人注目。这间房间,与那些卡勒姆待了太久的监狱房间有着很明显的相似之处。

但这里的环境仍在某种程度上显得更加亲和。这里有锻炼器械,有两个男人正在轮流投篮。卡勒姆也能听见乒乓球独有的声音。在那个声音之下,他能听见鸟儿的叫声。不同的植物枝叶,从树木到灌木到果实到蔬菜,正繁茂地生长着。

一想到食物,卡勒姆的胃就咕咕叫了起来。但就算他很饿,他也难以在这个环境安下心来,他发现自己正面对着单面镜墙壁,试图看透后面。

就在他盯着他看不见的警卫时,有人走近了他。是那个有着精心修剪的白胡须的黑人,卡勒姆在来这里的第一天就已经"见过"他了。那个鼓励他往下跳的人。

现在这个人正在微笑,夸张地笔挺站着,一只手僵硬地藏在背后。随后,这个人退后了一两步,另一只手大幅挥向旁边的大桌之一。

"请坐这边如何,先生?"他问道,好像他是这地方的侍者。卡勒姆注视着那两张桌子,而这个男人正拍着长椅上的一处空位:"菜单上的菜任您挑选,不过我们的推荐菜是鸡肉。"

卡勒姆一边注意着这个男人,一边滑入座位。坐在他对面的是一位年长的亚洲男人,长长的灰色发辫垂在背上。卡勒姆没有引起他的任何注意。

一名年轻的看护走了上来。她的声音和表情亲切愉快,头发绑成一个整洁的、职业化的发髻。

"您想要点什么,卡勒姆先生?"她微笑着说,"菜单上的菜任您挑选,不过我们的推荐菜是鸡肉。"

那个男人的眼神仿佛在手舞足蹈,不过脸上却保持着一派庄严的表情。

"我要牛排。"卡勒姆说,双眼一直没离开他古怪的同伴。

"给先驱的牛排!"这个男人宣告道,仿佛要向这个看护指示她的职责所在,"先生想要几成熟?"

卡勒姆转向看护:"热厨房里转一圈出来就好。"

看护离开了。那个男人马上就不请自来地在卡勒姆身边坐了下来。他不知从哪里拿出了三个小杯子放在桌上,杯口朝下,排成整齐的一排。

"你是谁?"卡勒姆问道。他记得在索菲亚的研究实验室里看到过这位同伴的相片,但记不起名字了。

男人用熟练的手指拿起中间那个杯子。"他们叫我穆萨,"他说道,用杯子指向那面单面镜。他神神秘秘地凑近卡勒姆:"不过我的名字是巴蒂斯特。"

他的黑脸上露出一种奇怪、严肃的表情:"至今,我已经死了两百年了,"他说道。随后他压低声音,又补充了一句:"巫毒教毒师。"

他直视了卡勒姆很长时间。卡勒姆紧张起来,开始准备要做出防备。但随即穆萨的脸放松了,露出一个顽童般的笑容:"我人畜无害。"他大笑着,冲卡勒姆挤了挤眼睛。

不,你才不是,卡勒姆想着。你是个杀手,就像我一样。

而且,是你叫我往下跳。

卡勒姆感觉有人在注视他。他掉转头,与一个高大、瘦长、一头乱蓬蓬棕发的年轻人四目相对。这孩子既没有退缩,也没有转开眼神,而是带着一种倔强的表情紧紧地盯着卡勒姆。内森,卡勒姆记起来。当卡勒姆撞进那所花园,与体内的药力搏斗时,他也在场。

"啊,"穆萨狡黠地说,"他们都在看你。"他越过卡勒姆看向另一个方向。卡勒姆过头,看见还有其他人也在看着他们:那个叫林的亚洲女人,她长长、光滑的黑发扎成一把马尾辫。同样,她也以明显怀疑的眼神注视了卡勒姆很长时间。

"你见过他了吗?"

穆萨的问题将卡勒姆的注意力重新拉回到他身上。卡勒姆没有回答。穆萨的表情变得强硬,语调审慎地又问了一遍:

"你见过他了吗?"

现在,他身上那戏谑的、"人畜无害"的小丑形象已经一扫而空。当卡勒姆仍旧没有回答时,穆萨无言地站起,砰地盖下他的三个小杯子。现在卡勒姆意识到,这原本是为了要表演那老一套"找找失踪的小球"戏法。

"我们是最后一批保护伊甸苹果的人,我的朋友,"穆萨离开时,警告道,"所有其他的人……他们大多数人都正在逐渐走向……无限。"他挥了挥手,在说出最后这个词时咧嘴笑了。

另一个胡子拉扎、身材健壮的人向他走来。卡勒姆认出他就是埃米尔。他的双手交握在背后,表情似乎显得相当愉悦。他微笑着说:"'这样,那在后的将要在前;在前的将要在后了。因为被召的人多,而选上的人少。'[①] 这是你的。"

他递上来一只苹果。它个头很小,有一点绿,一点红,显然是在花园里摘下,而不是在大型菜场买来的。苹果的香味让卡勒姆感到口水涌了上来,而他的思绪猛地闪回到那金色的一刻,躺在他母亲的臂弯里,听她念着罗伯特·弗罗斯特。

而另一个声音,一个同样和善、同样来自女人的声音,在说着:圣殿骑士将它称为神器,而刺客们将它称为伊甸苹果。

还有就是穆萨所说的那句关于"保护伊甸苹果"的古怪说辞。

[①] 出自《圣经·新约·马太福音》20:16、17——译者注。

他接过苹果。埃米尔黑色的双眼在他身上搜寻，寻找着什么东西，随后点点头，慢慢走开了。

卡勒姆看着他离开，迷惑不解地摇了摇头。

开始这个地方是个实验室，随后是个刑房，现在又是座精神病院。

他感到有人从他的另一边靠近。有人的手指抓住那颗水果。卡勒姆的双眼没有离开埃米尔，同时飞快伸出一只手，一把抓住这个小偷的手腕。卡勒姆漫不经心地转向内森，看着他因紧张而颤抖。

"你会直接把他们带向它的。"内森说。他的语调中显示的不仅仅是怒火，还有某种对他个人的冒犯。

"不，"卡勒姆用一种夸大的平静语调说，"我准备要吃掉它。"

一阵让人食欲大开的香味，让卡勒姆知道看护把他的牛排端来了。她将牛排放在他面前，脸上带着一种担忧的神色，但并没有介入这场僵局中。内森放开抓着苹果的手走开了，但还是投回了愤怒的一瞥。

看护淡入了背景之中。卡勒姆盯着看了一会，随后摇了摇头。

"这他妈是怎么回事？"他喃喃道，因为这疯狂的地方而笑了一下。

他耸耸肩，开始切肉排。在所有这一切的疯狂之中，让人欣慰的是至少这地方的厨房知道怎么做牛排。它很生，中间是冷的，闻起来像天堂。红色的汁水淌入盘中。卡勒姆的口中溢满口水，他将第一块肉丢入口中，开始咀嚼。美味的、稍稍有些铁质气味的汁水——

——血——

——一张脸，藏在兜帽中，慢慢地转向他，他的脸上写着哀恸和后悔，即便是刀尖正在刺下——

剧痛刺入卡勒姆的太阳穴，他猛丢下叉子，用左手掌按住眼睛，似乎想要靠力量将疼痛逼退。他浑身颤抖，呼吸变得短促，但他不希望任何人注意到。

穆萨和内森很明确地表明他们将他视为敌人。他在监狱待了很长时间，足以理解这种方式。他不能显露出虚弱，现在不行，不能在这个蛇穴之中，否则他们会毁掉他的。

卡勒姆努力减慢自己的呼吸，将难以忍受的痛苦变成了仅仅普通的折磨。好多了。

慢慢地，他抬起头，环顾四周。

一个穿戴着皮革与厚厚衣物的人站在镜面观察墙旁边。他的衣服在光线中看起来是灰色的，但卡勒姆知道那实际是深红色。这个人深深地低下戴着兜帽的头，双臂放在身体两侧，两手腕处各伸出一柄刀刃。

缓缓地，这个人转过身，锐利的目光直钉在卡勒姆身上。

不。这是那种幻觉——这，索菲亚怎么称呼它的来着，渗透效应。

卡勒姆咬紧牙关，想让那个身影消失——

——而突然间他正身处自己那个窄小的灰色牢房，而他们在这里。他们所有人。卡勒姆知道他们的名字：阿吉拉尔。

本尼迪克托。

拥有那对描画着黑色的双眼的玛丽亚。

"我们自身的生命不值一文，"玛丽亚擦过他身边时低语着，她那刻着美丽蓝色刺青的脸颊距离卡勒姆不过几英寸。

"我们保护人类不受圣殿骑士的暴虐侵害。"阿吉拉尔说，他的声音如此熟悉又如此陌生。卡勒姆蓝色的视线落在阿吉拉尔蓄着胡须、饱经风霜的脸上。

"你是否发誓?"本尼迪克托导师质问道。

他们的刀刃不再置于隐藏之下,而他们围绕着他,低语着他所不能理解的字句,注视着他的恐惧。

卡勒姆眨眨眼睛。

他确实在他的房间里,他完全不记得是怎么回到这里的。但刺客们并不在。

他独自一人待着,除了那些沉默、警惕的双眼,一如既往地位于玻璃的另一边。

第十一章

那个新来的小子,看护管他叫卡勒姆先生的那个,正在经历一段艰难时期。当穆萨看着那个痉挛的身体被拖走时,穆萨如此想道。他对那个人有些许同情,因为他自己也曾经历过渗透效应带来的恐怖大戏。

他没有听到卡勒姆的全名,不过会有别人知道的。他们中的每一个都像是整体的一部分。一个人会听到某些事,另一个会听说另一些,这就是兄弟会。

穆萨咧嘴笑着。一个警卫正走近过来,并努力做出一副漫不经心的样子。他一直在看着这两个囚犯之间的互动——他们应该将自己视为"病人",但这都是胡说八道——并因此而升起了疑心。

"想要坐下来和我玩个游戏吗,大块头?"穆萨亲切地问道,并将他的杯子放在桌上。

"就算我赢了,你身上也没有我想要的东西。"警卫相当合理地指出穆萨的现状。

穆萨嘎嘎笑着:"这你可说对了!"随后他又加上了一句,"真的没有吗？我身上可有一双敏锐的眼睛和同样敏锐的耳朵。"他朝门点点头，幻觉发作的卡勒姆刚刚被从这里拖出去，"是挺有用的东西。"

警卫看着他，随后漫不经心地在桌边坐了下来。穆萨抬起右边的杯子，给他看下面藏着的小圆球。

警卫指向其他杯子："给我看看这些。"穆萨咧嘴笑着，遵从了，"还有所有的杯底。"警卫又加上。

"你妈妈可是养了个聪明孩子。"穆萨说，不过就他自己看来这点还有待考证。其他人开始有兴趣了。他们总喜欢看穆萨的表演。

事情并非一直都是如此的。他刚被带来时，酩酊大醉，不省人事。在那之前，他大多数时间都是亚特兰大的区区一名小偷：摸皮夹、偷手包、偶尔加入酒吧斗殴，没有干过更复杂的活计了。

只除了那一次——或两次——他必须动手赢得自己的奖品的时候。

警方发现了尸体，但他们从没能抓住过他。他太聪明了。

但自从他来到这里的五年间——是五年吗？在这地方毫无改变的蓝光中很难弄清楚时间，这该死的机器会对你的脑子搞把戏——会让人的身体产生变化。穆萨天生的敏捷增加了上千倍，尽管他一度满足于把玩游戏、操控和控制的事交给别人，现在，他确实是这个小小马戏团的领导者。

"我们不知道他是谁，他是什么，或任何事。"当卡勒姆第一次进入房间时，埃米尔这样说。当时埃米尔正以一种谨慎的姿势走着，穆萨非常了解这种姿势。

"我们所有人最开始都是陌生人，"穆萨指出，又加上一句，"我们中有些人开始还是敌人。"

埃米尔皱起眉头。他无法否认穆萨所说的话，但他具有所有人中最强的直觉。而很显然，这个新来者身上有什么东西深深地困扰着他。

"看看他的动作，穆萨。看看他是如何克制自己的。他与他先祖的接近程度已经超过我们当时花了很长时间才达到的水准了。但我们不知道这是哪一个先祖。这让他成为一个危险的人。"

但穆萨很好奇。一路走来，很多人一开始都是这种表现和态度。包括穆萨自己。

"再给他一点时间，埃米尔。"他对他的朋友说，"这个男人需要先证明他身上确实流淌着高贵的血液。"

他对先驱介绍自己时用了第二姓名——巴蒂斯特。这里的所有人都有第二姓名。又或者那就是第一姓名？因为就像他告诉卡勒姆的，巴蒂斯特，确实曾是个巫毒教毒师，已经死了两百年了。

但阿布斯泰戈基金会找到了穆萨，通过他的记忆，他们将巴蒂斯特发掘出来。花了那么长时间在阿尼姆斯里经历他先祖的记忆，这个两百年之前狡黠、聪明的杀手已与穆萨一起舒适地在这个身体里扎根下来。

巴蒂斯特不是个好人。完全不是。他被训练为一名刺客，并作为兄弟会的一员长达三十年。但当他的导师被杀时，巴蒂斯特背弃了兄弟会。他假扮成他的导师，组建起了自己的邪教，并沉迷于指示追随者为他的爱好去杀人。后来，他还计划要加入圣殿骑士团。

因而，相当合理地，就像他提醒过埃米尔的一样，囚犯们并不信任穆萨。一开始他也证明了他们是对的。在一段时间内，他对圣殿骑士们要求的一切统统照做，就像他的先祖那样。直到有一天，穆萨意识到今日的圣殿骑士团并不会比过去的他们更加信守诺言，而从他这里夺取了那些知识之后，唯一的获利者只有骑士团自己。

就连他在生日的时候要块蛋糕,圣殿骑士都没有给,这简直是……他不太记得了。这是什么忘恩负义的狗屁?真可惜他弄不到任何毒药,圣殿骑士允许囚犯在这里种的植物统是完全无害的。

穆萨快速地玩弄着杯子,他的手指接触到它们时,它们好像羽毛般轻盈。警卫的双眼紧盯着那些飞快移动的物件,他的嘴因专注而抿成一条细细的直线。在几次假动作和偷换之后,穆萨停了下来,充满期望地看着这名警卫。

对方伸出手点了点中间的杯子。穆萨故作哀伤,拿起它,揭示杯子里面什么都没有,随后他拿起了右边的杯子。小球就在里面。

"噢,太糟了。最好还是来三局两胜。"他提议道。警卫目光愤慨,但随即点点头。

再一次,杯子飞快地移动起来。

穆萨转而向刺客们求助。这花费了一些时间,但他向他们证明自己是可信的。现在,他们会来向他求助。他们每一个都有属于自己的技巧,都有属于自己的学识和力量。但是穆萨,这个骗徒,他才是那个装疯卖傻以搜集情报的人,他才是那个有最终发言权的人。他们听他说话,信任他的判断。他总是那个被派出去审查新人的人。而先驱身上有些什么东西引起了他的兴趣。

卡勒姆也许就是他们所期望的那个人……又或者是让他们恐惧甚于一切的人。

他们的保护者……或他们的末日。

穆萨感到善心大发,因此他稍稍放慢他的动作,刚巧足以让这个警卫在这一次挑出那个正确的杯子。

"哎,看呀,"他欢呼道,"我有这么个闪光的小小玩意儿藏在这个下面。你可是有一双尖锐的眼睛,老兄。我敢说没什么能逃过你的眼睛。"

"我赢了。那你有什么能给我的？"

"你不喜欢闲聊嘛，对不对？"穆萨环顾四周，仿佛是要确保没人在偷听，随后向警卫靠近，"我知道点有关那新病人的事。"他的嘴唇几乎要碰到那名警卫的耳朵。

"噢？"

"他喜欢吃生牛排。"穆萨说道，随后退开身，看起来完完全全一本正经。

警卫的脸气得铁青，但除非绝对必要，瑞金博士禁止一切针对她"病人"的暴力行为。穆萨很清楚，这名警卫也许会找到些什么别的方法来报复他，但他不在乎。

在他心里，巴蒂斯特笑得大牙都掉了。

索菲亚看着卡勒姆惊喘、畏缩着，朝空无一物的空气挥打，抗拒地大叫。她有些纠结。她曾经见过这种情形，很多次。第一次时她因此而忧虑不已，但最终她开始慢慢习惯了，尽管她仍然并不乐于看到这种事发生，但这是她研究的一个必要部分，她时时刻刻都谨记着最终目标。

索菲亚明白，对于患者来说，渗透效应的显现不但恐怖，而且会带来物理性的伤害。她也知道它会随着时间的推移而消失，而就她对卡勒姆心理状态的全部了解来看，他是个强壮的对象，几乎可以肯定，这不会对他留下永久伤害。

但卡勒姆的痛苦中有某种东西让她感到有些不同。索菲亚告诉自己，这只是因为在此刻，卡勒姆对圣殿骑士的目标来说如此重要。

"渗透效应变得严重了。"她对正站在她身边注视着屏幕的阿历克斯说,"他比其他人受影响更深。给他四百毫克奎硫平,让他镇静下来。"

阿历克斯看着她,有点惊讶于她的忧虑,但点点头走开了,胶底鞋静寂无声。

她又站了一会,注视着卡勒姆,啃着一只拇指的指甲。奎硫平会对他有所帮助。如果不行……她就必须想点别的办法。

索菲亚重新投入她的工作。对她来说,这总能带来一种慰藉和骄傲,转移她的注意力。并且,她不得不承认,这能够让她得以引起父亲的注意,得到他的认可。

比起其他事物,科学与技术更吸引她,这并不让她感到惊讶。在她母亲被谋杀所带来的可怕震惊之下,她的父亲加强了他们在英国和法国两处主要住所的保安数量,先请来了家教、后来则是正式的教师前来教导她。她不知道如何与人类同伴打交道,电脑技术一直是她课程的关键部分,也是她的课余娱乐。

尽管卡勒姆母亲的死亡方式给他造成了巨大的创伤,起码他在直到七岁前都一直拥有她。

而索菲亚在四岁时就失去了自己的母亲。

她记忆中的母亲只留下些零零碎碎的模糊画面,一些笑声,或是母亲常常大声朗读的书中的某一句。还有一个给她的爱称:索菲。丁香的味道和柔软的脸颊。

索菲亚甚至还有关于那时候她父亲的记忆——愉快的记忆。那时他更加亲切,笑容更多。她记得被父亲抛起来坐到他的肩上;从房间最低矮的地方跑到最宽广的地方;还有抬起头看见她的父母一起哄她睡觉时,那让人欣慰的景象。

但当妈妈带来的明亮光芒被陡然从女儿的生命中抹去时,一切都改变了。索菲亚会在半夜尖叫惊醒,害怕刺客会来把她的父亲也杀掉,留下她孤零零一个人在这个世界上。她希望在这些可怕的夜晚,父亲能够到她的房间来,环抱着她,告诉索菲亚那些刺客绝不会来杀他们两个中的任何一个,告诉她,父亲会保护她的。

但这从未发生。

索菲亚——再也不是索菲了——几乎完全被抛下了。毕竟,他父亲需要运营一个全球企业,而索菲亚直到少年时期才渐渐开始对他担任圣殿骑士团大团长的职责有所了解。随着岁月流逝,索菲亚开始越来越多地投入到阿布斯泰戈的阿尼姆斯技术发展之中,他也给了她更重要的任务和头衔。

马德里中心归她管理。只不过,就像所有一切一样,实际上它并不真的属于她。"荣光并非归于我们,而归于未来",这是在圣殿骑士中所流传最广的一句话。这个想法很可爱,但大多数时候,荣光通常都归于了长老们,以及艾伦·瑞金。

索菲亚听到身后轻轻的脚步声,闻到了父亲须后水的味道。她冲自己微笑。说谁谁就到。她想。

"他必须回到阿尼姆斯中去,马上!"瑞金毫无开场白,直接说道。索菲亚从她的工作中抬起头来。

她难以置信地看着他。"你难道没看见他现在的状况吗?"索菲亚问,"渗透效应对他的影响现在非常严重。在重新进入之前他需要更多时间,让我们来准备——"

"我们没有时间。"瑞金打断她,冰冷而坚决。

一阵寒冷窜过索菲亚的身体。"为什么?"她质问道。她父亲究竟有什么没有告诉她的?

他没有回答。这已经不是第一次了。索菲亚知道他与生俱来的宿命，但她并不知道那些是什么。有某些事他绝不能说、某些问题他不被允许回答。但是，她越是长大就越是怀疑，与其说他受制于人，不如说也许他根本就只是喜欢保守秘密。

但是，这一次，她知道他三缄其口不再是因为某种把戏了。有什么事情发生了。考虑到他昨天晚上飞回伦敦去向长老们报道，她推测，是因为他们对他说了某些事，才使他产生了新的紧迫感。

两人之间的沉默让人不安地延伸着。他棕色的眼睛紧盯着屏幕。

那副画面并不宜人。尽管她已经给他开了药剂，卡勒姆·林奇现在仍在地板上缩成一团，前后摇晃着。艾伦·瑞金习惯于发号施令，习惯于自己的命令丝毫不受质疑、立马就得以执行。这对父女过去就曾经如此对峙过。他不是个科学家，他是个商人。他对成果的兴趣要远胜过……呃，胜过任何一切。

"把他送回去，索菲亚。不是几天之后，不是几小时之后。马上。"

索菲亚知道，她不能冒险对她的实验对象产生太多好感。但她同样也是他们的保护者，而她已下定了决心。

"你和我知道得一样清楚，如果他没有准备好，他会死在那里的。"

"那么就确保他确实死在那里。"

她走近了几步，缩短了自己和父亲之间的距离，抗拒地仰起脸来望着他。

"我不会拿他的性命来冒险。"

这引起了他的注意。他注视了她一会儿，表情显得……悲伤。随后，他有些勉强，但毫不动摇地说出了一句话，让他的女儿冷彻心扉：

"那我会找其他人来动手。"

索菲亚注视着他走出去,没有再说一句话、没有回头看一眼。她摸索着自己的椅子,几乎是跌坐进去。她紧紧抓住椅背、直到指节变白,强迫自己深深呼吸。

在她八岁大的时候,她曾捡到过一只流浪狗。它是一只杂种狗,浑身跳蚤,又大、又瘦、又长、又丑,毫不听从命令,但她一眼就爱上了它。她的父亲告诉她,绝对不准留下奥斯卡——这是她给它起的名字,虽然不管那时还是现在她都不知道是出于什么理由。

索菲亚不是个爱哭的女孩,但她扑向那只动物,哭得心都碎了。她感到它脸颊上的脏乱长毛,它身体的温暖倚靠着她,它的心脏飞快地跳动。自她母亲死去以来第一次,索菲亚感到了与某个其他生物的羁绊,某个需要她的、某个她可以去照料的生命,就像她的母亲照料她一样。

当然,在那个年纪,她还无法表达出这种复杂的想法。她唯一能做的就只有大哭着紧抓着奥斯卡,向父亲乞求。

索菲亚向她的父亲保证,她会打理一切。她会喂它、给它洗澡、训练它。它会当条乖好狗的,她发誓。一条最最好的狗。奥斯卡会因为被救而心存感激,它会爱她的。

而如果允许她拥有奥斯卡,索菲亚·瑞金也会当个好女孩,一个最好的女孩。她不会让自己的成绩退步,她会做老师让她做的所有一切。最终,她的父亲让步了,但说他会让她保守自己的诺言。

索菲亚保守了诺言。她给奥斯卡洗澡,喂它,煞费苦心地训练它大小便。她甚至还教它坐下和等待。然后有一天,当她带它出去散步的时候,它挣脱了链条去追一只松鼠。当她叫它时,它不肯回来,最终她将它堵在一角,抓住了它的项圈。

它太兴奋，又很害怕，然后，作为一只流浪狗，它不出所料地咬了她。这一口咬得并不重，但它咬破了皮肤。索菲亚流着血将链条重新拴上。他们回家去了，血从她的手臂上流下。

她的父亲气疯了。

索菲亚被急急地塞进车里，带去找瑞金的私人医生。她在那里缝了十针。那道疤痕仍然留着，而现在，当她盯着显示器，看着卡勒姆·林奇蜷缩着，哭泣、颤抖、拼命地攻击着仅仅存在脑海中的敌人，她发现自己正用拇指抚摸着那道几乎不可见的白线。

她仅仅是伤口缝了几针。

而奥斯卡被打死了。

当她发现了这点、去找她的父亲对质时，他仅仅说："我不喜欢看见你受伤。"

长大后回想起这起事件，索菲亚对自己辩称，她父亲确实是因为想到自己唯一的孩子被一只动物所伤而大大不安——哪怕在那种状况下，这只动物的反应并不那么出乎意料，甚至也不严重。她告诉自己，在失去了她母亲以后才过来那么短的时间，想到自己的女儿可能会发生什么不幸让父亲难以忍受。

但是现在，她明白了。艾伦·瑞金所做的，并不是一个保护欲过剩的父亲在努力保护所爱的孩子。他是在行使他的权力，以掌控形势。

他一直都在告诉她，他有能力，在任何时候、出于任何理由、消灭她所珍视的任何事物——任何人，只要他愿意。

卡勒姆·林奇并不是在艾伦·瑞金控制女儿生命的需要之下所产生的第一名牺牲者。

他只是最近的一名。

第十二章

卡勒姆恢复了状态，终于吃了东西。他们又把一块牛排送到了他的房间，都切成了小块，这样他就不用索要刀子了。在吃了点食物之后，他感觉好一点了，有一阵子他认为自己已经把幻觉打败了。

但没有。现在，卡勒姆盯着房间的尽头，那些一直监视着他的警卫们待的地方。这一次，站在那里的并不是看守他的那些人。

这一次，那是阿吉拉尔。

卡勒姆紧张而戒备，汗流浃背，但刺客并没有攻击。他只是长久地注视着卡勒姆，随后踏入了他的房间。

穿过玻璃。

有一会儿，卡勒姆感到正注视着自己的脸。但这一张更坚毅，上面刻印着疤痕和刺青。这是个幻觉。这不是真的。在阿尼姆斯中所发生的不是真的，对于我来说不是。这只是渗透效应。

他惊讶于这个影像竟然如此平静。也许他的头脑正在推敲这事，正准备要让这名刺客对他说话。但是，就像之前那样，刺客猛扑了上来。

这一次，卡勒姆做好了准备。他抬起了左臂，当阿吉拉尔试图猛地刺向他的喉咙时挥手挡开了，而他的右手在刺客第二次尝试时重重地打了过去。阿吉拉尔虚晃了一下，随后旋身踢出，他的脚只差一点点就要踢中卡勒姆的腹部了。

卡勒姆对斗殴并不陌生。他被卷入挥拳干架的次数堪比天上星星的数量，自从……自从那一天算起。但现在，自渗透效应出现在他身上、扭曲现实、扼紧他的咽喉，卡勒姆第一次能够控制自己的动作了。在此之前，刺客的影像都只是单方面地恐吓他：低语着控诉、用刀刺向他、割开他的喉咙。他的大脑被毫无理性的恐惧所淹没。但这一次，一切都非常不同。

他知道先前，当阿吉拉尔尝试杀死自己时，他是如何行动的。那时他成功了。这一次并不是一次袭击——至少，不像是其他的那些袭击。隐隐地，卡勒姆意识到这是……练习。训练。

躲开一脚。挡住一击。挥出他自己的攻击。他简单、轻易地就进入了状况。他认识这种战斗。在这种战斗中，他能够把握自己。

他陡然转身，踢出——而那里什么也没有。卡勒姆停下来，气喘吁吁，环顾房间。阿吉拉尔消失了吗？随后他感到后颈处有一种刺痒，于是转过身去。

他不再是独自一人了。其他人现在也来到了屋中。他们也是他的敌人，但不像先前出现在他面前的愤怒的刺客们，他们穿戴的不是兜帽，而是纯白的制服。这不是幻觉。他们是来将他带回阿尼姆斯中的，而他可不会束手就擒。

两名看护向他接近。肾上腺素涌上卡勒姆的身体。他不能回去。不能再来一次了。就算是幻觉也好过被那具手臂抓起、塞入一个死人的记忆之中。卡勒姆冲向前，抓住第一名看护，将他的脸砸到了墙壁里。他回转身,用头猛撞第二个人,随后挡住第一个人挥来的一拳,抓住他的手臂将他翻过肩膀摔了出去,背部着地。

现在有三名警卫冲了过来,手里拿着警棍,而不是袖剑。卡勒姆先制服了自己左边的那个。他用手抓住那人的肘关节,把这个穿黑衣的人扳倒在地。然后,卡勒姆立即转向下一个人,重重一拳打在对方的下巴上,让她向后倒下。

第四名警卫踏入房中,和中间那个人一起设法抓住了卡勒姆的胳膊,试图制住他。他毫不退让,在他们的手上借力抬起双腿,暴烈地一脚踢中那个新来的人的腹部。

但先前吃了他一拳的那名警卫已经回过神来。当她的棒子敲在他的脸上时,她露出了阴冷愉悦的微笑。这几乎、但还没有完全让他失去意识。尽管怒火高涨,他的身体却已经屈从了下来。他在他们的手中沉了下去,当他们将他拖出房间时,他的世界变模糊了。

他们在门前停下了。卡勒姆眨着眼睛,脑袋一阵阵抽痛。他尽力打起精神抵御疼痛,抬起头,看见一个穿着警卫制服的高大男人,毫无表情的眼睛半阖着。

"该你上了,硬小子。"那个男人说。

不。他不能这么做。卡勒姆猛地抓住自己最大的恐惧,将其作为武器。

"我疯了。"他透过从口中涌出的血说。

他们无视他,开始将他一路拽过走廊。想到将再次进入阿吉拉尔·德·奈尔哈的身体和精神,恐惧从他心中满溢出来。而同时,一个来自遥远过去某一天的影像闪现在他的脑海中:一架古老、破旧的收音机,播放着佩西·克莱恩的歌《疯狂》。

卡勒姆开始唱出——或者更确切来说,尖叫出,这首歌。

他唱着,调子疯狂地跑了很远,绝望地拖延着那不可阻挡之事的来临。

这只是个简简单单的扑克游戏,而这绝不只是个扑克游戏。

轮到内森发牌,他看似平静地递出纸牌。往常,警卫们都会躲在视线之外,站在那双向玻璃墙之后。在早先卡勒姆出现时,其中一些走了出来。现在,这个地方挤满了警卫。

埃米尔抬起头,随后低头看着自己的牌:"他们要再次把他送进去了。"他说。没有人说什么。他们都知道。

穆萨拿起他的牌,看也没有看,双眼注视着看护们:"他们在逼迫他。他还没准备好再次回去,特别是经过像我们所看见的那种崩溃之后。先驱甚至都不能保持安稳到吃完他点的那块上好多汁的牛排。那个人甚至都还不知道他自己是谁,更别提他站在哪一边了。"

"那么,"内森说,将他的牌扇形打开,"我们就该在他背叛我们之前阻止他。"

其他人都比他要冷静。内森在溺爱中长大,惯于出手干架,准备好要打翻任何一个多瞅了他一眼的人。他已经慢慢学到要更好地自我控制了,但还没学全。穆萨因为先前内森对卡勒姆所说的话而狠训了他,但这孩子并不感到抱歉。内森的浑身上下都在叫嚣着,说这个穆萨喜欢称之为先驱的人是个威胁。而有时候,最好还是错误却安全,总好过正确却死了。

每一晚,内森都浑身是汗地醒来,完完全全地吓坏了。在理智上,他明白发生的是什么。瑞金博士称它为渗透效应,并表示,由于内森比这中心里大多数的病人都要年轻,这种效应在他身上的显现可能会更加剧烈。

"一个五十岁的人,作为他本人生存的长度是你的两倍,"她用她那平静、和善的嗓音这样告诉他,"他拥有更多自己的记忆。因此,当界限开始模糊时,他拥有更多可以利用的资源,来提醒他什么是自己真正的身份。"

随后她微笑了,那种甜美的微笑总是会让内森开始怀疑自己也许错了,也许她并不完全是站在圣殿骑士那一边的。就算她是吧,也许圣殿骑士也没那么坏。

当然,这并不真的是他。这是那该死的叛徒邓肯·沃波尔,正在插手不该他管的事。

英国第一任首相罗伯特·沃波尔的二代表亲,邓肯·沃波尔,生于1679年,死于1715年。想到这个人的任何一部分还活在他身上就令内森感到作呕。邓肯·沃波尔是个变节者,就像巴蒂斯特一样。但至少那个巫毒教毒师有愤怒的理由。他生来是个奴隶,后来又感到被兄弟会所背叛了。

相比之下,邓肯一直都过得顺风顺水。他一直走着海军军官这条道路,但却是一个以自我为中心、不懂得听从命令的狂妄混球。不满于海军的他被刺客组织的理念所吸引。它吸引了他心中那良善的一面。但即便身处一个"万事皆允"的兄弟会,这个被宠坏的沃波尔最终也开始不满意起来。他再度挑战兄弟会的长辈成员,在不满的地方出言挑拨,尽管其中大多数不满都是他想象出来的。

邓肯被分配了一个位于西印度的任务。在那里期间,邓肯记住了所有他能得手的关于当地刺客组织的事。而之后,当获得了足够多对圣殿骑士来说有所价值的信息后,沃波尔就联系了他们。圣殿骑士完全知道要奉承他什么……以及支付他什么。

内森一直在学校进进出出,因为他总是挑事干架。作为一个堪称典型的伦敦东区人,他混迹在一个帮派里,做了一阵子毒品交易。帮派头领派他去本地学校附近兜售毒品,因为他看起来可爱又无害。无害,直到他开始大发脾气。他赤手空拳地把一名成员几乎揍成一滩扶不起来的泥。

"这种事你是可以理解的,对不对,内森?"现在埃米尔说道。过去,这会被当作一种侮辱。过去,内森会把这当作是挑衅。现在,他知道这是表达对某种——某人——的了解,某个内森与其共生度过每一天的人。

也共度过每一夜。

内森努力让自己克制住不要发抖。

他不想变得像邓肯一样。他想要变得比他好。他想要变得更像穆萨,或者,在他感觉特别充满希望时,他想要变得像林或埃米尔。就他所知,这两个人没有藏着什么见不得人的秘密。

内森知道自己的先祖是个多么让人厌恶的人,这就是为什么他总是对任何新来者如此疑神疑鬼。有罪直到被证明无辜,人们都知道他总这么说,说白了,我们都有罪。

内森相信穆萨的判断。穆萨似乎对自己的两套记忆极为协调,胜过他们中的任何一个人,甚至胜过头脑冷静的埃米尔。他为了骗过警卫们而表现得像个小丑,但实际上,他才是清醒的那一个。

"我确实懂这种事。"内森平静地回答。他的视线瞟向一个警卫。他们正向鹰一样地注视着我们。"穆萨是对的。他们不该这么快就把他放回阿尼姆斯中去。如果他们逼得那么紧,那一定是因为他知道某些非常重要的事。而他很可能会决定要站在错误的那一边。"

如果事情一如穆萨所怀疑的那样——这新来的人可能是能带他们所有人逃出这里的人、也可能会让他们全部被杀,那他们承担不起假定他无辜可能造成的后果。

穆萨对上了他的视线。两名曾投靠过圣殿骑士的刺客,彼此都非常理解对方。穆萨重新看向自己的牌,发出一声咕哝。

"哎,你们可是看看这个。"他说这,将四张牌摊在桌上。两个黑一和两个黑八。"死人之手。"

四张牌。四名伊甸苹果的守护者。

"那第五张牌呢?"内森问。

"第五张牌是打入脑袋里的一颗子弹。"穆萨说。

他们的意见全都一致。

在卡勒姆到达之前,他断续嚎叫的歌词先一步传到了索菲亚的耳中。她必须强迫自己不要因为同情而退缩。将他重新送进去还太早了——实在太早了。

她曾在过去实验对象的声音中听到过这种绝望和恐惧的音调。有时,在索菲亚听到这种音调后不久,那个人的自我本质会彻底消失……而那个人就再也不会回来了。

该死的。

"将时间调至第六。"索菲亚对阿历克斯说道。

卡勒姆的声音尖锐而绝望,继续尖啸着令人毛骨悚然、不合时宜的歌词。

索菲亚的双手紧紧握在一起:"如果他的状况恶化……"她深吸了一口气,"把他带出来。"

阿历克斯转向她,高挑的眉毛皱了起来。"但是你的父亲——"他开始说道。索菲亚打断了他。

"我不在乎我父亲怎么说，"她嗫嚅着，明确地感到他们所说的这个人正从他的办公室窗户注视着每一件事。她大步走到场上，看向那只正紧紧抓着卡勒姆腰际、将他举到她头顶上的手臂。

卡勒姆现在几乎是在呜咽了。他的脸扭曲成一种微笑，仿佛他和佩西·克莱恩一起弄不明白自己究竟做了什么。

他看起来一团糟。他因为在房间中的那场"压制"而流血不止。他的双眼圆睁，满身汗水，胸口因换气过度剧烈起伏。索菲亚自己的胸中因同情而疼痛起来。都该诅咒她的父亲。这根本不应该发生。

曾经，在还是个小女孩的时候，她曾一连好几个小时坐在儿时的家门外，耐性好得如同小山丘，小小的手中捧着葵花籽，等松鼠和花栗鼠来接受她的礼物。她坐得身体都僵硬了，一只脚麻了。这都不要紧。

当一只小小的、双眼明亮的小动物从一棵树那边探出鼻头来时，一切就都值得了。那只花栗鼠忽跑忽停，拐弯抹角地接近了过来，随时准备逃走。它刚刚把它细小的、带爪的前肢放在她的拇指上，抬头用大大的眼睛盯着她，心跳快得她几乎可以透过白色胸脯上的绒毛看见心脏在跃动。就在此时她的父亲出现了，大吼着要那只花栗鼠走开。它倏地变成一道模糊的褐色影子，消失了。下一天、再下一天，尽管她父亲下令不准，她仍坐在外面。等待着。

它再也没有回来过。

比起花栗鼠，卡勒姆更像是一匹狼，但是他，也是同样小心翼翼地。而他也同样刚刚开始信任她，她如此相信着。但她的父亲没有简简单单将他赶开，反而下达命令，要痛打到卡勒姆服从，要把他拖进来，塞进这个他几乎不理解、并显然恐惧万分的机器之中。

这是残忍的，这是错的，而在一种苦涩的讽刺感中，她知道，最终，这将会阻碍他们的进展，也许甚至造成无可挽回的损失。全都是因为她父亲如此渴望即刻就获得成果。

索菲亚只有一个机会来保护卡勒姆不受伤害，就在此地、就在此刻，而她必须把握这个机会。

"卡勒姆，"她说，她的声音有力而强硬，"听我说。"

他只是唱得……喊叫得……更加响亮，试图盖过她的声音。在经受他被迫承受的折磨之前，试图建立起某种——任何一种——屏障，来保护他曾身为的那个人。讽刺的是、危险的是，只有完全接受将要发生的事，他的心智才能够得到安全。他不能试图将它拒之门外，不能试图淹没它，不能试图用尖叫来盖过那个记忆。

"听我说！"她大叫，"你必须集中精神！你必须专注于那些记忆。"他听见她说的话了吗？索菲亚看不出。她坚决地继续："你必须跟从阿吉拉尔。"

这个名字引起了他的注意，卡勒姆低下头，眨着眼睛，试图集中视线，仍旧疯狂地唱着。但那并不是疯狂——那是在狂暴的挣扎，以抓住清醒的神志。

索菲亚专注地研究过这个男人。就像她毫不隐瞒地告诉他的一样，她确实知道关于他的一切。而这个吊在她上空的男人，喘息着、为了不被毁灭而挣扎着，使她如此强烈地想起那个旧宝丽来相片里的小男孩，强烈到痛苦。

这是莎士比亚的台词吗？她烦乱地想到，"为了善良我必须残忍。"

她必须反复将这点灌输进他的脑海。他要么会听从、照她所说的做，要么就会变得像之前的很多人一样，一具身体带着一个破碎的头脑，永远地被困在过去与现在之间。

索菲亚不会让这种事发生。

不会让它发生在卡勒姆身上。

她重复那道命令:"卡勒姆……你必须跟从阿吉拉尔。"

这是全世界他最不愿意做的事,她能看出这一点。但她也能看出他听见了她的话。

随后——他进入了祖先的记忆。

第十三章

地下囚室闷热、令人窒息。尘土飘散在空气中，散发着汗水、血、尿液和粪便的味道。阿吉拉尔、玛丽亚和本尼迪克托并非被单独囚禁，有超过一打其他囚犯与他们在一起。几小时以前，这里的人还更多。守卫们来带走了一些人，一次几个列队赶了出去，随后将铁门在他们身后锁上。当然，没有人再回来。

阿吉拉尔知道刺客们的罪状是什么。其他那些可怜的恶棍究竟做了什么，才会沦落到面对接下来等待着他们的命运，他既不知道，也不关心。有些人静静地哭泣，其他人抽噎着，痛苦而响亮地祈求着仁慈。还有些人表情木然地坐着，仿佛完全没有注意到自己所处的状况。

所有人都多少处于痛苦和疲惫之中，背后被锁链牢固地拷在冰冷的石墙上。他们的手腕被铐住，拴在头顶上方几尺的圆环上。他们的动作被限制了，但仍旧有可能活动。事实上，尽管这个姿势极端不适，但却根本算不上特别的折磨。

这三名刺客是几天前最后一批被带来的。他们是兄弟会中唯一剩下的人了，所有其他人都在尝试拯救阿迈德王子的行动中丧生。

玛丽亚和阿吉拉尔被并列拷在一起。互相挨在一起并没有给他们带来安慰。阿吉拉尔对自己愤怒不已。他和玛丽亚差一点点就能带着那个男孩逃跑了。但欧哈达用他自己的抓钩把他拖了起来，阿吉拉尔被迫眼睁睁地看着那个男孩重新落入劫持者手中。

而比这还要糟千百倍的，是发现玛丽亚也没能从圣殿骑士手中逃脱。一如既往，他接受自己的命运。自从他的父母死于那庞然、不可撼动的欧哈达之手以后，他便将生命献给了兄弟会。

只要玛丽亚能够逃脱就好了。

他们几小时之前就已陷入沉默，而现在玛丽亚注视着前方，双眼茫然无物。随后，她开口了：

"他们很快就会向格拉纳达开进。"

"苏丹是软弱的。"阿吉拉尔回答。他的嘴如同被阳光灼烤的土地般干涸，而他的声音像是沙哑的蛙鸣。向来极富同情心的圣殿骑士解释道，他们的囚犯很快就会死了，而尸体要水有什么用呢？

"他会交出伊甸苹果，背叛信条以换取王子的性命。他爱他的儿子。"

她在他说话的时候转而看着他，锁链轻柔地响动。现在，她用那种灼热的剧烈眼神凝视着她，那种眼神是她的一部分，就如同她的双手或她的声音。

"爱让我们软弱。"她说，她的声音中有极轻微地颤抖。

阿吉拉尔无法将他的目光从她身上移开。实际上自第一次相遇起，他就一直无法移开目光。他换了个姿势，好让整个身体都转向她，在这一刻，他无视他饱受折磨的身体所传达出的疼痛。有如此多的话他想要说却没有说出口。但最终，不需要任何话语。她明白他的心意，一如他也明白她的。

涌上他的嘴边的是另一句话。在这一刻，要说的只有一件事。玛丽亚也知道这一点。圣殿骑士夺走了他们的一切，但无论他们对阿吉拉尔和玛丽亚的身体做什么，都还有仅剩的一件是他们无法夺走的。

玛丽亚也同时开口。在他们生命最后一日的阳光沉下之前，他们一同置身于其中，一如曾一同经历过如此多的一切。他们复诵着那句各自在入会式上复诵过的誓言：

"我将甘愿牺牲我自己，以及所有我珍视的人，以使信条得以存续。"

她的双眼圆睁，一眨不眨。即便只有从上方洞中漏入的昏暗光线，他也能看到她颈上脉搏的跃动。即便是现在，看见她眼中的热情仍让阿吉拉尔的心跃动起来。以那种热情，她活过了每一刻、每一次呼吸，而现在那热情充盈于她身体，更胜以往任何时刻。

阿吉拉尔倾身向前，绷紧锁链，最后一次靠近她。她也做出同样的动作，但圣殿骑士这一次似乎无意地显示出冷酷无情。锁链只差了一寸之遥。在他们品尝焚烧异端之火以前，玛丽亚和阿吉拉尔甚至无法亲吻最后一次。

他们听到铁门打开，靴子踏着地面。红斗篷们正在解开囚犯们的锁链。现在，就快了。

他们的喉咙、手腕和脚被拴着，一路拖上前。身体在被迫静止了那么长时间后又被逼着行动，阿吉拉尔咬牙忍住吃痛的嘶声。阿吉拉尔和玛丽亚并肩而立，一如他们往常所做的那样，直面着那扇门。

"如果我在今日死去，"她的声音紧绷、但清晰，"别浪费你的眼泪。"

他不会的。简简单单的眼泪配不上这个非凡女性的一分一毫。他将为哀悼她所洒下的恐怕只有自己的鲜血。

他们齐步沿着倾斜的走廊朝上走去,进入阳光与热度与尘土之中,直接步入癫狂者的嘉年华中。

阿吉拉尔的头上毫无遮盖,直接承受着无情阳光的击打。玛丽亚也一样,一条条发辫露在外面。三名刺客的兜帽都统统被扯下,剥夺了他们所拥有的任何神秘感、任何一点隐匿的暗示。唯一戴着兜帽的只有那些行刑人,他们——两名肌肉虬结的男人,走到他们的一侧,面孔隐藏在黑色的衣物之中。

> 卡勒姆眨了眨眼睛。他能够同时看见聚集在他周围的人群,以及各居其位的实验助手。还有,当然了,那天使的脸庞,椭圆形的脸庞同时因冷漠和忧虑而变得苍白。加叠在这两副图景之上的是一个记忆,短暂而尖锐,记忆中他坐在自己牢房的地板上,涂画着、如一个着魔的人般涂画着;那张粗略的炭笔画上是一个身形庞大、胸部宽大的男人,戴着黑色的兜帽——
>
> "跟从它,卡勒姆。"天使的声音响起,卡勒姆重新落入那痛苦与灼热之地。

大步走在那一组囚犯之前的是一群教士,身穿白色祭服,主教帽高高架在头顶,权杖举在身前。他们朝人群挥舞着祝圣手势,人群的欢呼一开始只是喃喃低语,随后逐渐变强,直到刺客们被那声音所淹没。鼓点在他们的耳中击打,让嘈杂和混乱感又增添了几分。

阿吉拉尔在明亮的阳光下眨着眼睛，注视着那些奇特的衣装。有些人将自己的脸涂成奇怪的颜色，一排接一排的观众冲他们叫嚣着充满仇恨的称呼。他不明白这有什么意味，那些打扮成恶魔四下跳跃的人也许是在表演某种受难剧，或是在试图驱赶如此多罪人的死所召唤来的邪恶灵魂。又或者，也许这是为了恐吓罪人们自己，让他们先品尝一样毫无疑问正在地狱等待着他们的前景。

实际上，红斗篷们罕见地担当起了刺客们的保护者。疯狂的人群正竭力向囚犯们靠近，想要亲手将他们撕成苹果。

阿吉拉尔只怜悯他们。如果你们知道，他想着，如果你们知道你们正在为那些捍卫你们的人的死而叫好的话。他们也同样是圣殿骑士的囚徒，他们被无形的锁链约束却毫不自知。

本尼迪克托走在玛丽亚和阿吉拉尔前面，转身望向他们。他的面容平和、宁静。

"我们死于今日，"他向他们保证，"但信条长生不灭。"

阿吉拉尔嫉妒他的平静——和他的确信。

他们三个继续挪步向前，跟跟跄跄地踏入一个巨大、开放的平台上，以直面那向他们逼近的真正现实，那痛苦的死亡。柱子直立在平台上，在其底部堆放着大捆树枝。一群穿着戏服的折磨者专注地站在那里，身旁放着大桶的油。

这个圆形剧场的搭建只有一个目的——折磨并处死异教徒。它比阿吉拉尔想象的要大得多。上百、也许有上千名观众簇拥着，挤满了四面的三层座位。

然而，尽管在地下监狱里他们有其他的"异教徒"做伴，现在却只有这三名刺客被带了上来。显然，他们的死亡是这场活动的高潮所在。

从他们头顶上高高的绞刑架上,脖子上挂着十字架的异端审判官正俯视着他们。伴随着一阵痛苦的负疚感,阿吉拉尔注意到,站在一旁的正是刺客们拼尽一切想要救回的阿迈德小王子。

在中央,某种可以被称作是王座的位置上,坐着三个引人注目的人物,全都带着严峻、审视的表情。阿吉拉尔认出了每一个——费迪南国王和他的妻子伊莎贝拉,曾经的卡斯蒂利亚女王,以及托马斯·德·托尔克马达……大宗教审判官。尽管手握如此巨大的权力、带来如此多的恐怖,他却是个小个子男人,坐在威严的国王和皇后之间,他显得几乎像个侏儒。

如果说欧哈达是那个抓住了阿吉拉尔的父母、将他们带到一个如此地一般地方的人,那么托尔克马达就是下令并执行了他们处刑的人。当阿吉拉尔注视着这个男人时,纯粹、强烈的仇恨在他的心中升起。

阿吉拉尔曾专注研习过关于多明我会修士的一切信息。托尔克马达从相当年轻时起就一路快速晋升,成为了索哥维亚圣克鲁兹一所修道院的院长。他就是在那里遇见了那个正端坐在王座上、带着毫不掩饰的厌恶注视着走上平台的刺客们的女人。托尔克马达在伊莎贝拉皇后年轻时就作为她的告解神父,一直向她进行谏言。他说服她嫁给了费迪南国王以巩固权力基础,而这种权力正可以被托尔克马达——以及圣殿骑士团——加以利用,以实现他们的目标。

他那备受宠爱的编年史编纂者塞巴斯蒂安·德·奥尔梅多,热情地将托尔克马达称之为"异教徒的铁锤,西班牙的明光,他国家的救主"以及"他教团的光荣"。阿吉拉尔不知道德·奥尔梅多所说的"教团"是指哪一个,多明我会?还是圣殿骑士团?

现在,大审判官站起身,剃光的头顶在阳光下闪着光,小小的眼睛和刻薄的嘴唇流露着鄙夷。他像皇后先前所做的那样打量着三名刺客：满带蔑视，眼中所见的不是人类，而只是仇敌。并非与上帝为敌——并非如同圣殿骑士希望百姓们所相信的那样，而是与圣殿骑士，以及他们所求的、对人类的绝对统治为敌。

他踏前一步，站姿以一个七十岁老人来说出人意料地笔挺，举起双手要求安静。他的嗓音似乎并没有随着年龄的增长而变得虚弱，而是因确信而铿锵有力。

"'不要以为我来了，是给地上带来和平；我来并不是带来和平，而是刀剑，'[1]"托尔克马达引述圣经道，"'我要使我的箭饮血饮醉，我的刀要吃肉。'[2]""'他们必死得甚苦，无人哀哭。'[3]"

在他说话的同时，三名刺客被带到刑柱前，并被粗暴地绑在了上面。本尼迪克托，所谓的导师，独自站在一根柱前。阿吉拉尔和玛丽亚被带到同一根柱子前，他们双手上绑着的锁链被高高绕起，在顶端用一颗尖钉固定，他们的喉咙仍然被铁圈紧箍着

一个打扮成魔鬼的人舀起满满一桶油，露出期待的笑容，将其全部倒在阿吉拉尔和玛丽亚的脚下。

"'他们必被刀剑和饥荒所灭绝，他们的尸首必给空中的飞鸟和地上的野兽做食物。'[4]"托尔克马达继续说道。他在享受着这每一刻。又一个打扮怪诞的人，看起来像是一只庞大的红鸟，但长着的不是鸟爪而是双手，将一桶油倒在本尼迪克托的桩柱上。

托尔克马达放下双手："几十年来，"他继续着，"你们都生活在一个因宗教纷争而四分五裂的国家，因为那些异教的歹类认为信仰

---

[1] 出自《圣经·新约·马太福音》12:34。
[2] 出自《圣经·新约·申命记》32:42。
[3] 出自《圣经·新约·耶利米书》16:4。
[4] 出自《圣经·新约·耶利米书》16:4。

自由比国家的和平更加重要。但很快，感谢上帝和异端审判庭，我们将会净化这一痼疾。而上帝便会再度向你们微笑，因只有服从才能带来和平！"

人群变得狂热，因兴奋而欢呼雀跃。相信这样就能结束纷争，这是多么自我安慰的想法啊。阿吉拉尔想着。

他的视线经过了狂热的群众和托尔克马达，最后落在了欧哈达身上。欧哈达冷酷而面无表情地盯着他。

你认出我了吗，你个狗养的？阿吉拉尔想着，你记得你自己所做的事吗？你是不是很高兴能到这里来完成你那扭曲的使命？

欧哈达丑恶的面容因一种深深的怒火而更加扭曲。他翻身下马，跟着其中一名光着上身、戴着黑色兜帽的行刑人。他走上平台，走向阿吉拉尔和玛丽亚。

托尔克马达仁慈地笑着，分享着人群的喜悦："你们面前所站着的罪人试图维护格拉纳达的异教王子——在我们的圣战中仍固守的最后一处异教领域。因此，今日，在我们的国王和皇后，费迪南和伊莎贝拉的面前，"他转过身鞠了一躬，深度恰好够表示尊敬又不显得献媚，"我，托尔克马达，誓言将在上帝的圣火之中洗净我们自身！"

行刑人走向阿吉拉尔和玛丽亚的柴堆，弯身将一枚长钉穿过他们下身锁链中的一环，将他们固定在平台上。阿吉拉尔绝不束手就擒。他的导师、甚至他的玛丽亚也许要在今日接受死亡的到来，但他会抵抗到最后一刻。他狠命地一脚踢中了那个行刑人。

行刑人向后倒退，不过很快就恢复了过来。他现在发怒了，抽出一把匕首，准备直接将刺客的脚扎在平台上。但阿吉拉尔太过敏捷，在最后一刻猛抽回脚，让那把匕首牢牢地扎入了踏脚板中，任凭行刑人费尽力气想要拔出来,却纹丝不动。

欧哈达的行动毫不复杂,他只是走上前,几乎是漫不经心地一拳直捣向阿吉拉尔的腹部。阿吉拉尔弯下身,全因为他被拴住、仍旧高举的双手而没有蜷缩成一团。他现在很庆幸圣殿骑士没有给他们任何能送到嘴里的东西,哪怕是水。他不想给予他的敌人和那群狂喜的观众观看他呕吐的乐趣。

"你会看着你的导师燃烧,"欧哈达担保道,他从阿吉拉尔看向玛丽亚,又收回视线,"之后你将会极尽缓慢地死去。"他冷酷地微笑,并加了一句,"就像你的父母一样。"

阿吉拉尔绷紧了。这么说,黑色骑士到底还是认出他了。

"他们尖叫着被折磨,"欧哈达继续说,"那时我看着他们变成灰,现在我也将看着你遭到同样下场。你肮脏的家系将与你一同断绝。"

欧哈达拾起一把火炬,大步走向本尼迪克托的桩柱,等着那一整桶油被浇在导师的柴堆上,而托尔克马达在大叫:"看哪,这上帝的意愿!我是阿尔法,是欧米伽;是创始的,也是成终的。我要把生命的泉水,白白赐给那口渴的人喝!①"

托尔克马达无法抑制那满足的阴笑,双眼转向刺客导师,划了一个十字。

索菲亚站着、几乎没有呼吸,她的全身心都专注于欧哈达、玛丽亚和托尔克马达那源自五百年前、如今再度重新上演的全息影像。刺客们的隐忍简直让人难以置信。而他们如何以

---

①出自《圣经·新约·启示录》21:6。

闪电般的速度估测现状、找出一条生路,那简直让人赞叹……

所有的注意力都集中在本尼迪克托和欧哈达身上。在这当口,阿吉拉尔行动起来,用全部力量踢向那把钉住他脚上链条的匕首的柄部。刀柄卡在阿吉拉尔的脚镣和他的靴底间,脱落了下来。刀刃,以及镶嵌在刀柄里的那根金属芯仍卡在木制踏脚上。

玛丽亚背对他被紧拷着,但她倒抽了一口气,因此他知道她看见了——而她明白这意味着什么。他们一同合作过那么多次,他们是那么地契合,就像是同一个个体,完全明白对方在想什么。现在他感觉到了她的警觉,感觉到她已准备就绪。他如此欣慰有她在这里。他们是完美的拍档,在一切事情上都是如此。

阿吉拉尔一次又一次将脚镣向下砸去,用匕首薄薄的铁芯推动脚镣的栓销。他的每一击都让栓销向上滑动一点点。

快啊。快啊……

人群现在已几乎陷入癫狂,他们的热诚被审判官的言辞和欧哈达的行动点燃。一些打扮奇异的观众在人群中舞蹈,咆哮声近乎震耳欲聋。

欧哈达抬眼凝视本尼迪克托,而导师则挑衅地高昂着头。刺客和圣殿骑士以全然的憎恶注视着彼此。

"荣光并非归于我们,而归于未来。"他对刺客导师说。

本尼迪克托紧闭起双眼,坚定自我,以迎接将要来临的一切。

欧哈达用燃烧的火炬碰触浸透油的木料。橘色的火焰从刺客导师的周身升起。

第十四章

阿吉拉尔终于重获自由,并迅速回身。但他立刻僵住了,因恐惧而无法动弹,无法将惊恐的视线从这景象上移开。他所看到的不仅仅是他的导师,还有他的父母,站在他们自己的火刑柱前,一如这根,被那个男人所"祝福"。那个男人不侍奉任何上帝,他侍奉的仅仅是他自己。

爸爸……妈妈……

本尼迪克托在痛苦中尖叫,他的身体被饥渴的火焰所吞没,那燃烧的肉体散发出阵阵恶臭——

卡勒姆开始作呕,因那可怕的味道而恶心。他的头脑再度跃回他在自己牢房墙壁上所涂抹的画像:那是个黑色的人影,无法辨认,大片火焰环绕着他、吞噬着他、遮蔽着他。他的母亲,注视着,她的生命之血滴落——滴落在油毡地板上。

他闭上双眼,从这所有一切前转开视线,寻找着缓刑——

"卡勒姆!不!你必须跟从着阿吉拉尔!"

那个天使的嗓音，甜美，冷酷，无可违抗。他是卡勒姆，他是阿吉拉尔，而一个他所爱的人正以人能想象最可怕的方式死去。

但有其他人还活着——

"玛丽亚。"卡勒姆大叫，冲回记忆之中。

阿吉拉尔从恐惧所带来那动弹不得的一刻中挣脱出来。在那一刻，过去与现在汇聚，带来一场荒诞的爆燃。他的父母和本尼迪克托会希望他和玛丽亚活下去的，活下去完成他们的任务。而如果知道自己的死给了他们机会，他的导师一定会骄傲的。

阿吉拉尔希望，以某种方式，本尼迪克托能够知道这一点。

他现在没法为他的导师做任何事了。如鱼跃出水面一般，阿吉拉尔向前猛冲了几步，转身面朝火刑柱，双脚踏在火刑柱上朝上攀爬，并腾跃而起，松开了铐住手腕的锁链，得以拥有了移动空间。他和玛丽亚仍旧被脖颈上的锁链栓在一起，而他远离桩柱的动作将她在柱子上拉紧，使她无法呼吸。

阿吉拉尔抓住一名守卫身上的剑，抓住剑柄向上抽，挥动剑刃扫过守卫的喉咙。阿吉拉尔持续挥舞一圈，将那柄剑狠狠地劈在铐住玛丽亚双脚的链条上。

他们一同战斗，尽管颈部仍然被拷在一起，动作却极为契合。他用那把剑，而她的双手仍拷在桩柱上，靠着穿着靴子的脚和有力的双腿战斗。

索菲亚注视着，瞪大眼睛看着卡勒姆。他不再仅仅是被阿尼姆斯所移动。他自己在行动着，那些攻击动作展开得流畅、轻易,将全息圣殿骑士变成幽魂般的黑色空无。如此自然。他现在已经是回溯中一名积极的参与者,而不仅仅是被机器所操控的一只无能的玩偶。

之前,看见卡勒姆两次似乎要从模拟中退出时,她曾经担忧过。这可能意味着索菲亚寻找伊甸苹果的尝试彻底死去——以及卡勒姆·林奇的死亡。她不太确定是什么让他如此混乱。她所能看见的只有他的动作和他们所产生的效果,她无法读取他的内心。只有他自己知道自己看到了什么。

但现在看起来,他似乎跨越了某种门槛,而她将永远无法知晓那是什么,为此她心存强烈的感激。

"他在进行同化。"她低语道,而她的嘴角露出了战栗着的微笑。

这将会成功的……

其中一名守卫的神智终于恢复到足以抓起一柄火炬,将它扔向玛丽亚的柴堆中。他为这个动作付出了生命的代价。阿吉拉尔扔出了剑,长剑飞越过这段距离,直刺入这名守卫的胸口。

木料还没有被油浸满,因此火焰并没有疯狂地燃起,但干燥的引火物仍然烧了起来。玛丽亚跃上桩柱顶端,尽可能让自己的身体远离脚下的火焰。

人群中嗜血的狂叫变成了恐慌的惊呼。托尔克马达看到自己美丽的仪式落入混乱之中,正向着跟随者大声下令。火焰开始升高了。阿吉拉尔发出一声凶暴的怒吼,向玛丽亚的火刑柱冲去,用肩膀以全部力气撞击它。木料抗议地呻吟着,桩柱断裂开,倒了下来。玛丽亚扭过身体,重重地摔在平台上。

阿吉拉尔朝她低下身去。玛丽亚的眼睛因他身后的某样东西而陡然大睁，她猛地将他拉了下来。他翻过身，看见其中一名行刑者正举起斧头，意识到玛丽亚刚刚救了他的命。阿吉拉尔抓住她的腿，将她向后拉。行刑者无法止住已经挥出的攻击，因而本来瞄准玛丽亚脖颈的斧头切断了她的锁链。

她得到了解放，向前一个空翻，双脚站定。阿吉拉尔朝那名行刑者冲去，对方身材魁梧，动作却十分缓慢。一如往常，玛丽亚知道他在想什么。他们一同拉起两人脖颈间连接着的锁链，用它紧紧地勒住了那个男人粗壮的脖子。随着猛地一拽，一切就结束了，行刑者倒了下来，倒在木板上。

阿吉拉尔拿起那个死者的斧头，将它投进一个木桶中，随后他和玛丽亚一同朝通往看台的一道楼梯冲了过去。油开始满溢过舞台上，仿佛某种活着的生物一般流入本尼迪克托的柴火之中。

舞台在一声震耳欲聋的爆炸声中炸开，成为一片炼狱。

这两名刺客跃上楼梯，而圣殿骑士们则代替他们发出被活活灼烧的惨叫。大审判官托尔克马达似乎太急于进行他的火爆表演，旁边仍然有没被清空的脚手架矗立着。阿吉拉尔直朝那里冲去，而玛丽亚紧随其后。他们猛地跃起，飞快地爬了上去。

当他们上到顶部时，阿吉拉尔和玛丽亚停了一下，喘息着、审视着眼前的状况。在他们下方，托尔克马达模糊的白色面容因愤怒而扭曲，抬头望着他们。他正在大叫着、做着手势，而阿吉拉尔看见他的敌人不知怎么逃过了火焰：欧哈达已骑上了他黑色的战马，开始追击，斗篷在身后翻卷。

不发一言地，这两个人翻起了自己兜帽，用这个动作重新宣告了他们刺客的身份，随后跑向塞维利亚的屋顶间。

当他们一路奔跑时，油腻的黑色浓烟与近乎无处不在的尘土混在了一起。他们并非没有对手。托尔克马达，又也许是费迪南国王预料到也许会有人逃跑，因而弓箭手被安置在了屋顶各处。现在，他们将十字弓扔到一边，抽出各自的剑朝这两人冲了过来。但尽管这些士兵也许拥有使用武器的技术，他们却缺乏刺客所拥有的敏捷和优雅。对这些刺客来说，在屋顶上战斗和奔跑就像呼吸一样简单。

因为前一次成效显著，阿吉拉尔又甩出他手腕上的链条，绕住一名士兵的剑，扭转并猛地扯断了一段。守卫们轻易地失去平衡掉了下去，摔入底下疯狂地想要逃避火焰的人群中。

但有其他人出现接替了他们的位置，而刺客们立即就能看出，这些并非普通的卫兵。托尔克马达派出了圣殿骑士赶来追捕他们，人数众多，两名刺客绝对无法抵抗。颈部仍旧被锁链相连的玛丽亚和阿吉拉尔朝屋顶边缘冲去并跃起，跳过一道缺口，落在一片倾斜的铺砖屋顶上。

他们背部着地向下滑，注视着前面的一道窄窄的屋檐，朝那里冲了过去。阿吉拉尔和玛丽亚在窗台和屋顶间不断跳跃，一直确保不离彼此太远，不顾一切地想要甩掉身后紧追不舍的圣殿骑士。

阿吉拉尔听到圣殿骑士中有人大叫了一声。一个圣殿骑士徒劳地试图追上正灵巧地从一处屋顶跳到另一处的刺客们，失足摔倒，跌进遥远下方的街道。阿吉拉尔飞快地朝下扫了一眼，看见那名圣殿骑士残破的躯体并没有掉进惊恐万状的人群中，而是砸入了自己的弟兄之间。他们正在街道间奔走着，一些步行而另一些骑着马，抬着头寻找着两位刺客。阿吉拉尔听到一支十字弓矢飞过时发出的嗖的响声，声音近得让人不安。

玛丽亚和阿吉拉尔已经来到这延绵的屋顶边缘，并一前一后跃向一处狭窄的栏杆。稍稍在前的阿吉拉尔稳稳地着陆，但玛丽亚的脚滑了一下。她落了下去，紧抓着仍然将他们绑在一起的锁链。阿吉拉尔飞快地伸出手，也抓住那道锁链，将她拽了回来。老旧的石块在他们下方碎裂，而他们即刻再度跃起。

这一次，他们让一群光着上身、满身尘土的石匠吃了一惊。石匠们在震惊中茫然地盯着他们。当玛丽亚飞快地伸手抓住一柄凿子时，他们既没有抗议也没有抱怨。她蹲下身，让那条锁链平铺在房顶地面上，随后抬起头望向阿吉拉尔。

阿吉拉尔已经从其中一名石匠毫无抵抗的手中抓起来一把榔头。仅仅一次有力的撞击之下，锁链便断开了。他们再度跑了起来，石匠们从背后瞪着他们。阿吉拉尔允许自己稍稍消遣了一下，想象着这些人在之后晚餐时会对自己的家人说些什么。

此时，阿吉拉尔已不知自己身处这城市的什么地方。但只要还在屋顶上，他们就占有优势。刺客们受过在这样的地方行动的训练，而圣殿骑士没有。

但圣殿骑士太多了。看起来，他们正从四面八方涌来，如同昆虫从巢穴中涌出，扑向他们的敌人。

阿吉拉尔和玛丽亚从城垛间跃出，跳向一处平坦的屋顶。那是一座教堂，阿吉拉尔心不在焉地想到。他们几乎还未落地，就有一名圣殿骑士出现在那里，朝他们冲了过来，重重地撞上了玛丽亚，两人一起翻滚着落入下面的院子中。

玛丽亚飞快地恢复过来，但她的敌人也是一样。她轻易地躲开了他砍来的剑，急冲上前擒住他伸得过长的手臂，连同那只手中握着的剑一起扭转，刺向从她后方冲来的第二名圣殿骑士。腹部受到迅速的一击让第二名骑士躺倒在石板上，随后玛丽亚将第一名骑士也一同解决。

在她上方,阿吉拉尔轻盈地从街角跃向矮墙又跃向屋顶,如同猫一样灵活。半打圣殿骑士向他逼近,但他已做好了准备。

短短几分钟以前,他还可以说必死无疑,关于家人的回忆就快要将他淹没掉。但他将这些回忆推到了一边,没有被哀恸或恐惧所慑服。目睹本尼迪克托被处以火刑是如此可怕,但它给阿吉拉尔带来了所需的宝贵时间,解救了自己和玛丽亚。

他刚才又渴、又饿、精疲力竭。他甚至已经尝到了第一丝绝望。但现在,他才不会让区区一小撮圣殿骑士挡住去路。

阿吉拉尔的血液在欢唱,他感觉自己活着,如此地鲜活。当骑士们向他袭来时,一切简直如同儿童的游戏:跃起旋转踢倒一个人,拿起他的武器,转身击退其他五个人,脸上挂着一个恶魔般的凶狠笑容,满溢着纯粹的享受。这是他所继承的遗产。现在,他的父母正借由他活着,而他将不会辱没这份礼物。

当最后一名剩下的圣殿骑士吐出最后一口呼吸时,玛丽亚出现在他的身边。他们的双眼相遇,她朝下一个屋顶偏了偏头。他们刚刚跃起,阿吉拉尔就看到了头顶上方那一阵动静是怎么回事。

沿着他们上方的房沿奔来的是一排圣殿骑士,正向下冲他们射击。

第十五章

该是停止往上去，转而往下走的时候了。这一次，当他们到达屋顶边缘时，玛丽亚跳向位于一个阳台顶端的倾斜石拱门，荡了进去。

阿吉拉尔紧随其后。他们撞破了木板门，闯进一间小而狭长的房间。前来这所教堂里的访客们尖叫着四下躲避。玛丽亚与阿吉拉尔甚至没有慢下脚步，直接从他们看到的下一扇窗户跳了出去，像毛刺一样紧贴在大约六英寸宽的边沿上。追赶他们而来的圣殿骑士冲得太急了，没能抓住墙上的突起，一路尖叫着跌落了下去。

刺客们从建筑一侧的房檐跳向六英尺外一处更高的边沿，以之字形稳固地向上前进，出现在大教堂的前方。他们所见到的是整座城市壮观的景色，以及一个使人更加警醒的景象——已有数十个圣殿骑士聚集了起来，在其他的屋顶上，在街道上，加入了这场狩猎。

阿吉拉尔看到其中之一便是欧哈达。他们的视线相遇，这名圣殿骑士语无伦次地大叫着，粗暴地踢着他出色的战马，急冲向那所教堂。

阿吉拉尔听见身后传来脚步声。他在狭窄的边沿上站稳脚跟，遥遥高于下方的市街，他转过身用整个身体猛拉住冲来的骑士，利用对方自己急冲上来的力量将其丢到了下方的石街上。他把玛丽亚拉到他身边，两人转过身，疾速奔向教堂平坦、开阔的顶部。

圣殿骑士现在从两边爬上来了。玛丽亚全速奔跑着，用她的靴尖直踢中一个人的下巴下方，迫使对方松开了紧抓住边缘的手，整个人被高高挑起又落了下去。

他们必须想法将圣殿骑士们丢下去。阿吉拉尔稍稍停了一下调整呼吸，低头看着这栋楼与旁边的那栋之间挂着的条条绳索。这些绳子是用来挂那些五彩的横幅，不过看起来似乎绑得也足够结实。

只有一种方法可以验证。

他稳了一下，随即起跳，右脚落在一条绳索上，左脚踩上了另一条。玛丽亚跟在他身后，这两个人在紧绷的绳索上轻松地疾驰，就仿佛他们是在踏着一块块石头过河。

一声怒火冲天的吼叫从他们的身后、他们的上方传来。欧哈达不知怎么想法带着马穿过教堂，来到平坦的屋顶上。

下一个瞬间，阿吉拉尔踏下去的步子便落空了。欧哈达砍断了绳索。阿吉拉尔伸出手，抓住了从身边荡过去的绳子。玛丽亚与他一同掉了下来，紧抓住他的腿，两人毫无方向感地大幅摆动着，撞破了一扇紧闭窗户的护窗板。脆弱的木头被砸得粉碎，他们双双滚入房中。

玛丽亚和阿吉拉尔翻身站起，沿着走廊向下飞奔。在他们前方，奔跑的人影朝他们袭来。他们猛然转向，冲下另一个通往左边的过道，进入一间私人武器储藏室——与此同时，两个警卫从房间另一头的门冲了出来。玛丽亚握紧拳头，直击其中一人的下巴。对方踉跄着后退，摇晃着头，眨着眼睛。

阿吉拉尔很快地用类似的动作解决了另一个人。两名刺客各拿起一张弓和一支箭。一如过去那么多次共同战斗时一样，他们背对背站着，面朝相反的方向，每人将一支箭直射入一名骑士的胸口。阿吉拉尔再一次转身，又将一支鸣唱着的箭送入敌人体内，与此同时玛丽亚向阿杰拉尔刚才面对着的那扇门急冲而去。

那扇门通往一道走廊，延伸至这栋楼的一侧。一名红斗篷朝玛丽亚挥起剑，但她以一贯的优雅躲开了，抓住他持剑的手臂按在栏杆上，凶狠而干练地将一根箭整个直插入这个男人的手臂，将他钉在了原地。

一名圣殿骑士飞奔而来，徒劳地想要帮助他的同伴。阿吉拉尔在门内出现，一箭射中了他。一波又一波的敌人冲入这道走廊，看起来仿佛是从木雕中爬出来的一般。

阿吉拉尔一支又一支地放箭，从一边转到另一边，而玛丽亚则放倒那些冲得太近、他无法射击的敌人。

到了某一刻，她转向他，双眼因烟雾、紧张和用力而布满血丝，但仍旧燃烧着那种纯然的兴奋，就如同每次肩并肩战斗时她总是经历的一样。他们的视线相遇了极短的一瞬间，他知道自己的双眼也因专注而发亮。他随之再度转身，用手肘击中一个红斗篷并在同一个动作中拉开弓，放出另一支笔直而准确的箭矢。

他们沿着走廊飞奔而下，越过尸体，向右急转进入另一件房间。里面有人，但并没有挤满圣殿骑士——只有一个贵族和他的家人们，他们显然才刚刚坐下来吃饭，就被发生在阳台上的战斗所打断。

你的刀刃要远离无辜者的血肉。这是信条的第一则。

这些人们对他或玛丽亚都没有任何威胁。当他看着那名母亲紧紧地抱着自己的孩子，双眼因恐惧而大睁时，阿吉拉尔只能希望那些追击他们的圣殿骑士也能够放过这家人。

就在他如此想着并几乎穿过房间时，关着的窗户被猛地打破了。一个巨大、强硬的人影陡然闯入。难以想象，这竟然是欧哈达。这个庞大的男人朝阿吉拉尔扑上来，将这名刺客按倒在桌上。

玛丽亚抓起一把用来切烤禽类的刀子，将它投向第二名高举着剑向阿吉拉尔靠近的骑士，插中了他的喉咙。欧哈达转身瞪视着她，但她已经消失了，而阿吉拉尔也趁机冲过房门。

片刻之后他们重新会合，两人都以自己最快的速度飞奔于长长的阳台中，置身于晾洗衣物、晾晒的香草和其他种种平凡生活的象征之下。

刺客们知道，他们不可能单单靠奔跑来摆脱欧哈达。先是战斗以拯救阿迈德，随后在监狱中不吃不喝地受着煎熬，现在又为了获得自由而奋战，他们的体力消耗已经到达了极限。欧哈达有机会休息、吃饭。他是个身材巨大的人，但却让人吃惊地迅疾。他可以就这么一直追赶，直到两名刺客力竭倒下。就在阿吉拉尔如此思考的时候，他冒险朝后扫了一眼，便看见欧哈达只差几步就能够抓住玛丽亚了。

他们正在登上一座似乎是塞维利亚巨大主教堂一部分的塔楼。塔楼的周围布满脚手架，而他们两人都明白这是他们唯一的机会。他们毫不减速，直接跃起，猛地落入不过是由粗糙木板条搭起的平台。欧哈达就在他们身后，巨大的身躯撞破支撑的木板，重重地落在他们下方的平台上。

玛丽亚注视了他片刻，随后跟在阿吉拉尔身后开始攀爬。除了向上攀登，他们没有其他选择。欧哈达一会儿就回复了过来，继续追逐他们，而他们更迅疾地向上爬，伸长脖子寻找着下一处落手——或落脚点。

阿吉拉尔的心在胸腔中撞击着，肌肉随着每一个动作而烧灼。他无视着抽筋的威胁。他生于一个刺客家庭，他在血缘和自我选择之下与兄弟会紧紧相连。他的身体匀称、健壮而柔软——完全受他的意愿和他的纪律性所控制。能做到的。

但圣殿骑士发现了刺客们。他们也已经攀了上来，在旁边的建筑上挪步、跳上脚手架。在旁人看来，圣殿骑士们似乎已经困住了他们的猎物，将两人团团包围。

两名刺客到达了那座高塔的顶部，整个城镇在他们脚下展开如同孩子们的玩具堆。正在此时，一支十字弓矢鸣响着朝阿吉拉尔射来，从他面前不到两英寸的地方擦过。

玛丽亚奔向脚手架的尽头，丝毫未减慢速度。她猛地跃出，平伸开双臂，拥抱虚无的空气。阿吉拉尔越过肩头，回视了一眼欧哈达。

卡勒姆的脸上有了表情，身体的紧绷微妙地改变了。他的眼睛重新聚焦。索菲亚的呼吸停住了，她意识到在这一刻，卡勒姆重新浮上了表层，取代了阿吉拉尔。

不……求求你，不要是现在，卡勒姆……

"跳！"她大叫道，"跳啊！"

阿吉拉尔曾这样做过许多次。这曾是他所受训练的关键部分。他放胆冲出脚手架平台，从容地抬起双臂，仿佛身处一场舞蹈，带着一如既往的平静自由下坠。他的下方是个集市。他会安全着陆的，一如往常。一顶白色的商铺天棚向他急冲而来——

卡勒姆的双臂拍打，身体猛地后仰，试图躲开急速接近的石制地板，躲开那感知中扑面而来的死亡。握着他的吊臂停住了，他无力地沉在它的掌中。

"同步完全中断。"索菲手下的一名技师吼道，而她的心因恐惧而悬起。

"把他放下来！"她大叫，向他冲去，同时向全宇宙乞求着，不，不，不要让这事发生——

卡勒姆毫无知觉的身体突然开始抽搐，随之变成完全的痉挛。在阿尼姆斯的手臂将他放下来时，他疯狂地抽动着。索菲亚在他身旁跪下，愚蠢地试图用她自己小小的双手去安抚他发狂的动作。

"医生都去哪儿了？我需要人来帮忙！"她大叫着。

现在有三个人跪在地面上，其中两个各按住卡勒姆的一条腿，另一个想法固定住卡勒姆的头。卡勒姆的身体狠命地挣扎，试图弓身跃起。他左右翻滚着，双眼向上翻去，只露出了眼白。

在一般情况下，索菲亚，作为研究人员和科学家，会退后让他们来照看病患。但这一次她留在原地，用一手紧紧抓住了卡勒姆的手，另一只手安慰地抚摸着他的胸口和肩膀。

简单的肢体接触。强烈。有力。

"没事的，"她低语着，眼泪突然出人意料地刺痛了她的双眼。她努力将它们眨掉。他的脸上浮现一种危险的紫色，白沫从嘴里溢了出来。

"没事的，卡勒姆，听着我的话——"

她抬起头，她，从不失控的索菲亚·瑞金，冲正在跑过来的第四名医务人员尖叫:"快点!"

她不能失去他。她不能。她将卡勒姆的手放在她的胸口,医务人员正将一个透明的面罩盖在他的口鼻上。他的双眼睁开,圆睁的眼睛中写满了恐惧,他的牙齿在塑料面具后方咬紧,脸部扭曲着。

索菲亚攥紧他的手,努力做出镇定的表情,尽管内心的情绪正截然相反。

"看着我。"她要求着,晃动的蓝眼睛紧紧地盯住他。某种液体啪地打在他的白色衬衫上,在那里留下一个深色的印记。她没有意识到自己在哭。

"没事的。"她低语道。他的发作慢慢平和下来,她微笑了,因解脱感浮上全身而战栗了起来。

第十六章

当女儿走进来时,瑞金正坐在他的办公室里,沉思着,品着轩尼诗的香气。他本以为她会更早出现,但麦克高文报告说,索菲亚让阿历克斯告知安全负责人和她父亲,她"在进一步通知之前不进行会面"。

瑞金接受了,但接受得相当勉强。索菲亚当然有理由想要花时间弄明白到底是什么见鬼的差错,并花时间保证卡勒姆安然无恙。但现在她来了,他需要些回答。

他女儿隐藏着怒火,但他知道怎么看出来。怒火闪烁在她的双眼中,显示在她的身体语言中:她紧抿的嘴唇,以及当她在他面前停下时交叠着双臂的样子。

但他也很愤怒。他看见她在卡勒姆身边的样子,握着他的手、像对待个孩子一样同他说话的样子。或者,像是对待别的什么东西。他过去从来没有见过女儿如此表现,也不应该在现在见到,不应该在有如此多的事情——在一切都岌岌可危的关头。

他开口质问,表情像她一样强硬:"发生了什么?"

"他的同步中断了。"她以干脆的语调说。

怒火涌了上来:"这我知道,为什么?"

"他还没有准备好。"她没有说我早就告诉你了。她知道她不必说。他等待着。"我们失去了他。我们失去了对阿尼姆斯的控制。我们不知道他去哪儿了、做了什么……什么都不知道。"

索菲亚将双手放在桌上,身体前倾。她的双眼是蓝宝石的火焰:"要是我们再次失去他怎么办?"

瑞金没有回答。如果他们再次失去了他……他们就将失去一切。

卡勒姆同时被钉上十字架并被溺在水中。他在一个牢笼里,双腿并紧,双臂伸开,被水所吞没。恐惧席卷着他。他的肺叫嚣着需要空气。在他上方微微闪着光芒的,是水蓝色中的一道灰色波纹,仅仅被丝缕闪烁的光线所照亮。灰色、白色、以及一张脸。

阿吉拉尔。

卡勒姆尖叫起来,吐出空气,吸入水——

他眨着眼睛,胸口上下起伏。他并没有被浸在水中,现在没有。他正浮在水上,身边的一名看护正耐心地等待着他的呼吸减缓,让他再深吸入一口气,随后将他重新沉入水里。

他现在想起来了,一点一滴地拼凑起了发生的事。见到——闻到某个人被活生生烧死的恐惧。所有那一切生动而清晰的画面。阿吉拉尔的思想奔腾的速度。为那些圣殿骑士做出如此残暴的行径而对他们施以暴力的公正。阿吉拉尔和玛丽亚之间深入骨髓的、热情与信赖的联系。

城市铺展开来,在那遥远的下方,圣殿骑士无处不在。

卡勒姆在咸涩、与身体温度相同的水中醒来，一个面罩罩在口鼻上为他提供氧气。他们说了些什么关于电能和直流电刺激和诸如此类的事，足以让他明白这是种治疗，而非酷刑。卡勒姆想拥有某种程度的掌控，因此坚持让他们拿掉了氧气面罩，这意味着每过半分到一分钟，他们就必须把他拉起来。

微弱的蓝光出现在他的下方。这间房间四周以黑色的金属构筑，一串低亮度的灯向水平方向延伸。水微微冒着热气。如果他是自愿来到这里，没被绑在一个该死的十字笼里，这里也许还挺舒适的。

他完全不知道已经过去了多久，但意识到他的思考能力已经回来了——而幻觉也已经平息了。所以至少在这方面，看护们所说的是事实。

他们没有问他感觉怎么样，他也没有自愿告诉他们。

在他们第五十次或者第一千次将他拉起来时，一个人站在了他的面前。但这一次，那不是阿吉拉尔。那是索菲亚，而他知道她是真实的。他不知道这是好是坏。

索菲亚在踏入回复室时仍然气得七窍生烟。尽管她对圣殿骑士给予她的研究基金心怀感激——没有他们，她不可能有如此进展——但她一直都尽其所能远离圣殿骑士团以及阿布斯泰戈工业上的政治斗争。直到现在，她都做得相当成功。这个成就几乎就跟她希望能在卡勒姆的帮助下达到的那个一样伟大。

在到达房间之前，她查看了他的状态，宽慰地看到他恢复得很好。索菲亚仍旧不能肯定她对于自己在卡勒姆失去同步时的行为作何想法。那种汹涌的情绪对她来说是陌生的。

"我感觉不到我的脚。"当索菲亚走到池水边注视他时，他说。

就他所说的话来看，他简直平静得惊人。

现在，她的回答很和善："麻痹只是暂时的。"

卡勒姆似乎接受了这个答案。"那坏消息是什么？"他问道。

"你的同步中断了。这造成了神经系统分裂，但我们帮你挺过来了。"她说，"这一次。"

卡勒姆看着她，水波的反射让光线在他身上舞动折射。他的双眼是池水的颜色，而它们显出恐惧和痛苦。

"我会死在这里，对不对？"

索菲亚没有马上回答。她在他身边坐下，交叠双腿，前倾过身。

"不会。"她说，"只要你自愿进去那里，就不会。"她冲他露出一个和蔼的微笑。他从她面前转过头，盯着上方，光线在他脸上来来去去。

"我们可以结束这种痛苦，卡勒姆，"她继续诚恳地说着，"为每一个人。"

"我做不到。"卡勒姆说。这并非某种抗议或绝望。这只是个简单、直白的陈述，而索菲亚发现这让她痛苦。

"你可以的。"她回答道。他现在看着她了，想要相信她，但却又太过警惕无法做到。这又带来了一阵出乎意料的痛苦。她又想到了她孩提时代的守候：等候着野生的动物、等候着驯服、等候着失去的机会。

索菲亚吸了一口气，考虑着自己的下一步。她的父亲不会喜欢这样的。这会带来难以想象的后果。但某些东西告诉她，这么做是正确的。

如果她想要卡勒姆相信她，她就必须相信卡勒姆。相信他能够理解他们所向他索求的是什么。

"我有东西想要给你看。"

二十分钟不到,看护们就将卡勒姆从回复池中带了出来,给他洗浴、更衣,把他放进一台轮椅中。他在自己房间的门口与她会面。他因这种无助的状况感到沮丧而愤恨,这种感觉一波一波地涌上他心头。索菲亚想要推轮椅,但卡勒姆难以忍受;他自己抓住轮子,反抗地转离她。

"去哪里?"他问道。

"阿尼姆斯房间。"他的表情变得强硬,于是她加上了一句,"并不是要你回去。"

"你说对了。我不会回去的。"卡勒姆回答道。他让她走在前面,前一趟他沿这条走廊走向那间房间时,他的状况并不适于记下路线。

她让她的队伍去休息了,因此走廊里只有他们两人。自然阳光经由上方过滤而下,但这个区域的其他地方都沉浸在商铺关门后照明的那种冰冷蓝光中。

当他们到达阿尼姆斯房间后,卡勒姆允许索菲亚将轮椅推到一处陈列柜旁。她用一串钥匙打开了陈列柜,拿出一件东西。她看了那东西一会儿。她背对着卡勒姆,所以他看不到那是什么。这是她改变主意的最后机会。一旦把它给了卡勒姆,她所开始的事就再也无法停止了。

她深深吸了一口气,站到卡勒姆面前,将那条项链递给他。挂坠轻轻地在银链条上摇晃。

一开始,他只是带着轻微的好奇看着他。然后,当他的双眼落在项链上时,她看见那种似曾相识的表情闪现于他的脸上。

一颗八角星，中间有一个钻石的形状。在那上面，用黑色雕刻着一个很像是字母 A 的记号，如果 A 字的线条是由装饰般、稍稍弯曲的刀刃组成的话。

在他生命的头七年中，他每天都会见到这个挂坠。他最后一次见到它时，项坠上的银色链条正被滴落的鲜血所侵蚀，而这条链条正从一只已死去的手中垂下。

回忆猛地涌上他的视野：那极清晰的影像，每一滴饱满的血珠在他母亲的指尖闪光，然后慢慢地，伴随着轻柔的"噗噗"声打在油地毡上。佩西·克莱恩轻细的嗓音，一场恐怖片的诡异配乐。

房间里那温暖的色泽，他母亲草莓金色的秀发的色泽。

她死去的双眼中的空洞。

怒火与哀恸，比愤怒更危险、更有力，冲刷过他全身。但这是他的怒火，他的哀恸，而他是不会与站在他面前的这个女人分享的。

慢慢地，他抬起手，接过那根项链。

"你从哪里拿来的？"他以粗戾的低声问道。

"我父亲从你母亲的被害现场找到它的。他将它带到这里进行保管。"

他眼旁的一块肌肉抽搐着。他的心思回到了那一队轰鸣着停在他儿时居所前的黑色厢型车。那苍白、骨瘦如柴的男人，戴着墨镜，身穿黑衣坐在一辆车的副驾驶座上。那么……那到底就是艾伦·瑞金了，那个年幼的卡勒姆曾见过在电视上讲话的人。

让人难以置信的，是那个男人养育出了这个有着天使面孔的女人，而她现在正用含着同情的大眼睛注视着他。

"保管。"卡勒姆重复着，难以置信，"你们偷走了它。"

"这是你母亲的项链，"索菲亚回应道，"我希望你能拿着它。"

她确实认为这是种友好的表示。她不能理解这给他带来了什么影响。有那么一会,卡勒姆的心思闪回了那张老照片,那另一个微笑着、被谋杀了的母亲,这个母亲有一个小女儿,而她长大了,正站在他面前,把他自己被杀母亲的项链交给他。

卡勒姆集中精神思考她所说的话。她的父亲在场;他找到了它。"他为什么在那里?"

"为了救她。"

索菲亚仍然怀着同情,但她以一种直接的口吻回答道。这让他保持了冷静。卡勒姆知道她明白这一点。即便如此,他能感觉到虚饰的表面正在破裂;能看到自己的视野正被眼泪所模糊。

"从谁的手中?"

"她自己的同胞。"

"这和你们有什么关系?"

某种东西在她双眼深深的蓝色中闪了一下:"刺客和圣殿骑士之间的战争已经持续了许多个世纪。我的目标是改变这个状况。"

这几乎有点可笑了。"说的没错。"卡勒姆回答道,语气极尽夸张,"我忘记了。我们都是来这里与攻击性作战的。"

他们的视线仍紧紧相扣,而那种想要开恶劣玩笑的冲动下隐藏着真正的愤怒。他压抑着它,控制着,回答道:"我不觉得我喜欢你们的手法。我也不觉得我有那么喜欢圣殿骑士团。"

不知怎么,这感觉有点刺痛。索菲亚回答道:"我是个科学家。"

"而我是来这里治愈暴力的。"卡勒姆摇着头,又几乎是悲哀地加上一句,"那谁来医治你们?"

"我在努力创造一个没有犯罪的社会。我们能够从人类基因组中除去暴力,但要做到这点,我们需要伊甸苹果。我们的选择看似是属于我们自己的,但却被我们的先人所支配着。"

"你只看见自己想要看见的。监狱里全都是像我一样的人,而运行监狱的却是你这样的人。"

她看着他,一脸茫然。

卡勒姆受够了。她没法理解。索菲亚·瑞金博士,科学家,尝试着要坦率、磊落地对待他——以身居她这种位置的人最大限度的坦率。但就像很多聪明人一样,她已经熟练于对自己说谎了。或者,至少至少,她选择了故意的视而不见。索菲亚真的相信她所试图成就的事,并且她的双眼在恳求着,希望他也相信它。

他不再愤怒了。他只是为她感到难过。

卡勒姆向下伸手抓住轮椅的轮子,开始推动自己沿他们来的方向退回去,留给她一句最后的、无情的评语:

"我觉得你遗漏了些什么。"

第十七章

　　索菲亚并没有在关于腿伤的事情上骗卡勒姆。两小时后,他又能站起来了,轮椅被丢到了床边。尽管还残留着一些隐隐的刺痛感,但看护员向他保证这很快就会完全消失。实际上,在这么长时间都完全感受不到双腿的任何动静之后,卡勒姆还挺欢迎这种感觉的。

　　他用拇指抚摩着母亲项链上的起伏和尖角,随后就像之前许多次所做的那样,抬起头瞪视着这间极简房间的那面厚玻璃墙。但这一次,那里有个显著的不同。

　　这一次,没有警卫从那边看过来。

　　观测区完完全全空无一人。唯一回望着他的是自己的倒影。而正当卡勒姆注视着自己的双眼时,那双眼睛却变得略微冷峻了。一顶兜帽从他的脸庞周围显露出来。

　　阿吉拉尔·德·尼尔哈回视着他,而卡勒姆·林奇微笑了。

　　现在,刺客站在他身边了。没有从他背后偷袭,没有以训练的姿势将臂铠中伸出的锋利刀刃向他刺来。伴随着一声叱喝,刺客踏前一步,手臂的动作像是在破解对手的一次攻击。卡勒姆在旁边做出同样的动作，模仿着阿吉拉尔，他在学习。

艾伦·瑞金对自己女儿所选择的行事方式并不满意。她透露得太多了。她想要让卡勒姆信任圣殿骑士，让卡勒姆喜欢他们，让他想要回到阿尼姆斯中帮助他们完成使命。

当然，这是愚蠢的。索菲亚毫无疑问天赋异禀，她也许也确实比瑞金要了解阿尼姆斯、了解它对人的大脑的作用。但瑞金了解人类，而且特别了解刺客。当然，有一些刺客脱下了他们的罩袍，来与圣殿骑士解梦。但这个恶劣族群的大多数人都太顽固或太"高尚"，无法被感动。他看见了索菲亚在回溯中所看见的一切。而他知道，阿吉拉尔·德·奈尔哈不像巴蒂斯特或邓肯·沃波尔，绝不会背弃兄弟会。而瑞金也很肯定在这一方面，血缘将确实地传续下来。

卡勒姆·林奇也许被他女儿的美貌和平静的举止所吸引。他甚至也许认为自己想要被治愈、摆脱暴力。

但瑞金更清楚他的本质。

现在，瑞金正与麦克高文一同站在自己的办公室里，后者刚刚激活了卡勒姆房间的摄像头。两个男人站在一起，沉默地注视着卡勒姆·林奇，一名刺客的后裔，练习着那唯一目标就是杀死圣殿骑士的武术技击。

"我们正在喂养一只野兽，"麦克高文静静地说，"我们在让他变得强大。"

这让人无法忍受。瑞金早就该对此做些什么了。

卡勒姆听到门在身后打开的声音。他懒得转身，认为这不过是又一个看护。他并不急于被拖回阿尼姆斯里。

"我是瑞金博士。"一个冷酷、精确的英国口音说道，又加了一句，"艾伦。"

卡勒姆转过身，稍稍有些吃惊。在他面前站着一个高大、瘦长的老人，穿着一件黑色的高领套头衫，一件灰色的羊毛衫，以及宽松的长裤。他的脸轮廓分明而优雅，那头灰发的修剪显而易见地昂贵却保守。这个男人身上的每一根线条都展现着金钱和权力。他的打扮随意，但看起来他就应该穿着高档西装身处董事会会议室。

卡勒姆现在能够看出来了，这个男人，确实就是他在很久以前的那天所见到的那个人。而这一层认知搅起了种种不同的感情。

"在阿布斯泰戈，由我来处理种种事物。"瑞金博士——艾伦——继续说。

"像是子承父业这种行为，是吗？"

瑞金给了他一个微笑。这个微笑迷人、久经练习、从头到尾都是假的，但卡勒姆敢打赌被它骗到的人不止一两个。

"是的，"索菲亚的父亲说道，并带上一声轻笑，"如果我们给你造成了某些不适，我非常抱歉。有什么我能够为你做的吗？"

"给我两块新毛巾，谢谢。"

那个不带任何真诚感情的温暖微笑再一次出现了："我肯定能找人为你办好的。"

"既然都说到这个了，你放我从这里出去怎么样？"

现在这个笑容里不再带有任何的愉快了。瑞金的双手插在口袋里，缓缓地走到长长的、没有靠背的长椅边，坐了下来，双手伸开搭在两边。

"这事我可以安排。"他带着假意的后悔说。随后,那个假笑变化了,变得揶揄而狡诈——比之前真实太多了。他不再假装了。

很好。别再说废话了。

"我来是为了谈个交易的,"瑞金继续说,"我们需要伊甸苹果,而我们需要你为我们取得它。"

卡勒姆以前与这种捕猎者打过足够多的交道,当他面对其中的一员,便能很轻易地认出来。而他认为艾伦·瑞金是他所遇见过的所有人中最危险的一个。卡勒姆不会信任这个男人,但是……

"我在听着。"他谨慎地回答。

那双深色的眼睛在他身上搜寻,上下打量着他全身。分析着,评估者。瑞金似乎下了某个决定,站起身来。他朝仍旧敞开的门打了个手势。

"我们干吗不活动活动筋骨?"他说,"消除掉最后那点刺痛。"

"还有什么幻觉吗?"瑞金博士透过一架目镜看着穆萨的双眼,问道。

"只有我周围这一切。"他嘲讽道。她对此露出一个微笑,关上目镜,伸手拿过一张写字板,开始草草记下些笔记。

"你的血液测试结果良好,所有测试都合格,而你的眼睛看起来也没事。"

"你要把我送回机器里了?"穆萨问道。他的语调保持着随意,身体姿势放松,但他觉得瑞金博士了解他的想法。

从来没有人急于想重访"那台机器"。

索菲亚让人带穆萨去进行又一组测试。他的身体状况良好。看护们报告称穆萨与其他人关系良好、用餐良好,并精力充沛地进行了锻炼。但尽管已经使出浑身解数展现巴蒂斯特的魅力，穆萨仍很清楚，瑞金博士并不信任这些病人中的任何一个。

他的双眼瞥过一堵墙壁。那上面满是带有图片的纸页——旧宝丽来相片、新闻剪报、一条时间线。好嘛，在他心中的巴蒂斯特耸了耸肩纠正自己，也许有一个人医生确实信任。

"不，你不用回去。"瑞金博士匆匆地回答了穆萨的问题。她的黑发低垂在报告上方，正要写完她的笔记，"你已经给我们看过我们需要的东西了。"

穆萨没有任何回到阿尼姆斯的渴望。但他突然意识到，他完全不知道当他们不再被"需要"时，会有什么发生在他身上。或者说，实际上，发生在他们任何人的身上。而他有个非常可怕的怀疑。

"那么我们现在能自由了吗？"他问道，全然真诚；巴蒂斯特的谐谑现在已荡然无存。

瑞金博士显然没有料到这个问题，她抬头看着他，努力不让自己的表情显露在脸上。她也许不像麦克高文一样冷酷，也绝对地比较养眼，但她是那些人们中的一个。她是阿尼姆斯的主人，她决定他们的命运。穆萨觉得对他的这个问题来说，她拒绝回答本身就是最好回答。

该死的。他的胃沉了下去。

她的双眼从他身上躲开，一道皱纹在她苍白的前额出现。她走向监视器，双手撑在桌上，仔细地看着它。

穆萨跟随着她的视线。他看到另一个瑞金博士正沿着走廊走下来。她的父亲似乎正在同卡勒姆进行一场愉快的交谈。

穆萨的视线转回索菲亚的脸上。不管那里究竟在发生什么，这让她心烦意乱。他不知道这算是好事还是坏事。

他转而开始看着那些陈列框。他记忆中的巴蒂斯特正处于高速戒备，当穆萨研究着那些陈列中的内容时，他的大脑飞快地转动着。旧剑，手稿，图画。短匕首。珠宝。

以及一件巴蒂斯特与穆萨都认出来的东西：褐色的玻璃容器，上面装饰着金银丝线，小到能够藏在一个人的手里。

穆萨开口询问时，双眼仍然注视着那些小东西："你想从那个新来者身上得到什么？"

索菲亚显然几乎已经忘记了他的存在。她心不在焉地回答着，注意力仍然集中于展示在她面前的场景："会让我们所有人都受益的东西。所有人，也包括你，穆萨。"

"你在阿尼姆斯中断开了同步。"经过几名面无表情的警卫时，瑞金对卡勒姆说。那些人甚至都没有瞥卡勒姆一眼。这种感觉很古怪。"我们希望你不再那么做。"

他停在一间卡勒姆从来没有进去过的房间门前，输入了一道密码。

"我们称这里为无限房间。"瑞金说。门打开了，瑞金站到一侧，让卡勒姆进去。

无限房间满是人……但无人应声。

这里挤满了病人，全都穿着卡勒姆在公共休息室所见到的灰色制服和白色上衫。但这些人并没有在投篮或者吃鸡肉。他们漫无目的地走来走去、站在原地，或只是静静坐着。他们盯着完完全全空无一物的眼前，他们的脸上空茫如同一页白纸。一些是老人，一些是年轻人，所有人都神情恍惚。

这间房间里有很多椅子和床。一些病人看起来没有人帮忙就无法从床上起来。这里最奇怪的东西是天花板。黑色的鸟儿剪影映衬在白色的背景上，投射在天花板的平滑表面上。卡勒姆的第一个想法是病人头顶上那有节奏的缓慢展翅动作是为了舒缓他们。但随后他怀疑这里是否真有人能够看见那个投影。

卡勒姆想起穆萨将他一人留在公共休息室之前所留下的那句奇怪的话：所有其他的人……他们大多数都在慢慢走向……无限。

卡勒姆看着瑞金，但这个男人脸上的表情无法揣摩。他再度看向那些居民，随后，小心翼翼地、慢慢地，他走了进去。那些拖着脚步穿行于房间的人移动着避开他，但除此之外，就好像他并不在这里。

这，毋庸置疑，是他在这个地方所见过最恐怖的东西。就像索菲亚能够很快指出的一样，他能够理解暴力。它是迫切的、立即的。它是活的。

而这……

"你们对他们做了什么？"

"他们称之为'分裂'。"瑞金解释道。卡勒姆想要将视线从那些空空的躯壳身上移开，但却似乎无法做到。"这是当你不以自我意愿进入回溯时发生的事。"

你的同步中断了。这造成了神经系统分裂，但我们帮你挺过来了。

这一次。

当索菲亚早先说出口时，这些话已经足够让人感到寒意。现在，当卡勒姆明白自己逃过的是什么样的命运时，他的胃部纠结起来。

这一次。

瑞金用看似随意的动作从口袋里拿出了什么东西，沉思地注视着它。卡勒姆努力不表现出反应，但当他注视着那件金属器械时，汗水从他的手臂下和手掌中渗出。

"你认出这个来了吗？"瑞金煞有介事地问道，"这是一名刺客的刀刃。"

哦，当然了。他认出来了。

在那种似乎遍布整间康复中心冰冷的蓝光之下，这把刀刃显得毫无生机。在卡勒姆的记忆中——既在他自己那可怕一天的记忆中、也在阿吉拉尔·德·奈尔哈的记忆中，后者与这把武器的关系可截然不同——这把刀曾经闪耀着的神秘的光辉，在此地完全被抹消了。这里没有复杂雕琢的臂铠来藏匿它，而由弹簧驱动运作的机关在这时就这么明明白白地展现于所有人的面前，看起来简单得如同小孩玩具。

卡勒姆记起他触发和收回这柄刺客的武器时是多么轻易、快速而利落。记起将它插入赤裸的咽喉、拔出时大股灼热的血液从颈动脉喷涌到他手上的感觉。

记起在三十年前那个普通的下午，血是怎样从刀尖上滴下油毡地板的。

瑞金按下器械上的某种东西。刀身被触发，发出的"铮"的一声尖锐响声，以及这柄致命金属射出的速度，陡然将卡勒姆拉回现实。

"这是你父亲用来夺走你母亲的那一把。"瑞金继续用一种闲聊似的与其说。他检验着那把刀刃——欣赏着它的构造，将它放在手里掂量着，仿佛为这件东西着迷不已。

仿佛像是刚刚想起似的，他心不在焉地加上了一句："你知道，他就在这里。"

瑞金将双眼从武器上抬起。那双眼睛冷如蛇眼。卡勒姆马上就明白了，瑞金不仅仅是说他的父亲在这里，在这座设施里。

他的意思是约瑟夫·林奇在这间无限房间之中。

那么这就是那个交易了，卡勒姆想。他什么都没说，但再度看向这间房间。房间里充满了那些曾经是人的东西。这一次，他在寻找他们中的某一个。

他搜寻的双眼忽然停下了，下巴上的肌肉紧绷起来。他重重地吞咽了一口。

"一个母亲的死，卡勒姆，"瑞金静静地说。自卡勒姆见到这个男人以来，这个人的声音第一次听起来带有真诚的惋惜。"这不是一个小男孩应该看见的事。"

卡勒姆转向瑞金。这个老人踏前一步，刀柄向前，将这把刀刃递给他。卡勒姆紧盯着它。他能够将它扔在地上然后扑向瑞金。他也可以推开那把刀并离开。

慢慢地，卡勒姆伸出手拿过那把刀。瑞金轻巧地转身，将这把武器从卡勒姆的手边拿开，以一种极度精确的动作把它放在一张有着弧形边角的光滑金属桌面上。他退开几步，看着卡勒姆，一丝笑容浮上了他薄薄的嘴唇。

随后他转过身，悠闲地走出房间。

卡勒姆继续盯着那把刀，几乎没有注意瑞金的离开。当他伸出手、抓住刀子的一端时，他的手臂难以察觉地轻微颤抖着。他以为刀子会是冷的，但它因瑞金的触摸而发热。

而当卡勒姆·林奇转过身，开始慢慢地穿过那一群僵尸般挪动的人海时，它还在变得越来越热。

第十八章

"这是错的。"瑞金一踏进他的办公室,索菲亚就说道。

他因她在这里等着他而有些许恼火,但对于她发现自己做的事并不吃惊。他的女儿确实是个聪明的姑娘,而且非常了解他。尽管,也许并不像她自己以为的那么了解。

她站在监视器前面,看着无神智的躯壳们缓缓漫步在无限房间中。她的手臂紧紧交叠在胸前,形成一个焦虑的姿态。她充满感情的大眼睛中写满了谴责。

瑞金擦身走过她身边时甚至没有慢下脚步。他走向吧台,给自己倒了一杯轩尼诗。

"你让我别无选择。"他对他的女儿说,"他必须自愿进入。这是你说的。我必须和他交涉。"

"你的意思是操纵。"

瑞金只停了一小会儿。这个词很准确,但却带来了刺痛,这让他吃惊。他将酒举到鼻子前,嗅入那辛辣的香橙花和茉莉气味。

"我向长老们保证,去伦敦时我们就会拿到伊甸苹果。"他说道,因为太过烦躁而没办法以恰当的方式好好享用这杯干邑,只是吞了一大口,感受那股暖流落入喉咙。

"那是两天之后!"她转身瞪着他,双眼睁得比他所想的还要大。好吧,也许现在她能理解为什么他会突然要如此逼迫那杀人的混帐了。

"索菲亚,"他说,"他不想了解他的过去或是他的父亲。他想要摧毁他们……两个一起。"

索菲亚看起来像只被吓呆的兔子,瑞金想。她的一手紧紧环抱着她自己的胸前,另一手握成拳头。她在颤抖,他有好多年没有看见她颤抖了。

他感到一种沉眠了很久的渴望,想要安抚她的激动情绪,但他不能屈服于这种渴望。索菲亚必须学到,冷酷是一种手段,是一种有效得见鬼的手段,而她要处理的这些刺客们并不是宠物。

但她开口所说的话让他意识到,她并不是因为恐惧或伤害而颤抖。

他的女儿处于狂怒之中。

"我们不是来这里创造怪物的。"索菲亚说。她花了很大努力才说出这话。并不是努力让自己别崩溃,而是努力让自己不要出手痛打他。

他和蔼可亲地看着她,但对她所展现的同情表示赤裸裸的蔑视。

"我们既不是要创造他们也不是要毁掉他们,"他理智地解释道,"我们只不过是将他们丢给他们自己不可避免的命运。"

看护们看见卡勒姆拿着那把刀。他们没有出手干预。瑞金显然已经悄声吩咐了某些话。

他所接近的那个男人既比他记忆中高大、又比他记忆中矮小。卡勒姆现在几乎和约瑟夫·林奇一样高了。当他还是个七岁小男孩时，这事看起来似乎是不可能的。随之，他的父亲赫然在他面前成为一个巨人，在各种意义上来说都是如此。在这些年间，约瑟夫的体型变大了，但多出来的不是肌肉，而是松散的赘肉，聚集在腰腹部，从他现在光溜溜的脸下方垂到粗壮的喉咙上。卡勒姆记忆中父亲的满头红金色头发也混入了灰色。

卡勒姆无声地走上前，站在父亲身边。约瑟夫转身面对他。当他开口时，失败蚀刻在他脸上的每根线条上、他佝偻的身躯上——那种爱尔兰口音自三十年前卡勒姆听见它大叫"快走！快走，马上！"以来没有减弱分毫："你是你母亲的儿子。"

卡勒姆完完全全没有预料到自己会听到这些字句，这让他呆住了。

"这是什么意思？"他粗暴地低语道。

"你体内流淌的血并不是你自己的。"几乎跟他对卡勒姆所说的最后那些话一模一样。你的血并不是你自己的，卡勒姆。

而鲜红的液体正啪嗒啪嗒落在地面上。

"它属于信条，"约瑟夫说着，"你的母亲知道。她死去，因而信条得以存续。"

上一瞬间卡勒姆还完全静止地站着，下一刻，那把刀已经抵住了他父亲的喉咙。

"提醒我了，确实没错。"他低吼道。

他的右手紧握着刀刃。他母亲的项链绕在他的左手手指上。

现在，房间里已经空了。在之前一会儿工夫，看护们已经将那些受到阿尼姆斯折磨的人全部送了出去。

房间里只剩下卡勒姆与他的父亲。

很快,将只剩下卡勒姆一个。

约瑟夫看起来并不害怕。他看起来……顺从、几乎像是欢迎自己的命运。就好像他一直在等着这一刻,并对此倍感欣慰。最终,在圣殿骑士和他们残忍的机器中承受了如此多的折磨之后,它终于到来了。

"你所见的那些,是我做的。"约瑟夫平静地说。

"你杀了她。"卡勒姆刺耳地说。

约瑟夫仍旧镇定,仍旧平静,回答道:"我夺走了她的生命,好过让它被偷走——被那台机器偷走。"他的嗓音在"机器"那个词上稍稍崩溃了一些。这是至今为止他流露出的唯一一个表明这一切对他产生了任何影响的迹象。

"人们会随着使命的重大程度而成长。我也应该杀了你。"他的双眼,白内障后面那一片浑浊的蓝色,注视着他儿子的双眼,"我做不到。"

"那么,拿着,"卡勒姆将刀刃在手中翻转,刀柄朝前递给他的父亲,"做你三十年前就想做的事。"

约瑟夫摇摇头:"现在都靠你来决定了,卡勒姆。这就是他们所想要的。"

"这是我想要的。"

但卡勒姆知道自己说谎了。他不再知道自己想要什么了。他面前的这个男人不是个慈爱的父亲、也不是个冷血的杀手。他是个圣殿骑士手中的人质。那些人将他粉碎得如此彻底,导致他现在置身于这个无限房间之中。

卡勒姆疯狂地想要约瑟夫来下个决定,任何决定,这样他就能做出反应了。

"洒下我的血吧,"约瑟夫说道,全世界的重量都在他的话语中了,"但不要回到阿尼姆斯里去。"

"为什么?"

约瑟夫的双眼烧灼地注视着卡勒姆,仿佛它们最终缓慢地重新焕发了生命。约瑟夫不关心他自己的死——或活。但是他显然以他还仅存的一切关心着他接下来所说的事情:

"圣殿骑士想要我们灭亡。伊甸苹果包含着自由意志的遗传密码,他们会用它来毁灭我们。"

卡勒姆瞪视着,无法理解刚刚听到的这些话。这是因为与阿尼姆斯对抗了太久而产生的疯狂吗?又或者这是真实的?

那个优雅、平静、美丽的天使索菲亚的目标可能是这个吗?

一滴眼泪流下卡勒姆的脸颊。"我会找到它的,"他宣言道,"然后看着他们毁灭你……和你的信条。"

奇怪的是,卡勒姆的话中有某些东西让约瑟夫和缓下来。

"你无法杀死信条,"仿佛他正在对一个孩子说他没法杀死一座山,"这就在你的血液中。"随后他说出了卡勒姆从未料到会从他口中听到的话:出自一首诗的词句。卡勒姆上一次听到这些词句,是一个年轻的、充满同情心的神父念出的。关于拿到伊甸苹果的词句。

卡勒姆的双眼充满着滚烫的眼泪,他猛力地将它们眨掉。有什么东西突然在他的喉间肿起,扼住了他的话。他努力将它们说出口。现在,对这个男人说出这些话显得非常重要。

当他的儿子复诵出诗句的下一行时,一个稀薄但真挚的微笑出现在约瑟夫的嘴唇上。"你还记得。"他说道,显然被触动了。

长长的停顿。"这是我所拥有的来自她的一切了。"

"伊甸苹果是一切,你的母亲以死来保护了它。"

卡勒姆的视线落到了自己的左手上,它紧抓住他父亲的衬衫背部,那条项链绕在手指间。

"她没有选择。"卡勒姆说,他终于理解了,并想要他的父亲也知道这一点。

索菲亚和艾伦·瑞金告诉过卡勒姆,如果他拒绝自愿进入阿尼姆斯将会发生什么。在他身边各处,他都能看见证据,那些拖着双腿漫无目的地走着或是盯着一片空茫的证据。这证明了他们所说的是事实。他的父亲已经来这里三十年了,显然,约瑟夫·林奇拒绝毫无抵抗地被送入阿尼姆斯之中。

然而不知为何,尽管他已经被粉碎得难以拼合,却仍旧紧抓着自己的神智,紧抓着他的记忆——他的,不是什么早已死去的先祖的。他紧抓住它们,就像是卡勒姆现在正紧抓住那把刀的刀刃,随着抓得越来越近,也越来越深地割伤了他。

卡勒姆知道阿尼姆斯能对一个人的心智造成什么样的影响。他险些也毁坏了他自己,而他来到这里才刚刚几天。他父亲的力量简直让人震撼。

卡勒姆松开抓住他父亲衬衫的手,放了下来。

卡勒姆松开那银色、细环相扣的链条,注意到自己手指上被它绑得太紧的地方留下了细小的红点。他将它戴在他父亲公牛般的脖颈上,动手将它扣好。他的手指颤抖着,仍然拿着那把刀刃。有一个人曾用这把刀杀死了另一个人的母亲。

卡勒姆轻轻地将手在他父亲的肩上放了一会,直视着他浑浊的双眼。

"我会的。"

父亲与儿子，被一个女人的血和爱所维系，她的笑容曾填满了两人的心。他们彼此对视了片刻。随后卡勒姆转过身，将刀放在一张床上，平静地走向门口。

他知道自己必须要做些什么。

一名警卫在门口等着他。卡勒姆告诉他自己想去哪里，那名警卫点了点头。卡勒姆沉思着过去、现在和未来——有些并不属于他自己——尝试着专注于将要发生的事。

警卫踏入一间小小的、有几扇门的圆形房间。这是一间机房，卡勒姆曾经来过。其中一扇门就通往他的目的地。但在那名警卫踏入机房的一瞬间，有什么东西模糊地一动，警卫随即像块石头一样倒了下来。

一条薄薄、银色的金属或是木头从他的脖子上戳了出来。

某种内在本能警告了卡勒姆。在还没有意识到自己在干什么之前，他的双手已经抬到了喉咙口，手指插在皮肤和那条绕住他脖子拧紧的细钢丝之间。

如果他的动作稍微慢一点儿，他现在就已经死了。

正当卡勒姆和未知的袭击者缠斗在一起时，他发现这位意图谋杀者并不是孤身一人。他认出了林和另外几个当时站在公共休息室估量着他的人。现在他们站在那里，看着他们的刺客同胞搏斗着要杀死卡勒姆。

他瞥见一缕白色，意识到他之前错以为是看护的那个女人实际上是病人中的一名。他们谨慎地计划了这事。而卡勒姆意识到这计划也许会成功——铁丝没有切开他的喉咙，但也将他的双手紧紧地拉到喉咙上，逼迫他加入到对自己的扼杀之中。如果他没法逃脱的话，马上就会失去意识了。

卡勒姆将他的右手从铁丝下面滑出来，重重地给了袭击者一记肘击。他击中了柔软的下腹部，得到了一声短促的闷哼。

他飞快地交换双手，左手手肘撞在袭击者的脸上。拉扯感松了一些，足以让卡勒姆转过身，抓住内森，与他一起朝紧闭着的门撞去。

内森执着地抓着铁丝不放手，哪怕卡勒姆用手掌按住内森的脸颊迫使他后退，他仍然不断地将铁丝拉紧。当这男孩的手臂伸到极限的时候，卡勒姆冲对方的臂弯处狠狠砸了下来。

他的手松开了，但内森拒绝投降。他疯狂地攻击着，扭动着想要从卡勒姆紧扣的手中脱身，但卡勒姆不会放开他。他用一条健壮的手臂绕住内森的喉咙，让他窒息、就像是内森试图对卡勒姆自己做的那样。

门猛地打开，警卫们夺过了这场战斗的控制权。安全负责人麦克高文冲向卡勒姆，警棍高举，瞄准着内森。

卡勒姆的一只手臂仍卡在内森的喉咙口，而另一只手抬起，在警棍击中这个男孩的头颅前一把抓住了它。在止住警棍暴烈攻击的同时，他放开了内森，双眼紧盯着麦克高文。

更多的警卫涌入了房间，冲向刺客们——即便是那些只是站在旁边看的人。两名警卫将内森反扭住，拖了出去。他挣扎着，冲卡勒姆大叫："你会杀死信条的！"

卡勒姆看着他离开。他抬手从脖子上抓下那简陋的绞索，将它扔到地上。麦克高文仍旧用那双困倦的眼睛盯着卡勒姆。

卡勒姆平复了呼吸，冲一扇门偏了偏头。这场攻击开始前他正朝那里走去。

"带我去阿尼姆斯那儿。"他说。

第十九章

警卫们因卡勒姆即将到来而万分警觉，索菲亚也让她的队伍各就各位。她和她父亲都看到了卡勒姆与同胞那场激烈的交锋。

当目睹卡勒姆拒绝动手时，索菲亚的快乐让她自己都感到惊讶。那必定是他人生中最大的诱惑：一个简单的暴力动作，本来或许就是他所渴望的那种复仇。

她希望自己说服了卡勒姆，期望即便经历了那些围墙之外和之内的痛苦与残暴，他仍然听进了她的话。卡勒姆似乎想要被治愈。他从自己父亲的身边走开，而没有结果那个老人的性命，在某种程度上就是证据。当暴力不仅仅是生活经验的一部分，而且还是他独有的遗传密码时，他真的能够将其放到一边吗？

如果他能够学会的话，那其他的刺客们也可以。一旦他们得到了伊甸苹果，结合基因操作和恰当的定向治疗，就可以带来一个确确实实没有暴力的世界。她的计划、她的信念、她自成年开始所做的一切——都将被证明是正确的。

即便如此，当她看着卡勒姆大步走进房间时，那种隐约的、怀疑的蛛丝仍缠绕着她。他急促地甩掉他的衬衣，扔在一边，仿佛要尽可能地丢弃自己作为一名病人的身份。

他是不是已经厌倦了不被当作人类来看待？又或者，他厌倦了任何暗含着圣殿骑士团对他的控制的东西？

他们两个的视线对上了。让她吃惊的是，她的心跳微微急促起来。现在，站在她面前的卡勒姆·林奇与不久之前第一次进入阿尼姆斯时她看到的那个凌乱、暴怒、吓坏了的人截然不同。

她意识到他的动作现在像个刺客。流畅、优雅……而骄傲。他很确信自己在做什么，信任自己有这么做的能力。这极为迷人……并且令人惊恐。

怀疑再度爬入她的内心。她发现自己在向后退，尽管她明明想要与他更接近，想要走上去感谢他现在所做的。

卡勒姆大步走向那悬挂着的手臂，如同一名拳击手在场中面对自己的对手，或一名武士朝自己的敌人鞠躬。

"送我进去。"他说道。这不是一个建议，而几乎可以说是一道命令。

"准备让阿尼姆斯进行自愿回溯。"索菲亚对阿历克斯说。她小心翼翼但仍旧充满希望的眼神并没有离开卡勒姆身上。她看着麦克高文本人将那对臂铠递上，而卡勒姆将双臂穿入其中。轻松、熟捻，他的双眼没有离开麦克高文一分。

"你知道刺客们是为何而得名的吗？"麦克高文说道。

索菲亚吃了一惊。安全负责人仍如他们走进来时一样严肃。

卡勒姆仍旧一言不发。

麦克高文继续说道："来自一个阿拉伯语词汇，'hashashin'，他们是社会的弃儿——那些偷窃的人、那些冷血地进行谋杀的人。"

人们嘲笑他们是造反者、小偷、瘾君子。但他们却是睿智的。"

在卡勒姆身后，阿历克斯正将卡勒姆腰间的皮带扣紧。

"他们利用恶名隐藏自己对原则的奉献，甚至连他们最强大的敌人都无法看穿。而为此，我敬仰他们。但是……"麦克高文停了停，"你并不是这种人的一员。"

索菲亚紧张起来，等待着。麦克高文半闭着的双眼紧紧盯着卡勒姆的脸。随后，那个问题出现了：

"你是吗？"

卡勒姆向后伸手，一把将硬膜外部件从阿历克斯的手中夺下，同时他的双眼仍与麦克高文对视着。阿历克斯惊异地越过他们看向索菲亚。索菲亚摇了摇头，让他不要插手。

"让我们看着吧。"卡勒姆回答道。

随后，几乎毫无一丝畏缩，卡勒姆猛地将硬膜外部件插到自己的颅底。

第一次时你尖叫了，卡勒姆。我知道这有多痛。

伴随着一声机械的哀戚嗡鸣，手臂将卡勒姆举到空中。这一次，卡勒姆的身体放松，轻易地接受了所发生的一切。手臂到达了最顶端，然后稍稍下落了一下，完成就位。

卡勒姆轻甩两手腕，发出一声熟悉的轻嗒，弹出了他的袖剑。光线跃动，遍布在他裸露的胸膛上，照出了他脸上那坚定的、几乎带着笑容的表情。这一刻，他看起来更像阿吉拉尔，而非卡勒姆·林奇。

如果他就是怎么办？

"开始回溯。"阿历克斯回到他的位置上宣布。

索菲亚走到她往常的观测位置，双眼抬起注视着卡勒姆。当他看向她时，他的表情稍稍柔和了下来。

索菲亚的历史让她不容易相信别人，甚至不容易表现出善意。但她想要对卡勒姆说些什么，想要感谢他的合作，想要向他保证说是的，这就是正确的选择，对他，对人类……对圣殿骑士……对刺客组织。

词句在索菲亚脑海中满溢，而她却又一时说不出话来。最后，带着嘶哑而颤抖的嗓音，她踌躇而努力说出："这是我毕生的事业。"

卡勒姆注视着她，柔和，但没有微笑。

"而这是我的生命。"他说。

她继续全神贯注地注视着他，恐惧、欢欣、因期待而紧绷。随后，他进入了。

格拉纳达在燃烧。

数十处火焰将浓重的黑烟送入空中，与黄色的尘土翻搅成一片。圣殿骑士所点燃的这无数炼狱完成了它们残忍的使命，将所有敌人统统驱赶出来，毁灭掉他们的藏身之所和他们所珍视的任何东西——包括家人，如果这对取得胜利来说有必要的话。

这座紧闭的伟大城市最终被迫打开大门，在付出了惨重代价以后宣告投降。圣殿骑士停止了对摩尔人的屠杀，尽管如此，一条红色的河流仍然沿着街道流淌着。一条红色的披风和制服组成的河流，朝伟大的阿罕布拉宫进发，准备领取他们最终的奖赏。

在这条士兵所组成的河流中骑行着的是神父托马斯·德·托尔克马达。他笔直地坐在马鞍上，无法掩盖那愉悦的狞笑。一如往常，骑在他身边、以巨大的身材将他遮蔽的，是圣殿骑士团忠实的欧哈达。

玛丽亚和阿吉拉尔栖立于伟大的摩尔宫殿最高的塔顶上,看着敌人在沉默中逐步接近。他们知道,在那圣殿骑士之海的某处,有着也许被锁链所缚、必定被严加看管的阿迈德王子。而他们知道这黑暗的交易,是支付了痛苦和变节,以及成百、也许成千的生命所达成的。

随后玛丽亚动了起来,手伸向自己的脖颈:"为了信条。"她说。

他转向她,看见她递出一条项链。这是她的父母传给她的,阿吉拉尔知道这一点。

现在,她正将它交给他。

慢慢地、勉强地,阿吉拉尔伸出手,让它落在他的掌心,当她继续开口时,他仍旧看着它,注视着那当中带着一个钻石形状的八角星。在它上面,以黑色蚀刻着的是信条的象征——一个字母A,末端弯曲以形成刀刃的样子。

"我们自身的生命不值一文。重要的是我们身后所留下的。"

他不喜欢她将这条项链交给自己。他想要拒绝接受,想要把它还给她、告诉她今天除了圣殿骑士的尸体之外他们不会留下任何东西。她在之前的火刑时就预言过自己的死亡了,不是吗?但他们两个都活下来了。

可这种保证将会是谎言。他无法保证。他们是刺客。没有一天、没有一个时辰、没有一口呼吸是理所当然的。他们中的一人或两人都会在任何时候死去——包括今天。

而她希望他能拿到它。

阿吉拉尔的手指握紧了它。对他来说,它同他们所共同寻求的那件事物一样珍贵。

最后两名仅剩的刺客准备就绪,在此处等待着。他们的导师曾告诉过他们,耐心与静默是行动与轻捷的兄弟。一名刺客需要掌握其中的每一项。

阿吉拉尔不知道这圣殿骑士的蛇形河流需要多久才能到达狮子中庭,但最终,托尔克马达和欧哈达可恨的身影终于踏入了庭院中。平静的花园中优雅的雕像、轻柔汩汩的泉水和美丽绽放着的花朵,与那遍身血污、沾满烟尘的圣殿骑士形成的对比是如此触目、如此无礼。

大宗教审判官以一种长辈般的样子将他的手放在阿迈德单薄的肩上,但年轻王子作为一个孩子,脸上那远超过恐惧的空洞表情说出了真相。

托尔克马达的手指紧扣进阿迈德的皮肉如同利爪,而男孩立即停在了他身边。

他的父亲,穆罕默德十二世苏丹,站在庭院的核心那座由十二只怒吼雄狮所环绕的白色大理石喷泉旁边。流水从两个方向涌出,灌溉着青葱茂盛的花园。玫瑰花香充斥在空气中,并没能驱散了燃烧的气味,但差一点就做到了。

穆罕默德被人们视为一个深切关心着他的人民、强大而仁慈的领袖。他的双眼深邃而漆黑,厚厚的黑发被包头巾遮住,下巴上覆着精心打理的黑色胡须。苏丹的腰间佩着一把匕首;其仪式性大大超过实用性,因为阿吉拉尔知道在这里、在这一刻,穆罕默德绝不会拔刀出鞘。

当他注视着自己的孩子时,友善的脸上蚀刻着痛苦和爱,而他毫不打算掩饰自己的感情。广场周围站着苏丹的群臣,他们在柱廊的阴影之中,紧张地注视着。

他们和他们的人民战斗得英勇而荣耀,但所有人都知道,现在战斗已经结束了。

只剩下这最后的一幕。

"苏丹，"托尔克马达说，他的语调平静而愉快，"我为了和平而来。"

"屠杀无辜者并非和平的基石。"苏丹回答道。

这强硬的回答似乎完全没有让托尔克马达感到困扰。那种慈爱的表情毫无动摇。

"格拉纳达是我们的。"他以述说事实的口吻说道，"但是，把我所寻找的东西交给我，"他轻柔地抚摸着阿迈德缠结、肮脏的头发，"我就让你的孩子活命。"

穆罕默德无法将视线从他儿子的双眼上挪开。阿吉拉尔和玛丽亚紧张地注视着，他们的身体平伏在屋顶上方。

"西班牙军队为国王和皇后取得了阿罕布拉宫。他们可以拥有它。我的野心比这要大。"

托尔克马达厚厚的嘴唇弯曲成一个微笑："交出伊甸苹果。你的刺客保护者们已经不在了。他们没法救你了。信条已经完了。"

好一会儿，阿吉拉尔以为穆罕默德会拒绝这个要求。他一直是刺客们的忠实朋友，而刺客们也同样如此对他。

但他并没有宣誓过，没有像玛丽亚和阿吉拉尔那样宣誓将信条置于任何事物、任何人之前。

阿吉拉尔的心思闪回监狱中，在那里他和玛丽亚对视着彼此的双眼，同声说，我将甘愿牺牲我自己、以及所有我珍视的人，以使信条得以存续。

男孩的眼睛张大、圆睁着、恐惧着，而苏丹有一颗慈爱的心。

最终，就像两名刺客所预料的那样，他无法为别人的理念牺牲他挚爱的孩子。苏丹低下头,深深地叹息,随后转过身走近宫殿,他的动作仿佛陡然老了二十岁。

阿吉拉尔和玛丽亚也动了起来,他们飞快地穿过屋顶来到一扇天窗前,透过它向下看去。阿吉拉尔知道,玛丽亚早已准备好了要作战。但时机尚未到来。

苏丹带领他们穿过几道拱门,进入一间里屋,屋子的墙壁上刻有一个华美的图案。数十个装在精致玻璃器皿中的蜡烛提供了闪烁的光线,而阳光在地板上照出斑驳的光点。

穆罕默德在一道带有雕刻的墙壁前停下,将他的手掌按在其中一块石头上。一个小暗门开了,露出一个带有装饰的小箱子,由白色石头抑或象牙制成。阿吉拉尔不知道在这巨大的雕刻中还完美地隐藏着多少其他暗格,而每一个中又都放着什么。但现在,重要的只有一个。

除了无所不在的流水声,唯一的声响只来源于穆罕默德所穿的靴子。他在那个比他矮小许多的圣殿骑士六英尺外停下,后者满头是汗,可能是因为在这热度下包裹着他的那层层叠叠的礼袍,也可能是因为期待。

"我的儿子。"苏丹要求道。

托尔克马达朝站在他身后几步的欧哈达做了个手势。黑色骑士紧夹着阿迈德双肩的手现在放了开来。男孩立即冲过神父身边,扑向他的父亲。苏丹抓住儿子,将他安全地挡在身后,眼睛一刻也没有离开托尔克马达的注视。

穆罕默德将盒子举到身前,迫使托尔克马达上前来拿。经过一瞬间的迟疑,这名神父照做了。他洋洋得意的自信随着每一步减退,他的双手颤抖着,轻易地打开了盒子。

从他们高高的视角,两名刺客无法看到那里面是什么,但他们能够看到它在大审判官身上所引起的反应。

他似乎不再呼吸,双眼大睁,嘴微微张开。托尔克马达将它举至从天花板的开口中落下的光芒之中。

"此中包含着人类最初忤逆的种子,"大审判官宣布道,他的声音中充满了喜悦和惊叹,"自由意志本身的种子。"

伊甸苹果,索菲亚几乎因她所目击的场景的重要性而眩晕。她的人生,她的整个人生,自她能够理解DNA的概念和操作控制暴力的基因的可能性以来,她就一直在寻找它。

就是为了这一刻,她逼迫自己硬起心肠、去做那些不得不做的事。这珍贵的遗物是医治人性的关键。

圣殿骑士将它视为神器,就像她告诉卡勒姆的那样,而刺客将它称为伊甸苹果。

但对科学家,索菲亚·瑞金来说,它是圣杯。

是时候了。

让圣殿骑士们被伊甸苹果所震摄,看着它,双眼圆睁,嘴因惊讶而长大。这会让刺客的工作变得更轻松。

阿吉拉尔向玛丽亚点头,后者急不可待地移动到屋顶边缘就位。她的身体完全静止而紧绷,双眼狂野、激动,在那里等待着。阿吉拉尔留在原地,看着下方室内正在发生的情形。圣殿骑士可以再得意一阵子。

托尔克马达仍然以一种混杂着惊异与拥有的喜悦表情注视着这个球体。

"感谢伊甸苹果,既有世界将被领入一个新纪元,一个和平的纪元,在这个纪元中,人类所有的交战族群都将完全顺服地跪拜在我们圣殿骑士的唯一法则之下。"

在他们的领袖说话时,欧哈达和其他圣殿骑士满怀尊敬地下跪,冲着他、以及他在他们面前举起的那个物品。看见这个身形巨大的骑士宽阔、满是疤痕的脸上充满某种敬畏和惊异,让人感觉很奇怪。欧哈达正注视着某样比他自身更伟大、比圣殿骑士团更伟大的东西,而这个意识似乎让他谦卑,几乎软化了他。

而就在此刻,带着一丝微笑,阿吉拉尔朝这静止的群像中丢下了两个小物件。它们是圆形的,就像伊甸苹果一样;带着装饰,就像伊甸苹果一样。

但这两个物体的用处却与其大不相同。

当这两个球形击中石制地板的一刻,它们爆出厚重、灰色的浓烟。

刺客们随即行动了起来。

尽管互相看不到彼此,他们却以完美的一致性举起手臂,跃起、跳入——玛丽亚落在挤满圣殿骑士卫兵和士兵的庭院中、阿吉拉尔落入正被汹涌的灰烟所包围的宫殿保险库中。

他直接落在一名盲目的圣殿骑士面前,干脆地一刀刺穿皮甲扎入心脏,迅速地干掉了他。另一个人跟跟跄跄地朝他冲来。

阿吉拉尔旋身切开了他的喉咙,动作轻快而决绝。刺客曾经花费时间在他们的小炸弹造成的烟雾中训练。不像圣殿骑士,阿吉拉尔和玛丽亚都不会因为双眼刺痛而分神,而经过长久的练习,他也知道如何在保护性的烟雾中让敌人们彼此相斗。

一名敌人正疯狂地转来转去。阿吉拉尔轻易地从他身后接近、切开了他的喉咙。他听见玛丽亚猛地拴上门,听到砰的一声巨响以及被她关在外面的圣殿骑士在撞上沉重金属门时发出的大叫。

现在,这对刺客们所需要担心的只剩下那些和他们一起被困在这里的圣殿骑士了,而那些人的数量正迅速地减少。

房间里充满着击打声、嚎叫声和圣殿骑士的尸体倒地时带来的碰撞声。随后是一阵突如其来的沉默。阿吉拉尔僵直着,聆听着。他知道这突然的沉默可能意味着什么——他自己和玛丽亚已经将圣殿骑士的威胁消灭干净了。

或者,这可能意味着他们中有些人比自己的同伴要聪明,正保持安静,原地不动,试着控制自己的呼吸,希望刺客不会发现他们。阿吉拉尔看见一个人影:苏丹,紧贴着墙壁,紧紧地抱着他的儿子。

刺客朝其他人影靠近,在灰暗的烟雾中捕捉到白色的一闪。

托尔克马达

大审判官正疯狂地四处环视着,彻底地失去了方向。而他仍然紧抓着伊甸苹果。

慢慢地,阿吉拉尔向托尔克马达靠近,弹出了他的刀刃。随后他冲向前面。阿吉拉尔的一只手猛地伸出,将伊甸苹果从圣殿骑士手中夺走,另一只手挥出致命的一击。

就在这一刻,阿吉拉尔看见变幻的阴影中有什么动静。还有一名骑士活着。对方身影巨大——太过巨大,不可能是别人,而只可能是让人憎恶的欧哈达。

而在他面前,黑色骑士紧抓着玛丽亚,匕首抵着她的喉咙。

第二十章

在一种非常人能做到的反射中，阿吉拉尔止住了刀刃运动的轨迹，尖锐的刀尖只在托尔克马达的脖子上抵出一个细小的凹陷。

烟雾已经开始消散，足够让阿吉拉尔看清玛丽亚大睁的双眼和翕动的鼻翼。欧哈达壮硕的左臂将她紧紧压在身上。玛丽亚并不是个娇小的女人，但突然间，站在欧哈达巨大的身躯前，她看起来如此渺小。如此脆弱。但她一直如此地凶猛、如此地轻盈……

"伊甸苹果。"欧哈达用冰冷的声音命令道，"交给他。马上。"

阿吉拉尔发现自己无法动弹。一个简单的动作就能为兄弟会取得伊甸苹果。就能从圣殿骑士的手中守护人类。就能保存自由意志。为了杀死托尔克马达、为了不让圣殿骑士得到伊甸苹果，本尼迪克托和其他人现出了他们的生命。

他们为此而死。而如果阿吉拉尔昭彰这些死亡，玛丽亚就会加入死者的行列。

她看出了他的犹疑。"为了信条。"她用低沉的声音说，提醒着他他们的誓言，他们的责任。

但圣殿骑士似乎也有他们自己的誓言——托尔克马达毅然地开口了：

"荣光并非归于我们，而归于未来。"圣殿骑士说。

阿吉拉尔没有听见。他的整个世界收缩到只剩下玛丽亚的双眼——大睁的双眼，在泪水中闪烁着。泪水也许是因为这烟雾，也许不是。

玛丽亚。

就在不久之前，他们还正要踏入举行火刑的圆形剧场。她曾转向他、告诉他不要为她浪费眼泪。在那所监狱，她说出了他们的誓词，发誓将信条置于自身、甚至置于彼此之前。

阿吉拉尔知道，玛丽亚准备好了赴死。

但现在，当他注视着她的双眼时，他也知道，她并不想死。

他曾为信条杀戮。如果需要，他愿意为其交出自己的生命。但他注视着这个女人的双眼，优雅、钟爱、热情而骄傲，她是他的一切，阿吉拉尔·德·奈尔哈意识到，他无法牺牲她。

无法为了铭记本尼迪克托的记忆。无法为了兄弟会。无法为了伊甸苹果。

他收回了刀刃。

在玛丽亚看到他的动作时，一种柔和、一种甜美浮现在她脸上。那只是短短一瞬，只是在她终于理解了他对她无尽的爱意之时的一瞬。玛丽亚给了阿吉拉尔一个战栗的微笑，而他在她的眼中看到他所爱的人回来了。

随后她双手猛地扬起，紧紧钳住欧哈达巨大的手，将他的刀直接刺入自己的咽喉。

为信条而死，心中怀着她的爱。

为信条而死，就如同他母亲一样。面对死亡她的心中毫无恨意。伊甸苹果就是一切。

卡勒姆·林奇尖叫出一个毫无用处的字：

不！

时间减慢成病态、迟缓的爬行。

玛丽亚缓缓地倒下，仿佛一片树叶飘向地面。她的双眼仍睁开着。

阿吉拉尔的喉咙嘶哑。他尖叫了吗？他不记得了。

是怒火拯救了他。

白热、滚烫、纯粹而无法阻挡，它降临于他，仿佛带着诗意的暴力的祝祷。

托尔克马达猛地从阿吉拉尔身边闪开，但他的动作还不够快。阿吉拉尔的一把刀捕捉到了他，撕开他的层层祭服，触及了下面的血肉，划出一条粗暴、宽阔的伤口。这名修士踉跄着，伴随着一声惨叫倒下了。

阿吉拉尔的注意力完全没有放在他身上。现在没有。当欧哈达——欧哈达，托尔克马达的走狗，这个有条不紊地夺走了阿吉拉尔所爱的每一个人的人——向他冲来时，他体内的一切都在怒火中燃烧了起来。刺客刺出一击，但欧哈达用那种似乎每次都让阿吉拉尔不备的迅捷躲过了。他重重地击中了阿吉拉尔的脸。有那么片刻，阿吉拉尔的脚步开始踉跄。

欧哈达将剑挥出弧形，意图将阿吉拉尔的头从脖子上砍去。刺客躲开了，剑刃击中了一根柱子，石灰和涂料飞溅。

阿吉拉尔藏身到另一根柱子后面，手握刀刃，从欧哈达身后冲了上去。

索菲亚注视着战斗在这两个男人之间展开，双眼因为吃惊而大睁着。实验对象逐渐被他们的角色同化、成为一名刺客，学习如何动作、如何重历先祖的过去，这种景象对索菲亚来说并不是什么新鲜事。

但这次却有某种不同。卡勒姆现在的战斗方式与他之前的有所不同。当时的他并不拥有索菲亚现在所看到的这些：轻易。优雅。全神贯注。战斗的不再是单纯由阿吉拉尔·德·奈尔哈进行、仅仅沿途顺带着卡勒姆·林奇。

这一次，卡勒姆也置身于其中。

这是阿吉拉尔的记忆；阿吉拉尔，这个以超乎寻常的速度、力量和敏捷战斗着的人。但卡勒姆现在栖于这些记忆中的深度，是过去任何一个实验对象都不曾达到的。

直视这一切让人无法呼吸、让人惊恐，而虽然索菲亚想着她是否应该叫停模拟、将卡勒姆带出、给他个机会来审视现状，她却几乎不敢这么做。就仿佛如果她这么做了，她就会改变事情的结果。

当然，她不可能改变的。时间只会向一个方向前进。这是段记忆，再无其他。起码她是如此告诉自己的。

她正在注视着一个战士的诞生。

这是她曾经见过最美丽、最可怕、最不可思议的事。而在她注视着的同时，她感觉自己体内有某种东西也在震动，就仿佛某种在她生命的大部分时间里都沉眠着的东西正缓慢地、无法阻挡地被从长眠中唤醒。

而这才是最可怕的。

当欧哈达朝他劈出长剑时,阿吉拉尔反击了。他的身体似乎以自己的意愿移动,预见了每一次攻击或伴攻,抬起一只手臂,将欧哈达的胳膊打到一边。

他触发自己的刀刃,划向圣殿骑士的胳膊。唯一的回应只是一声低吼,但阿吉拉尔知道刀刃划到了血肉。

欧哈达稍稍放下了他持剑的手,因疼痛而退缩,但当阿吉拉尔冲向前继续攻击时,欧哈达以一击暴烈而有力的猛踢迎上了他。阿吉拉尔失去了平衡,踉跄着后退,在那些被划开咽喉的圣殿骑士流出的血泊上滑了一跤,撞在镶嵌拼花的墙壁上。

欧哈达咧嘴笑着,借着优势将剑劈下。阿吉拉尔借势向下扑倒,在最后一刻抓住欧哈达伸得过长的手臂,用自己左手的刀刃直刺对方的咽喉。

欧哈达大叫一声,猛地向后退缩,刺客的刀刃只划到了他的脸颊。阿吉拉尔的手肘击中了圣殿骑士的脸。这个大个男人轰然倒下,单膝着地,但他并没有试图起身,而是低下头,如同公牛一般将脑袋撞向阿吉拉尔的腹部。

刺客重重地倒在地上,但几乎马上就翻身而起。他将最近的武器抓在手中——一支比他人还高的细细的铁制烛台。它很重,但他的痛苦和怒火给了他自己都没有料到的力量。

他向欧哈达转身,将那支烛台当成武器,先用它将剑从欧哈达手中打飞,随后把这个巨大的铁器狠狠投了过去。

但他错估了形式。正当他用全身力量将那尖利的"武器"投向欧哈达时,他让自己毫无防备。欧哈达的手指攥成拳,一记重重的拳头不偏不倚地砸在阿吉拉尔的下巴上。

阿吉拉尔满眼金星,向前倒下,落在一个浅浅的水池里。而在他动弹不得的时候,他所受的每一道伤口的疼痛似乎都在同时爆发了出来。他咬紧牙关,单靠着意志翻转起身,单膝跪地。

他甩动自己的右手腕。刀刃顺服地回应,向前伸出,填补了他无名指曾经所在的位置。

欧哈达大步走向他,而在阿吉拉尔能够起身之前,这名圣殿骑士的靴子就狠狠踢上了他的脸。

阿吉拉尔再度向后倒下。这一次,他再也没法拿出力气起身了。他躺在那里,竭力吸入空气,听着欧哈达走动。

他找到了伊甸苹果,阿吉拉尔痛苦地意识到,他们赢了。

他的头垂向一边,他发现自己正看着玛丽亚的双眼。泪水涌上他的眼中。

玛丽亚……

已经结束了。他尽力了,但他失败了。他辜负了他的家人、他的兄弟、他的爱人。辜负了他们所有的人。他现在欢迎死亡前来,也许,就像某些信仰所宣称的,他会在幸福的来世与她重聚。

他伸出一只伤痕累累、布满鲜血的手,碰触她的脸颊。

它是温暖的。而在他注视着的时候,她的嘴唇张开了

她还活着!但即便在震惊的欣喜涌遍他全身时,他也意识到,虽然她还在呼吸,但她的生命已经不剩多少了。

玛丽亚……

某处,仿佛来自极远的地方,他听见脚步声正在接近,听见皮甲的嘎吱作响。

她的双眼直视入他的双眼，玛丽亚的嘴唇动了。他几乎听不见那声细语，但她的右手极轻微地动了动。

"去。"

将视线从她身上挪开耗尽了他的一切，但他无法拒绝她的催促。他抬起头，看见欧哈达站在他上方：伤痕累累、布满鲜血，就像他一样。受伤。疲乏。

但一种胜利的咆哮扭曲了他丑陋、满是胡须的脸，露出紧咬的黄牙，他充血、大小不一的双眼闪着光。

阿吉拉尔的手离开玛丽亚的脸颊，落在她的手臂上。她的手腕。他记得她独有的刀刃。一把尖端分为双叉。

而另一把——

就在欧哈达要挥剑直刺入阿吉拉尔的心脏时，阿吉拉尔的手紧抓住玛丽亚的臂铠，抬起头的手臂，按动了释放的机关。

玛丽亚的刀刃猛地射出，向上飞出如同十字弓所射出的弩箭，几乎整根没入了欧哈达的胸口。

随着一阵闷响，他丢下剑，蹒跚着后退，难以置信地低头看着从他自己的身体里戳出的两英寸长刀刃。原始凶残的喜悦充满了阿吉拉尔的心中。

事后，他完全无法回忆起自己是如何起身的。他所记得的下一件事是他自己的刀刃，八英寸长，牢牢扎入欧哈达的胸膛，就在玛丽亚的刀刃旁。

欧哈达摇晃着，但随后似乎恢复了过来。骑士咆哮着向阿吉拉尔冲来，疯狂地趔趄着。刺客先划向左边、再划向右边——随后两把刀刃交叉扫过欧哈达的腹部。

骑士的黑色皮甲被撕裂了……同样被撕裂的还有下面的皮肉，

红色的鲜血如同喷泉一样从中涌出。

欧哈达的脸部扭曲,牙齿在恨意中紧咬,但圆睁的眼中不再是胜利,而是恐惧。他朝阿吉拉尔攻来,当拳头落在刺客肩上时,其中还留有一些力量。

但是没有哪种执拗能够挡住那不可阻挡之事的来临,刺客和圣殿骑士都知道这一点。

阿吉拉尔举起他的刀刃,用尽全身力量挥下,几乎将欧哈达的双臂直接切下。这个巨人跪倒在地,挣扎着呼吸、抬起双眼望向阿吉拉尔。

他曾以为在这一刻,他得以复仇的这一刻,他将会感到喜悦。胜利。正义。平静。但阿吉拉尔没有感到这其中的任何一种。

欧哈达应该死,甚至应该死上很多次。他下令将整个城镇付之一炬。他抓住了阿吉拉尔的父母、将他们带上了火刑柱,在为了让他们——还有本尼迪克托——感受痛苦而活生生地将他们烧死时,欧哈达欢悦地注视着他们所受的折磨。

欧哈达并没有杀死玛丽亚。至少,她将这一次获胜从他手中夺走了。而现在,阿吉拉尔面对着这个人们曾偷偷低语着说他不可战胜、不会死亡的男人,正准备要取走他的性命。

但阿吉拉尔并没有感受到喜悦。他惊讶地发现他感到怜悯。因为当这个人抬起头,注视着死亡时,黑色骑士欧哈达并没有气愤、盛怒或鄙夷。

在那对颜色古怪的双眼中,现在,在这最后一刻,阿吉拉尔所看见的只有简单的、人类的恐惧。

他举起他的刀刃,挥下,深深地插入圣殿骑士的咽喉。

这座山丘仍未崩塌。欧哈达再度摇晃起来,但仍跪着。阿吉拉尔以一种古怪的温柔抬起他染血的手指放在他敌人的脸上，轻轻地合上了他的双眼。

一声长长的、缓慢的叹息。随后，慢慢地，欧哈达倒在了地上。

庞大的房间中一片寂静，只除了水流的潺潺声，以及阿吉拉尔自己吃力的呼吸声重重地在他耳中回响。随后，一声轻轻地抽噎引起了阿吉拉尔的注意力，他慢慢将视线转向年轻的阿迈德惊恐的脸庞，随后向上，看向他的父亲——穆罕默德。

穆罕默德，他的软弱、他对他孩子的爱，导致他们身上所发生的这一切。

让玛丽亚付出了她的生命。

"原谅我。"伟大的苏丹说，他的手臂环绕着自己的儿子。

我可以现在就当场杀了他，阿吉拉尔想着。他知道穆罕默德不会反抗。苏丹背叛了兄弟会，那么多阿吉拉尔所爱的人因他的行为而死。

但阿吉拉尔知道他不会杀死苏丹。信条的第一教义就是"你的刀刃要远离无辜者的血肉"。穆罕默德的罪过仅仅在于爱他的孩子，而这孩子在这一切中是完全无辜的。

而难道他，阿吉拉尔·德·奈尔哈，没有准备向托尔克马达交出伊甸苹果以换取玛丽亚的性命吗？他无法为一桩自己也犯下的罪过而谴责他人。

他放下了自己的刀刃。

慢慢地，感觉着每一次打击、每一道刀伤、每一根断裂的骨头所带来的痛楚，阿吉拉尔转向玛丽亚，怀抱着微弱的希望，想要再拥抱她一次。但当他注视着她的双眼时，他看见他所爱的人已经离开了他，踏上了那最后、最伟大的旅途。

他在欧哈达身边跪下，摸索着伊甸苹果。它在那里……坚实、圆滑，充满他的手掌。哪怕现在，他也愿意欣然将它交给托尔克马达，只要这能将他的玛丽亚带回来，哪怕她会为了这背叛而永生唾弃他。

托尔克马达……

阿吉拉尔抬起头，看见大宗教审判官站在二十英尺外，用手按在流血的身侧。他们的视线交汇了极短的片刻，随后这受伤的神父以最快的速度踉跄着冲往那巨大、紧锁的大门。阿吉拉尔根本来不及阻止他。

托尔克马达扑倒在门上，胡乱地摸索着门闩，将它拉开，因这个动作带来的疼痛而低喘。巨大的铁门打开，托尔克马达冲了出去，与此同时人们涌进了房间。

阿吉拉尔已经挪开了一道沉重的金属井盖，滑了下去，进入宫殿下方的下水道。

第二十一章

阿吉拉尔毫不优雅地重重落地，因吃痛而发出嘶声。他将一只手压在身侧，站起身沿隧道跑去。但托尔克马达已经向士兵们发出了警示，他的前方突然被上面射下的光线所照亮，圣殿骑士落在阿吉拉尔的前方——以及后方——试图阻挡他的去路。

刺客的行动已没有恐慌，甚至连策略都没有了。他丝毫没有慢下脚步，手腕下甩，触发他的刀刃，急速冲向第一个惊讶的士兵，以一种几乎是机械化的韵律将对方放倒。

当第二个人落下来时，阿吉拉尔向前猛冲，不是冲着那个对手，而是冲着墙壁，沿着墙壁向上奔跑，一跃跳过了那名圣殿骑士，落在狭窄的地面上，让对方挥出的剑完全扑了个空。

在那名骑士还没完全转过身之前，阿吉拉尔已经站了起来，再次沿隧道跑去。

他知道，得胜的秘密是不要停步。一步都不停。他的目标只是想要跑出那种痛苦。

又有两名圣殿骑士出现在他的去路上，其中一名手持着一柄照明用的火炬。那个人朝阿吉拉尔的脸上挥出火炬，想要灼伤他，或是晃瞎他的眼睛。刺客闪身避开，回身将火炬从敌人的手中打下，灵巧地用另一只手接住。

他将这燃烧的火炬直刺向另一名骑士，让对方发出尖叫，同时割开了原本手持火炬那个人的喉咙。他听到身后传来嘈杂声，便将还在燃烧着的火炬冲他们扔了过去，随后再次冲下隧道。

前方有光亮——并不是顶上有盖子被掀开所射下的那一小团光线，而是一大片。阿吉拉尔意识到他已经快出去了。

前方是一座吊桥。当阿吉拉尔冲过控制吊桥的滑轮时，他用刀刃将绳子砍断。吊桥开始落下。阿吉拉尔沿着木制吊桥朝上奔跑，就仿佛那不过是个斜坡。他跳向一道窄窄的石桥，石桥通往群山，也通往他的自由。他的肩膀撞在石头上，向前翻滚，化解掉冲击力。

他止住脚步——浑身僵直，在明亮的阳光中眨着眼睛。

他们正在等着他。

他听见追赶他的那些人在后方慢了下来，他们的呼吸沉重，他们的脚步在石头上拖行。前方的桥上还站着至少二十个人，全都配备着盾牌和长矛。城墙上，十字弓手纷纷就位。

而站在正中，冲自己的对手露出阴笑的，是托马斯·德·托尔克马达。

大宗教审判官的长袍上浸透了血液，但显然，最终胜利的喜悦在这一刻驱散了疼痛。

阿吉拉尔环视四周，大口喘息，试着找出某个逃跑途径。无处可逃。圣殿骑士蓄势待发，站在他身后、身前、上方，等着他们的领袖一声令下。三百英尺下方，赫尼尔河漠不关心地咆哮而去，对它上方任何人类的性命都毫不在意。阿吉拉尔彻底被困住了，而托尔克马达深知这一点。

"已经结束了,刺客。"他大喊着,试图盖过下方河水的咆哮。他伸出手——不仅仅是想让阿吉拉尔将伊甸苹果递给自己,他们相隔太远了——邀请刺客加入他们。一旦圣殿骑士赢得了这最高的奖赏,一切都将被饶恕。阿吉拉尔可以在一间监狱房间中度过他的余生,拥有食物、干净的水和酒,以及他所渴望的任何慰藉。

托尔克马达微笑了。轻柔的微笑,让人宽慰的微笑,如同一名可信的神的侍者所应有的样子。

阿吉拉尔回以一个微笑。

随后他跳了下去。

"刺客!"

托尔克马达暴怒、绝望的喊叫一路追随着阿吉拉尔向下坠入翻滚的绿蓝色水中,他的双脚并拢,双臂伸开。圣殿骑士的箭矢也紧随着他飞下,从他耳边呼啸而过如同愤怒的黄蜂。

其中一发击中了目标。阿吉拉尔呻吟了一声,因疼痛而瑟缩,他的动作随之溃散。水面向他直扑而来。他扔出一把匕首以砸开表面的张力,在半空中转身让脚先入水,随之——

卡勒姆完美地着陆,如同一个杂技演员。

如同一名刺客。

但阿尼姆斯吊臂本身似乎没有准备好让对象在它的两指爪中做出如此剧烈的动作。它带着一声让人不安的声音、一种碾碎的声响扭转了过来。某种东西断裂了。它从卡勒姆的腰间松开了,摇动了片刻,随后像死了一样无力地吊在了那里。

"吊臂失力。"阿历克斯惊慌地喊道,"致动机断裂!"

卡勒姆右腿单膝跪地,他的右手撑在脚边,左手举起。他静止得如同他是以石头雕铸的,或是被抓住、陷入、被冻结在了这一刻。

索菲亚似乎对阿尼姆斯吊臂的糟糕情况毫无意识,只是轻轻地走上前,几乎欣喜若狂。

"信仰之跃。"她低语着,俯视着那静止的身影。

穆萨身处自己的房间中,等着警卫来带他前往公共休息室。警卫迟到了,这让他知道对卡勒姆的攻击没有成功。当其他刺客在扑克桌边全体同意进行这一行动时,穆萨选择了暂时不加入。因为如果他们全都加入一次攻击而又失败了,便会失去挽救的机会。

显然,他是对的。现在最初的攻击失败了……有什么东西——也许是巴蒂斯特——正在对他说,消灭这个紧张、金发、喜欢牛排胜过鸡肉的男人也许不是什么正确的选择。而穆萨总是注意自己的本能的。他一会儿就会与他的同伴们会合,到时候他会讨论他们所看到的事。

毫无缘由地,一阵寒意窜上他的脊髓。他冒起了鸡皮疙瘩。在穆萨的脑中,巴蒂斯特睁开了一只眼睛。当穆萨还小的时候,他的祖父,睁着一双既发亮又严峻的黑眼睛告诉他,如果他起了鸡皮疙瘩,就意味着有人踏进了他的警戒区。

"有人来了。"穆萨喃喃地说,即刻进入了最高戒备之中。

林因为参与了对卡勒姆的攻击而在禁闭室里被关了一阵子,但警卫们告诉她,只要她一直表现良好,就会允许她在监控下去公共休息室里待一个小时。

"我的缎带,"她凄凉地问,"我还能用我的缎带跳舞吗?"

不久之前,她和其他人了解到,阿布斯泰戈基金会非常看重"创造性行为"和"艺术表达"。这意味着当林表现出对手持缎带跳舞的爱好时,他们很乐于允许她继续。就像他们鼓励埃米尔打理他的花园一样。

是的,她被告知可以拿着缎带跳舞。林微笑了,看起来满意而空洞。

她是他们释放的第一个人,不过埃米尔和穆萨很快就加入了她。他们没有问起内森。邓肯·沃波尔的后裔差点就杀死了卡勒姆。他显然被剥夺了公共休息时间。

但对此他们也有个计划。

在林的脑中,邵君大部分时候只是一个轻声的低语。但起舞的时候,林与她的祖先之间的联系便会变得极为强烈。瑞金博士曾告诉过她,遗憾的是,林必须接受痛苦的硬脑膜插入,让那只手臂得以移动她、配合她祖先的行动。

"这被称为神经肌肉作用——肌肉记忆。"索菲亚向林解释道。而林发现这是件非常便利的东西。

邵君生来就是奴隶,被抚养长大后成为了明武宗的小妾。在她的青少年早期,她就成了他的最爱,但那只是因为她的舞蹈、她的杂技……以及她替他查探敌人的能力。当皇帝死亡时,邵君的间谍天分让她得以发现刺客组织的存在……以及圣殿骑士在中国的领导组织,一伙野心勃勃的宦官:八虎。

现在,林的手指紧抓着厚厚的红色缎带——她不得不把它们绑在卫生纸筒上,因为那是唯一够"安全"的物品。这无所谓。她没有中国剑,也没有办法重制出邵君的特别武器——隐藏的足刃。以及,当然了,经过先前的事件,他们也不会允许她拿到任何可以被用作飞镖的东西。

但她有她的身体。而这就足够了。

她走到一个公共休息室的开阔地带，开始舞蹈。她从小开始就强壮、匀称而灵活，然后她又从邵君那里学会了缎带舞这种唐代诞生的舞蹈动作。邵君是缎带舞的高手。

她转身，曲身、踢腿，红色的缎带飞舞着，仿佛活生生的血液的河流，围绕成让人屏息的圆圈，在她的周身起伏。而同时，林正在完成两件目标。一：与她的先祖形成联系。以及，二……分散注意力。

和巴蒂斯特与沃波尔不同，邵君的名字上没有污点。她过了长而充实的一生，当上了刺客组织中的导师。她从未投靠过圣殿骑士，无论是为钱、为贪欲或是为恐惧。

邵君——和林——憎恨圣殿骑士。但一切都没有关系。

很快，刺客们将要出发猎虎。

"发生了什么？"索菲亚质问道。她无法将双眼从卡勒姆身上移开。一连串可怕的情形在她的想象中浮现，她尽力将其一一驱赶开。恐惧对她没有用处，事实才有意义。

"他没有反应了。"萨米娅的声音比平时要高。她也在与那毫无益处的恐惧斗争。

"我们为什么会失去他？"她停了停，随后问道，"阿吉拉尔死了吗？"

过去，阿尼姆斯也曾让她见识过刺客著名的信仰之跃。他们的基因无与伦比，索菲亚深知这一点。但她同时也知道，阿吉拉尔跳下的那座桥比旧金山金门大桥还高出五十英尺。而阿吉拉尔还受了如此严重的伤，经过如此长时间……

在他死时，阿吉拉尔记忆中有什么对卡勒姆产生作用了吗？经过所有这一切，他们却将一无所获吗？最终，阿吉拉尔还是失败了吗？

她，苏菲——将圣殿骑士团和卡勒姆·林奇全部辜负了吗？

她不知道哪一个命运更加糟糕。

"不。"阿历克斯在查看了卡勒姆的脑波图之后说，"他还活着。同步还在继续。"

索菲亚的双眼没有离开过卡勒姆。他仍旧跪在地上。听到这个消息，她同时开始放松和困惑，这事不该发生的。

她父亲的声音从办公室传了下来，说的那些不可能是真的……但确实是真的。

"他在控制模拟。"

索菲亚的双眼睁大了。这不可能。从没有人能够从她手中夺走模拟的控制权。但现在，最终，卡勒姆动了起来，慢慢地抬起头，直视着前方。

而索菲亚知道她父亲是对的。

"汇报状况？"她努力让自己的嗓音保持着平静和稳定。

"重新进入。"阿历克斯满意又松了口气地保证道。卡勒姆站起身，以一种放松但准备就绪的姿态站着。虚拟成像开始在他周围成型。她现在可以看出船只和帆的形状。

"我们在哪里？"

"看起来像是个军事港口。"阿历克斯回答道。大船的轮廓在卡勒姆僵硬、安静得不自然的身体周围成型；可以看见，但半透明，只稍稍带有颜色。"看建筑风格是安达卢西。"

一种怀疑开始在索菲亚的心中显露。这种怀疑渐渐成型，残缺、模糊，就像阿尼姆斯正在他们周围铸造出的港口城市。她将怀疑压了下去。她是个科学家，她会等着更多的事实显现。但那个结论徘徊着，诱惑着……毫无瑕疵。

"高度？"索菲亚问道，眼睛从那幽灵般的船只闪向卡勒姆。

"十一米。"阿历克斯回答道，"加的斯湾。帕洛斯港。"

她的怀疑进一步加深："那些船？"

"他们看起来不像是战船，"阿历克斯思考者。他扫视着全息图，又加了一句："它们有七十英尺长，二十英尺宽。三角帆船……啊，它们是卡拉维尔快艇。用来进行探险的。"

卡勒姆的意识又回到了祖先的记忆中。他正通过阿吉拉尔的双眼向上看去，而索菲亚看见一只全息鸟幽灵般的影像在他们头顶翱翔。

第二十二章

阿吉拉尔坐在船舱内,透过装着板条的木窗框仰望着头顶上空的鹰,极度羡慕它。

他精疲力竭、肮脏不堪,身体和精神都已被重创。他已经旅行了五天,克服了感染,走过各种各样的小径。有时靠步行,有时偷匹马以甩掉任何圣殿骑士的跟踪。但他还活着,至少这一刻还活着并还在这里。

食物摆放在他的面前,但他什么都没碰,而当船长走进房间时,阿吉拉尔并没有起身。

"刺客们为此而死。"他单刀直入地说。船长没有动,只是安静地站在桌子的另一端,仿佛阿吉拉尔才是这艘大船的主人,而不是他。"以你的生命去保护它。"

"我是刺客的朋友。"这名满脸胡须、身材纤瘦的船长向他保证。

索菲亚的双眼眯了起来。她在整个欧洲游历长大,而她知道她自己的口音便反应出她所受的教育。她能流畅地说三种语言，她能分辨出各种口音，因此她马上就知道这位陌生船长的母语并不是西班牙语。

慢慢地，阿吉拉尔伸出手。在他的手中握着伊甸苹果。船长伸手要从他那里接过，但在他这么做之前，阿吉拉尔加了一句："将它带到你的坟墓里。"

船长晒黑的脸白了一下，但他直视着刺客的双眼。

"我发誓。"他说。他的手指稳稳地握住了它，"追随着太阳的光照，我将把旧世界抛在身后。"

当阿历克斯翻译出对话时，索菲亚的身体僵直在那里，一动不动。"'我将把旧世界抛在身后。'"她重复道。这些词句向她证实了她几乎不敢相信的事。

"那是克里斯托弗·哥伦布，"她低声道，随后阿吉拉尔向船长所说的话忽然具有了全新的强大意义，"他被埋葬在哪里？"

阿历克斯明白她问题的重要性。他是她所认识的最沉着的人，似乎生来就带有那种典型英国式的不动声色。但她注意到当他飞快地搜索着阿尼姆斯的数据库时，发迹线上却渗出了汗水。

"他的遗骨被送回了西班牙，"阿历克斯说，"他的坟墓位于塞维利亚大教堂。"

索菲亚盯着屏幕上的图像。

"我们找到了。"她低声说。

是时候了。

穆萨漫不经心地将那个橙色的球往地上一拍，球弹入篮筐。他抄起篮球，又拍了几下，从一手转到另一手上，同时估量着这个情形。

在暖房区那边，埃米尔正忙着给迷迭香换盆。他越过肩头给了穆萨不经意的一瞥。迷迭香，那是为了纪念。这是一首诗还是别的什么东西的片段来着。记忆早已远去，但它让穆萨露出了微笑。

其他还有几个人坐在桌边，一声不响地吃着东西。在穆萨身后，林正跳着邵君的缎带舞。由于那起冲突，在场的警卫比以往要多。舞蹈美妙动人，并绝好地分散了注意力。

当两名警卫看着林时，穆萨友好地冲另两位叫道：

"嘿！全明星！想要来场小小的二对一嘛？"

几天之前，在先驱到来之前，这些警卫一直都更加自得。他们中的一两个常常会回应他的要求。但今天，穆萨能够在空气中嗅到紧张的气氛。他能感觉到它在沿着血管嗡鸣。某些大事正在发生。因此，今天，警卫们只是紧盯着他，其中一个还怀疑地眯起来眼睛。

穆萨早就对戏法非常娴熟了。又或者娴熟的人是巴蒂斯特？他忘记了，说到底，这并没什么关系。现在绝没有关系。

他将球从身后抛下，双手伸出，双拳紧握但手心向下。

"选一个。"穆萨邀请道。警卫们习惯了他的小游戏，但这一次，他们没有参与。"随便哪个。"他鼓励道。

当他们仍然不动手时，穆萨耸耸肩，抬起手，将一个从索菲亚·瑞金办公室里偷出来的烟雾弹丢在地板上。烟雾弹精雕细作的华丽玻璃表层破碎了，一股厚重的烟雾从中涌出升起。

林立即优雅地飞跃进入那片翻腾的灰云之中。她的脚踢中了一名警卫的下腹，另其干呕着弯下身子。穆萨从一名警卫指间夺下了警棍，一棒砸在他的头上。在这名警卫倒地时，穆萨旋转身体，用同样的方式打倒了第二人。

警报刺耳地想起，丑陋的红色闪光打断了冷冷的蓝光照明和穆萨的烟雾弹带来的柔软灰色。

门猛地被打开了。另外四名警卫手握警棍，冲来帮他们的同伴镇压这新一轮的暴动。埃米尔等到最后一刻，冲向前方，抓住最后一名警卫的脖子，仿佛对方只不过是只犯了错的小狗那样，将他的脸朝前砸入墙中。这名警卫滑倒了地上，在水泥上留下了一道红色的污迹。

在汹涌刺眼的烟雾遮蔽下，埃米尔不被任何人发现地逃脱了。他转向通往监控室的走廊，开始拔腿奔跑。

和穆萨与内森不同，埃米尔的刺客先祖让他感到成为其后裔是一种荣幸。约瑟夫·塔齐姆跟"兄弟会叛徒"完全扯不上关系。他生于1467年，是有史以来最伟大的刺客之一，埃齐奥·奥迪托雷·达·弗洛伦萨的朋友，甚至还曾给予这位名人他标志性的武器之一——那是一件叫作钩刃的极其有用的设备。

埃米尔成长途中并没有家人陪伴。他最早的记忆来自那些把他从一家推到另一架的寄养家庭。那些名义上的父母们对他毫不关心，只顾着侵吞本该用来抚养他的补助金。

约瑟夫长大时也不知道自己的父母是谁，并有着类似难熬的童年。但十七岁的时候，他引起了伊沙克·帕夏，奥斯曼刺客兄弟会领导者的注意。

这是一个家庭。而随着约瑟夫逐渐年长，他几乎成了自己所教导的年轻成员们的父亲。温暖的性格，极强的幽默感，约瑟夫拥有一切埃米尔渴望自己生命中也能拥有的东西。他渴望自己的生命能变得像约瑟夫一样。圣殿骑士为了自己的理由将他放入阿尼姆斯，但埃米尔怀疑他们是否知道，不可思议地，他们也给了他一份赠礼，向他介绍了这个高贵的男人。

约瑟夫死于在那时算是相当高龄的四十五岁，而且正如他自己所希望的那样：死于从可憎的圣殿骑士手中保护一名无辜的人。

埃米尔才刚刚三十几岁。他不知道自己是会活到一百岁，还是会就在接下来的几分钟里死去。他确实知道，如果先驱就像他现在所认为的那样，就是他们等待的那个人，那么如果埃米尔将为保护卡勒姆·林奇而死，他会认为这个死法与约瑟夫的同样让人欣慰。

就如他们所期望的那样，穆萨和林的声东击西成功了。监控室的门没有上锁。大多数警卫都被派出去了，只剩下三人还留在监控室里。哪里都看不到麦克高文的影子，这是个意外的礼物。要干掉那个人将会是个挑战。

蠢货们。埃米尔想道。

留下的三名警卫正专注地盯着监视器，上面显示着这间设施的其他地方——公共休息室，阿尼姆斯房间，还有走廊。他们完全没有注意到埃米尔直接走进了房间。

其中一个女警卫终于发现了埃米尔，举起警棍向他冲来。埃米尔抓住她的手臂，奋力一拧就感到某种东西断了。对方大叫起来，脸色变得苍白，但另一只手差一点击中他的下巴。他挡开了那只手，反给了对方一拳。那个女人的鼻子在他的拳头下嘎吱断裂，一记喉咙上的重击让她不再构成威胁，她瘫倒在地上。

第二个人也朝他冲来。埃米尔一拳击在他的胸口上，这警卫向后飞去。然后他捡起这名警卫掉落的警棍，先是用它将原本的主人击倒，随后打碎了最后那名警卫的气管。

放倒警卫，掌控阿布斯泰戈基金会的安保核心，只用了他不到三十秒的时间。

埃米尔轻蔑地摇摇头，开始专注在那些与一个得到了约瑟夫生命的人相称的任务。

他朝屏幕弯下身在键盘上面敲打，打开了整个建筑的地图，然后他点了下公共休息室，随后开始一间接一间地打开牢房大门。

从内森的房间开始。

穆萨和林持续抵抗着。烟雾弹稍稍有些消散，就至少有十个，或者二十个全副武装的警卫冲了进来。

尤其是林，她与那些可恨的圣殿骑士战斗，如同一只被放出笼子的虎。她跳跃、旋转、踢击，仿佛这整个都是一场编排好的舞蹈；一出鲜血的芭蕾。她娇小的身躯让那些装备齐全的高大警卫全都低估了她，而这点都成了她的优势。

与此同时，穆萨正从那些昏倒或死了的警卫那里捡起他们不再需要的武器，并将十字弓和警棍分发出去。他一直注意着大门，当他看见它开始降下时，便冲他的同伴们大声叫喊。他们马上就转过身，趁它下降速度时冲了过去。

穆萨一直等到最后一分钟，保证让尽可能多的人先过去，随后他猛扑向地板和沉重的金属门间那一道窄窄的缝中，恰好来得及从底下滑过。

林帮助他站起身，两人都享受着这一刻，倾听被困住的警卫们徒劳的砸门声从门的另一边传来。

"看起来病人们开始掌管精神病院了。"他说着，露出了笑容。

第二十三章

索菲亚模糊地意识到阿尼姆斯房间外面发生了什么事情。也许是病人们又发起了一次袭击?她已经得知了今天早先对卡勒姆的攻击。那次攻击轻易地被控制住了。如果这只是又一次类似的事情的话,那就不需要她来操心。她会把它全权交给麦克高文。

她的全部注意力,此刻,全都专注在卡勒姆·林奇身上。

先前的场景已经消失,船只、帆、克里斯托弗·哥伦布的全息图像就这么消逝直至毫无踪影。这是正常的。但卡勒姆站着,仍旧在阿尼姆斯中进行着同步,虽然它的操作臂已经失效,但昆虫般的硬膜接入端口仍连入他的脑干中。

而他并不是独自一人。

阿吉拉尔·德·奈尔哈与他站在一起,在他身边稍稍靠前一些。他们注视着彼此的眼睛,而索菲亚意识到他们确实在看着彼此。

这怎么可能?

慢慢地,阿吉拉尔点点头,向后退去。卡勒姆环视房间。他的同伴们正在逐渐显形,每一个都是刺客。

其中一位是大约1943年间的一名穿着美国军服的士兵。另一名则穿着一战步兵的橄榄色制服,但头上所覆盖的是兜帽,而不是那独特的圆形头盔。第三名是一名穿着海军外套的联邦军官。

他们回溯而去,先是十几年,之后以世纪为单位。一名法国革命的参与者出现了,随后一名则来自于美国大革命。索菲亚震惊地看着英格兰内战期间的种种衣装——从正式的皱领、一扫而过的骑兵斗篷,到农民的短袍和粗糙制成的皮甲。

"这是一段记忆吗?"索菲亚低声嗫嚅着这句惊叹,声音特别小,但阿历克斯听见了。

他盯着卡勒姆的脑波图,随后说:"不。"就没有再说其他什么。

刺客们接连跃出,从卡勒姆的DNA中,他的脑中,也许是他的意识中——她完完全全不知道究竟是因为什么。

"他在回溯兄弟会的影像。"她惊诧万分地说道。

这怎么可能?卡勒姆在做什么?

他正在突破所有他们曾认为阿尼姆斯所拥有的界限,就仿佛这本应该不容亵渎的科学法则带来的界限却只不过是个纸面上的建议。

索菲亚一直站在阿历克斯身边,越过他的肩膀看着,但当越来越多的全息成像刺客加入他们的兄弟中时,她自己也被吸引着走出去站在场中,加入到他们之中。

他们是如此清晰、如此真实。就像她还是个孩子时,她想象中的朋友们对她来说的那种真实。那时她迷茫、独自一人,孤独得难以言语。她在他们中穿行着,看着他们的脸庞。有了卡勒姆现在显示给她看的这些影像,继续研究将能取得多么大的成就!这个想法简直让人迷醉。

另一个人影踏入这一圈刺客之中。如果这些人像是真实的人的话，他现在已经死了——来者是她的父亲。

他也在注视着这些全息人像，分析着，思考着。他棕色的眼睛遇上了她的目光，而她所有的欢喜和惊叹在看到他的表情时都化为了灰烬。

他不会就她达成了圣殿骑士超过三十年来一直追寻的目标而恭喜她。他不会对她说他有多么骄傲，也不会举起一杯昂贵的干邑向她致敬。也许之后他会想到的。而现在，在索菲亚父亲看来，在他们面前所展开的并非一次突破，而是一个问题。

"交通工具准备好了吗？"他向正站在自己身后的麦克高文询问道。

"准备就绪。"麦克高文回答道，声音一如往常，平稳而冰冷。

听到这些话，索菲亚的双眼睁大了。她开始注意到周遭发生的事情，注意到电子警铃警示着发生安全问题，但她无法相信这是真的。每个病人都有一个警卫看守，就连在那被称为无限房间的地方也不例外，那里的目标实验体可是完全无害的。她父亲不可能在建议离开，不能是现在，不能当卡勒姆在——

"他给了我们想要的了，"瑞金说，"现在，保护阿尼姆斯，清洗整座设施。"

"不！"

她站在那里，紧盯着瑞金，双手紧握的拳头因愤怒而发抖。

她知道那意味着什么。那意味着她的父亲和所有他认为重要的人，都将镇静而有序地进入等待着的直升机并起飞离开，而警卫则留下来杀掉每一个病人。

包括卡勒姆·林奇。

这本是一个终结方案——当某种灾难发生且唯一的生存希望就

是立即离开时才会采取的行动。瑞金清楚，现在根本不是这种情况。

她父亲不喜欢注视着卡勒姆时所见到的内容，不喜欢卡勒姆变出的这无数的刺客。艾伦·瑞金所关心的只有卡勒姆能带来他们想要的，伊甸苹果的所在地。而现在，卡勒姆已经没用了……并且可能会变成一个危险。

索菲亚·瑞金已经得到了这持续几十年的实验的最终成功结果，但现在实验要被叫停了。

卡勒姆已经没有用了。病人们已经没有用了。这栋设施已经没有用了除了阿尼姆斯。

而索菲亚不禁怀疑，在她父亲眼中，她是否也已经没有用了。

他的视线落在她身上，强硬而充满愤怒。

麦克高文仿佛索菲亚刚才什么也没说一样开口了："我需要先把您带出去。"

"不！"索菲亚再度大叫。她朝麦克高文走近了一步，脸颊因为愤怒而涨红。瑞金大步地走过她，甚至都没有回一下头："我们必须走了，索菲亚！"

这不是反对，也不是争执。艾伦·瑞金是在惩罚她。

滚烫的耻辱冲刷过她，随之而来的是暴怒。即便是现在，当她对她父亲要有意地谋杀掉五十个人——其中有些与现实的连接弱得甚至都无法造成威胁——发出质疑时，他却无视她，就好像她不过是个四岁的孩子，抓着自己的裤腿，因为蛋筒冰淇淋掉在地上而哭闹。

他显然认为她会跟上来，像自己腿边的狗那样。

她没有。

约瑟夫·林奇站在无限房间之中。灯光在闪烁，警报声的尖叫刺入他的耳朵。但他是房间里的二十多个人中唯一一个注意到这一点的。

在过去三十年中的大部分时间里，他都是唯一一个注意到任何事情的人。没有任何东西可以让圣殿骑士用来引诱或威胁他，让他进行合作。他杀死了他所爱的人，以保护她不受他们的侵扰，而他的儿子似乎就这么从地面上蒸发了。

约瑟夫也小心地没有与任何人成为好友，这样圣殿骑士就不会利用他的哪个病友来施加影响了。他从未自愿进入过阿尼姆斯，而很快便因此而付出了代价。

但他是个顽固的人。他的妻子喜欢微笑着这么说他。他紧抓着对她的记忆，包括她如何离开这个世界的记忆，仿佛紧抓着一把刀的刀刃。这很痛苦，极度地痛苦，而正因为如此痛苦，他才如此紧紧抓住它不放。

现在，他再也不用紧抓住任何东西了。他的儿子来了。超出所有的祈祷、所有的愿望、所有的奢望和梦所能够希求的，卡勒姆找到了他的父亲、并理解了他。他的儿子很强大——那是因为她在他体内，约瑟夫想着，稍稍露出了微笑，与此同时他周围的整个世界，这个有序得不可置信的世界，开始陷入一片混乱之中。他不再需要为卡勒姆担忧了。那个男孩——不，他已经是个长大的男人了，而这个男人已经选择了自己的道路。

约瑟夫紧抓着他的刀刃，那把他曾深刺入他所爱的人的喉咙的刀刃，那把卡勒姆压在他喉头的刀刃，那把卡勒姆还给他的刀刃。现在，一切都回归到了原点。

约瑟夫听到警卫们来找他了。他不用看见他手中拿着的一英尺长的钢刀，就能知道即将发生什么。他能听到刀刃短促的响动混杂在男人坚定的脚步声中。

当这个将成为他的凶手的男人走到他身后时,卡勒姆转过身,平静、随意地,将他的刺客之刀刺入那人的身体。

儿子给自己最后的礼物,约瑟夫·林奇终于能够像妻子一样,为信条而死了。

现在有三个人向他冲去。杀掉第一个人轻易得有点可笑——然后是第二个。但是,也许是无可避免,第三个警卫溜到他的身后,锋利的刀刃深深刺了下来。

痛苦是一种礼物,让约瑟夫在这很长、很长的时间以来,第一次感到自己还活着。警卫抽出刀,滚烫的红色血液顺着约瑟夫的身体侧面流了下来。

我的血不是我自己的,他想道。随后,当刺客约瑟夫·林奇,感受到那最后的强烈冰冷降临,当他眼前的一切成为黑色时,他微笑了。

他自由了。

科学家索菲亚·瑞金——同时也是一名圣殿骑士——站在原地,而那刺客的群像似乎开始清醒过来。一个接一个,他们抬起了头,从兜帽下面注视着卡勒姆。他们看到了他,就像阿吉拉尔一样。

卡勒姆也看着他们,与每一个人视线相交。这些是他的先祖们?他们站在这里是在进行沉默的谴责——还是祝福?

只有卡勒姆知道,无论以什么样的方式,她与他在一起的时间都已所剩无几。这个意识刺痛了她。

有一个刚刚才出现的影像比其他人都要矮小、纤细。当索菲亚注视着时,这个人影抬起头,注视着卡勒姆,就像其他人所做的一样。

这是卡勒姆的母亲,她身材纤细,小巧玲珑,有着一头温暖的红金色头发。她注视着自己的儿子,带着一抹微笑。

岁月留下的痕迹从卡勒姆脸上消失了。自索菲亚认识他以来——从某种意义上来说,她认识他的时间几乎长及他的一生——他第一次看起来毫无防备。他缓慢地动起来了,仿佛独自沉浸在一个梦中,直到他与他母亲的全息影像站得如此接近,甚至伸出手就能触碰到她。

索菲亚从来没有像嫉妒卡勒姆·林奇一样嫉妒过任何一个人——这一刻,这在任何意义上都不属于她的一刻。这一刻太过亲密。它属于这两个人,以及其他刺客们,也包括那些仍在这些房间和走廊中战斗着的刺客后裔们。

一名圣殿骑士在此刻是不被欢迎的。

在这一刻,另一名刺客抬起了头。但这一位尽管身处在那些人中,却没有注视着卡勒姆,而是朝索菲亚转过头——那是一个纤细的身影,戴着一个简单的棕色亚麻兜帽。

拥有黑色边缘的蓝色双眼直直地迎上了索菲亚的眼睛。一张索菲亚认识的脸,装饰着细小、华丽的刺青,正紧紧注视着她。

有一瞬间,索菲亚几乎无法呼吸。

在那顶朴素的棕色兜帽下,是她自己的脸。

她一动不动地站在原地,被一股股感情的浪潮所击打:惊愕、欢喜、恐惧、讶异。她开始走上前,但她的手臂却被麦克高文一把抓住。他粗暴地将她从那一圈刺客中拽了出来。

"不!"索菲亚尖叫着,用全身力气挣扎着。但麦克高文已经习惯对抗像卡勒姆那样强壮的男人了。她被从人生中最大的谜团前拖走,被从那些她从不知道自己怀有着的疑问,以及能够回答那些疑问的解答前拖走。她踢打着、扭动着,被拖上了等待着的直升机,绝望像只窒息的大手一般抓住了她。

在自己的挣扎声之外,她听见打斗的嘈杂声正在接近。

刺客们正前来寻找卡勒姆——他们的兄弟。

她很欣慰。

第二十四章

林和穆萨冲下走廊，全副武装的警卫在身后紧追不舍。没有了烟雾弹来扰乱敌人，他们完全暴露，而且手无寸铁。不过至少，当他们用尽全力冲向阿尼姆斯房间时，还有很多其他事物可以帮他们分散警卫们的注意力。

照计划，埃米尔会尽其所能将尽可能多的警卫困在房间里，同时释放其他病人。那些病人多多少少都算是友军——算是兄弟。但只有穆萨、埃米尔、林和内森既保持着清醒，又与他们先祖的记忆紧密相连。

只有他们……和卡勒姆·林奇。

穆萨的腿比较长，赶在前面冲向阿尼姆斯所在的房门。他听到身后有动静，飞快地瞥了一眼，看见一名拿着十字弓的警卫从其中一扇门中冲出来，正作势瞄准。

林迅速而干练地解决了那名警卫。她夺下了警卫手中的十字弓和警棍，旋转着挥出，警棍划出一道凶猛的弧线，砸碎了警卫的肋骨。

穆萨猛力按住门边的内部对讲机,大喊道:"我们到了,埃米尔!"

"现在打开。"埃米尔的声音从对讲机内传来,银色的大门打开。穆萨没有立即冲进去,而是等了一会儿正忙着朝冲上来的警卫们发射十字弓矢的林。

林上方的走道上传来一阵骚动。当内森轻巧地从上面跳下时,穆萨露出了微笑,他们三个冲进阿尼姆斯房间,埃米尔将门砰然关上。

卡勒姆清楚地意识到自己仍在阿尼姆斯之中。他知道这一切都不是真实的,甚至比之前阿吉拉尔的记忆更不真实。他能看到他们、能听到他们,但他闻不到他母亲的薰衣草香水的气味。而尽管他之前能够碰到、甚至能够杀死那些全息影像,现在却害怕朝她的母亲伸出手,怕这会让她像个脆弱而完美的梦一样消融。

她的话如同她的容貌一样,美丽无比。"你不是一个人,卡勒姆,"她向他保证,"你从来都不是一个人。"

噢,那是她的声音。现在他能在自己的脑中听见它,就如同他曾无数次听见它念诵着罗伯特·弗罗斯特的诗,从容、甜美、精巧地将照料伊甸苹果的重要意义放入一个被爱着、满足的孩子那容易接受的脑海中。

她的影像仍在说话,而他沉浸于那每一个字之中:"过去已在我们身后……但我们所做的选择将永远伴随我们。"

她停了下来,双眼在卡勒姆脸上搜寻。随后她确实开始引述什么句子,但那并不是那首孩提时代的诗。

"当其他人盲目地跟随着真理,谨记……"

"……万物皆虚。"他的嗓音因感情而变得粗哑。他没想到自己还记得阿吉拉尔·德·奈尔哈所说过的这些话。

也许他只是从未忘记它们。

"当其他人被道德或法律所制约,谨记……"

"……万事皆允。"

她的表情因骄傲而闪亮,即便在那之前曾因悲伤而黯淡:"我们行于暗夜而侍奉光明。"

卡勒姆深吸了一口气。

"我们是……刺客。"

她稍稍转身。与此同时,一个新来的人踏入了这个圆圈之中。

当这个新来者抬起头时,卡勒姆感到一股混杂着痛苦和欢喜的感觉刺入他的内心。他认识兜帽下的那张脸。

那是他的父亲。

他和他最后一次见到他时的样子不同,不是那种样子——苍老、佝偻、畏缩,如此、如此地接近崩溃,眼睛浑浊,脸庞因这么多年的内心折磨而扭曲。

站在卡勒姆面前的是卡勒姆所记得,并想要永远保留这份记忆的约瑟夫。在圣殿骑士到来之前的约瑟夫,在他的生活沦为活生生的地狱之前的约瑟夫。

卡勒姆超乎一切地渴望紧抓住这一刻。这是筑成他最甜美梦境、也是最可怕噩梦的根基。他并不确切知道自己究竟在做什么,因此他也不知道怎么继续。

就这样,在与到来时同样让人战栗的沉默中,刺客们一个接一个转身走开了,消失在他们来的地方。

卡勒姆的父母是最后离开的。

他的母亲慈爱地看了他一眼，随后和他的父亲一同转过身离去。卡勒姆尽可能长久地注视着他们戴着兜帽的身影，但他的双眼已变得太过模糊，无法看清。随后他们便消失了。

但是，就如同他母亲向他保证的那样，他不是一个人。

当她与他说话时，新的兄弟姐妹正朝他前来。他们拼尽了性命，在这一刻来到了这间房间。他看着他们，向后伸手拔出硬脑膜接口。这个装置为他带来了折磨，也带来了未曾预料的、欢欣的礼物。他第一次自己解开上面印有可憎的阿布斯泰戈标志的束带，这给了他某种了结的感觉。

"现在怎么办，先驱？"穆萨质疑。穆萨，这个曾一度让他向下跳的人。现在，卡勒姆意识到，自从他跟跄着、半盲、惊恐万状地踏入那座屋顶花园时，这个人就一直在研究他。

穆萨，这个曾是巴蒂斯特的人。就如同卡勒姆曾是阿吉拉尔。

林站在他身边，沉默着，等待着。甚至，在见识到了那一切后，现在连内森都站在了卡勒姆的身边。

"战斗。"卡勒姆说。

警卫们现在在撞击玻璃墙壁了，所用的不是警棍——不再是了。他们现在挥舞着沉重、尖锐的刀状物，这武器看起来可以兼任警棍和大剑。

埃米尔早已料到事情会走到这一步。圣殿骑士也许确实是暴徒，没有刺客训练所带来的那种优雅和策略，但瑞金父女都极为聪明。他们会猜到先驱身上的某种特殊之处。他们不会再派手下来折磨、欺压、殴打刺客的后裔们，而是直接下杀手。

数十个警卫重重敲击着玻璃，试图接近这唯一一名病人。十个——十二个——十五个——埃米尔因骄傲而昂扬,他心中仍旧拥有与约瑟夫同样感受的那部分体会到了强烈的满足。

埃米尔做了他需要做的事。他保守了他的誓言。他阻挡了圣殿骑士们足够长的时间,让他的刺客同僚们能闯入阿尼姆斯房间、找到先驱。他释放了每一名其他囚犯,让他们得以拥有机会像刺客应该做的那样,为自己的生命一战,而不是像动物一样,在囚笼中被屠戮。

玻璃终于破碎,他们蜂拥而入。一道黑色的波浪扑面而来,掺杂着他们金属武器的明亮闪光,而埃米尔仍旧抵抗着他们。最终,需要四个人才压制住他,一把刀捅入他的身体。

这样好多了,他短暂地想。

而约瑟夫·坦齐姆表示同意。

他们周围全是武器。那些属于刺客们的武器,时间可以追溯几个世纪——古董、遗物,被小心地从现代世界中带出,放在上锁的玻璃柜中。

"埃米尔在哪里?"当他们走向橱柜,开始挑选自己的武器时,卡勒姆问道。

"他在监控室,"内森说,"以便让我能出来,以便让我们所有人能出来。"

卡勒姆意识到,他还锁上了通往阿尼姆斯房间的门,好为他们争取时间。

他没有问埃米尔准备什么时候或怎么样与他们会合。卡勒姆知道,而他猜想其他人也同样知道,埃米尔选择坚守在监控室,几乎必定意味着有去无回。

对这四名刺客来说，有些武器熟悉无比，尽管他们真正的双手也许从没有触碰过它们。卡勒姆大步走向一把弓。当他回忆起握着它、搭上一支箭、让箭飞射而出的感觉时，一阵战栗沿着他的脊椎划过。他用刀砸碎玻璃，伸手拿起了弓，抖去上面的玻璃碴。当转身寻找箭囊时，他看到其他人也在做同样的事。

穆萨找到了一只非常奇怪的臂铠，臂铠的前端被做成爪形，能像他手指的延伸一样活动。在黯淡、闪烁的灯光下，卡勒姆无法确定，但他觉得自己看到爪子的金属部位被某种黑色的东西所包裹。

……我的名字是巴蒂斯特……巫毒教毒师。

内森径直走向一柄剑，一件带着华丽的漩涡状金属笼手的美丽武器。他举起它，微微笑了笑，用它划过空气几次。他的整个身体动作改变了，由痞气而狂热，变得从容、高贵。在另一只手臂上，他戴上了一柄袖剑。

而林……卡勒姆甚至不知道她所拿的是什么东西。某种皮革制的东西，袖剑的剑刃从前端弹出，流畅得仿佛刚刚被打造的那一刻，尽管这其中已经过了几百年的岁月。她将它穿在自己的左脚上，尝试性地使出一记飞踢，这时卡勒姆才意识到藏着她袖剑的是一双鞋子——以及，这双鞋子可以多么致命。

卡勒姆记起玛丽亚和她那两把独有的刀刃，同时感到那种属于别人的失落的痛苦刺入心中，切实得如同那失落属于他自己。

他和其他人都做好了战斗准备。卡勒姆搭上箭，平稳地将长长、纤细的箭身向后拉，尖锐的箭头毫未受到时间的磨损。穆萨持爪的手弯曲着，懒散地、暂时懒散地垂在身侧，他的另一只手抓着一根手杖。

自他手握那柄剑开始，内森就仿佛消失了。他显然正处于完的渗透效应之中，而卡勒姆很高兴看到这点。他先祖的记忆给了他力量。男孩的眼中闪着钢的光芒，如同他手中握着的一样。

而林则手握着逃来休息室的路上从一名警卫那里夺来的十字弓，臀部挂着一把短短的双刃剑。而她的脚上……则是她独有的刀刃。

敌人继续撞击着大门。

随后，陡然之间，门打开了。

这说明埃米尔倒下了。

最先两名冲进来的警卫各中了一支不同的箭矢，哀嚎着倒在地上，与埃米尔一样加入了死亡的行列。卡勒姆一射出手中的箭，就将弓用作武器，迅速打倒了一名冲上前的警卫，并抬起弓挡住一把刺下的刀刃。

他转过身，同时抽出又一支箭，搭上弦射出。箭刺入第三名警卫的眼中，对方像块石头一般倒下了。

卡勒姆转向下一名敌人，踢打、攻击、躲闪，他的身体以一种几乎是欣喜的轻松行动着。

他整整一生都在为这一刻、为与他的兄弟们并肩作战而做准备。而现在他才意识到这一点。

林以致命的优雅和速度运用着熟悉的武器。她高高跃起，一脚踢出，同时弹出了靴子中的刀刃。一名警卫被她一脚踢中下巴下方，向后倒下的同时，头颅已经被刀刃贯穿。

她落地拔剑，逼退从各个方向袭来的攻击，冲刺、跳跃、闪避，宛如恶魔。运用这把武器的感觉是如此的美好。它是她手臂的延伸，就如同她足尖的刀刃一样。她终于感到自己有了归宿感。

一名警卫的头骨被劈开，另一名跟跄后退，手捂着喉咙，无力地想要止住那倾泻而出的鲜红。第三名拿着棍刀朝她冲来，而她以简简单单、甚至是无聊的一击砍去了他的手。

林知道渗透效应的科学依据。但对于她来说，在这一刻的感觉就仿佛是一名先祖的灵魂附在了她的身上，为了她们共同的目标而分享着这个身体。

在这一刻，邵君非常快乐。

她所做的是她最爱的事：杀死圣殿骑士，与她的兄弟并肩作战。

穆萨的心中藏有很多愤怒。纯粹、冰冷、确切的愤怒。为自己受到的不公正对待，为那些伤害了他先祖的东西，为了那些让他自己心碎的东西。就像林一样，他也跑动、猛冲，娴熟地运用着他的手杖，就好似他整整一辈子都在练习了这个武器一样。

它使用起来如此轻易，如此自然。他向下挥扫，绊倒一个敌人，随后冲上前以爪铠快速一挥。穆萨不需要切开整条气管。巴蒂斯特曾说过："一个小口子就够完成这个小把戏。"

一个小口子就能让一名圣殿骑士出局。所谓的小把戏是让这个男人承受可怕的痛苦，，口吐白沫地在抽搐中死去……唔，这只不过是为整件事增添乐趣的一点小小的佐料。

他转身应对一记早已预判到的攻击，大笑着砸碎了一个头颅。

内森轻易地用自己的钢刃挡下一记警棍的袭击，随后轻巧地转动手腕，让那个警卫的武器飞过房间，使这名警卫的侧面一瞬间毫无防备。内森的左手刺出，八英寸长的钢刃直插进警卫的心脏。在他倒下的同时，内森已经翻滚着躲过另一名警卫的攻击，翻身站起，孩子气的脸上带着一抹残忍的微笑。

他的技巧如此高超，好像剑是他手臂的一部分，他利落地划开另一名警卫的咽喉。内森以一种军人的精确性转身抓住下一名警卫的肩膀，牵制住对方，然后刺穿对方。

一阵白热的痛楚穿过他的右肩，他握剑的手松了开来。一根十字弓箭矢扎在他的手臂上。内森暴怒地抓住箭拔出。一名警卫冲向他，将剑从他的手里砸飞，宝剑旋转着飞了出去。

但那名警卫为此付出了代价。内森用那沾血的箭矢当作武器，将它扎入那个人的肩膀，把他踹了出去。当这名警卫转身时，内森弹出袖剑，在看见它薄而锐利的尖端刺入警卫的喉咙时感到了巨大的满足。

这才像话。内森无视他手臂上灼人的疼痛，抓住另一名警卫，用对手自己的警棍作为杠杆，折断了对方的脖子。

他停了一会调整呼吸，低头看着这个人，花了仅仅片刻时间来祝贺自己。即便没有武器，一名绅士也总是要优越过——

陡然，一把刀从背后刺入他。

它扎得深而坚实，而内森几乎立即就感到自己的身体虚弱了下去。他摇晃着，胡乱地转着身，走了几步，随后倒了下来。

见鬼的，邓肯，你这个自负的白痴，内森想着，随后便什么也不知道了。

卡勒姆击中了一名警卫，让对方踉跄着后退，随后轻弹双手手腕。两把刀刃弹出。他抬起双手在对方的胸口划出一个 X 字形。当对方跪倒在地上时，他将两把刀刃同时刺入对方的脖颈两侧。血液喷涌，这名警卫倒在了地上。

卡勒姆抬头寻找他的下一个目标，随后看见一个穿灰衣的人影无力地倒在石制地面上。内森的双眼仍然大睁着。死去之后的他看起来如此年轻。

之后会有时间来哀悼他的，至少内森得以与真正的敌人一战而死。

他花了宝贵的片刻来确认剩下两名刺客的行动。卡勒姆的身体因汗水而发亮，而他能够看见穆萨在用他的爪形铠划出不可阻挡的攻击，亦或是抓住敌人、显然毫无困难地折断他们的脖子。穆萨同样浑身是汗。

但是，林却似乎没有因为这些战斗而受到任何身体上的影响。她得到了一条细长并加重过的绳索，现在几乎如字面意义一般在战斗中起舞，看起来平静而胜券在握，花费最小的力气，造成最大的伤害。她的绳索绊住对手，缠绕住对手的喉咙，或者简单地以末端的沉重球体砸穿他们的脑袋。

地板上散乱着尸体。卡勒姆没有浪费时间细数，但至少有十个、也许二十个骑士倒下。毫无疑问，更多活着的骑士很快就会赶来接替他们，除非其他的囚犯能赶来帮助卡勒姆他们，将那些人干掉。

在他喘息时，他听到头顶上方远处传来某个特别的声音。专注于战斗的集中力离开了他。先前，当他发现自己被数个世纪以来如此众多的刺客所包围时，他完全陷入了震惊之中。但他的某一部分仍然注意到了身边所发生的事。

他听到艾伦·瑞金说他已经得到了需要的东西，并下令对这所设施执行扫荡。他看见索菲亚进行了抵抗——并被拖走了。

他们知道伊甸苹果在哪里了。

而他听到的来自头顶上方的声音是直升机正要起飞前往塞维利亚大教堂，前去取得伊甸苹果。

在意识做出反应之前,卡勒姆已经一跃而起,跳到了那同时带来了如此多痛苦和如此多祝福的巨大机械手臂上,像猴子般矫健地攀爬而上。在他下方,林解决了最后一名警卫,随后也跃上了吊臂,跟随着他。

瑞金必须被阻止。世界的命运取决于此。

他到达了顶部,路途被天窗上的巨大环形所阻挡。怀着怒火和忧惧,卡勒姆弹出他右手的刀刃,直击圆环中心的玻璃。玻璃粉碎了,化为闪烁的碎片从他周围落下,在他的身上划出细小的红色裂口。

卡勒姆无视痛楚,向上跳去,在稍稍弯曲的巨大圆顶上保持住平衡。直升机正要起飞。

卡勒姆追了上去,从圆顶跳到了屋顶的另一部分,以全速向前冲刺。但他已经太晚了。再早一分钟——甚至也许只要二十秒,他就能抓住他们了。

而现在,在阿布斯泰戈基金会康复中心的屋顶上,卡勒姆·林奇独自站着,看着装满圣殿骑士的直升机斜飞入遍布乌云的天空。

第二十五章

索菲亚之前从未来过这里。圣玛丽大教堂，现在更常被称为塞维利亚大教堂。她很少冒险离开马德里机构，就算离开也都与研究有关。而迄今为止，这项研究还从未和大教堂有过任何关联。

当然，她了解它的资料。作为一名圣殿骑士不可能不知道这座中世纪的重要教堂所扮演的角色。

曾几何时，宗教曾在圣殿骑士团控制与导引人类命运这一使命上占有极其重要的一席之地。传闻说，在1401年，人们决定要建一座教堂，取代曾位于现今大教堂所在位置的清真寺。座堂圣职团的成员们发誓说："我们要建一座教堂，它要如此美丽、如此宏伟，那些看见它完工的人都会以为我们疯了。"

索菲亚不知道如果他们活到了它完工的公元1506年，是否会认为他们的愿望已经实现。塞维利亚大教堂至今仍是世界最大的教堂之一，它的美丽也让人窒息。

教堂中庭拔地而起，有让人眩晕的四十二米之高。它华丽的镀金和彩色玻璃窗户让内部笼罩在一片温暖的、色彩斑斓的光芒之中。

索菲亚猜想，在这平静的美丽和浸透了古老焚香的木头的气味中，很多人都会感受到和平。但她自己无法感到任何平静。她的心脏沉重而疼痛，怀揣着负疚、恐惧和愤怒。

自他们从阿布斯泰戈基金会康复中心的屋顶上起飞，她就没再同父亲说过一个字。她注视着她队伍中的其他人涌进直升机，安全地离开。索菲亚很清楚，让他们加入撤离人员并不是父亲在表现自己的好意。她听到他命令麦克高文要确保阿尼姆斯完好。对艾伦·瑞金来说，操作这台机器的人就是这台机器极具价值的一部分，以后他们也要继续在上面工作。重新训练新人员需要花费时间和金钱。

在艾伦·瑞金的世界里，事情就是这么简单。

他们直接由康复中心飞往大教堂，先一步进行了无线电联络并解释道，是的，他们极度紧急地要求在到达时确保完全关闭大教堂，并且确实是要打开克里斯托弗·哥伦布的墓穴。不，不能等大主教回来对过程进行监督，只能靠着已到场的主教之一了。还有另外一句：那位阁下也将到达，请为她提供适合她地位的安排。

瑞金父女在沉默中来到了这里，而现在他们沉默地走在大理石的地面上。索菲亚跟在她父亲身后几步，无人注意，也无人关心。他们所认识、所尊敬的是艾伦·瑞金。对于主教们来说，索菲亚只不过是引导她父亲进门后的一点点附属品而已。

哥伦布的遗体所经历的旅途几乎同他生前所经历的不相上下。当他于1506年去世时，他的遗骨被从塞维利亚送到了西班牙巴里亚多利德。1542年，这些遗骨被重迁往殖民地圣多明哥——也就是后来的多米尼加共和国。他在那里安眠至1795年，然后被运到了古巴的哈瓦那。

直到 1899 年，哥伦布才被埋到此地，葬入一个如这座大教堂的其余部分一样富丽堂皇的墓穴中。将它架在空中的不是天使或支柱，而是代表着他一生中西班牙诸王国——卡斯提尔、阿拉贡、纳瓦拉和莱昂——壮阔历史的寓言人像。索菲亚停下脚步，让自己的父亲上前去与主教谈话。

索菲亚没有忘记，尽管克里斯托弗·哥伦布长眠于人类所能想像的最奢华环境中，但却是在穷困交加中死去的。他本可以将伊甸苹果卖给圣殿骑士，轻易地逃过穷困。

他们的时间所剩无几。其中一名主教正爬下坟墓，小心地抱起他身边一个小而华丽的金属盒。

索菲亚快速吸了一口气。

这不是她在模拟中所看到的那个盒子。

有没有可能，这个她花费了毕生来寻找的伊甸苹果，已经在哥伦布死后的辗转之中消失了——或被偷走了？

荒诞、疯狂、带着背叛的愿望，她的一部分期望这是真的。

主教将那个盒子交给她的父亲，他盯着它看了很久，却没有触碰它。

应该是由我来打开它。索菲亚想。

这感觉尝起来仿佛嘴里满是灰烬。为了这一刻，她花费了毕生进行工作，允许她的父亲在伊甸苹果的名义之下进行种种残暴的行动。她告诉卡勒姆她会保护他，但最终却抛弃了他。

她父亲冷酷的话语重新回到她的脑中：我们只不过是将他们丢给属于他们自己的不可避免的命运。

而她的父亲，这个迫使她抛弃了卡勒姆的人，将会被赋予所有的荣光。

索菲亚听到高跟鞋的叩叩轻响从她身后传来。她转过身,看见埃琳·凯尔主席正站在她身后。

"尊贵的阁下。"索菲亚说,稍稍低头以表示尊敬。

凯尔并没有马上对这个问候做出反应。两个女人一同站着,注视着艾伦·瑞金慢慢打开那个小金属匣。

"所有荣光将会归于你的父亲,"凯尔出人意料地说,"但我们两人都知道找到它的人是谁。"

索菲亚转过头,惊异而欣喜地望了过去。她以前曾见过这位主席,但凯尔似乎从没有对她表现出过任何兴趣。现在,这个年长的女人冲她露出了一个微笑——严谨一如埃琳·凯尔往常那样,但充满真诚。

"属于你的时机会到来的,我的孩子。"

随后,圣殿骑士团长老议会的主席走上前,站在阿布斯泰戈工业公司首席执行官的身边。他们一同注视着伊甸苹果,而索菲亚·瑞金,科学家与苹果的发现者,则在远处观望着:不被欢迎、不被注意、不被期望。

而当她孤独、被无视地站在那里时,她的思绪悄悄回想起那个戴着兜帽,有着她面孔的女人。

名义上,索菲亚是个英国人,生于英国,并在她生命的最早几年中居住在那里。但成年后,她只回去过很少几次。就她的喜好来说,那里太潮湿也太阴沉了。

当她还是个小女孩时,她常常问为什么天空哭得那么多,是不是因为它也没有了它的妈妈。她从未能甩掉过这个联想。就她所知,那里要么是在下雨,要么将要下雨,要么刚刚下完雨。

今晚,情况是最后一种。道路漆黑而潮湿,在繁忙的夜路灯光下闪烁着。她将车直接停在了她父亲下一场表演的场景,圣殿骑士大厅的对面。

很多类似的车辆也同样如此。为了这重要的一刻,世界各地的圣殿骑士将会在这里聚集。政治家,宗教领袖,业界巨头,将有近两千人到场。

今晚父亲的观众席将座无虚席。索菲亚愠怒地想。

她走出车外,关上门,穿过街道走向那巨大的石制建筑。它强壮的线条透露出力量,但仍不失美丽。她的一只手中抓着一叠因为被她紧抓着而变得皱巴巴的纸。

她穿着一条保守的裙子,高跟鞋,以及一条披肩——全身黑色。

这似乎很得体。

当然,警备力量倾巢而出。到处都是摄像头、金属探测器、嗅探犬和搜查点。很快就有人来接待索菲亚。在一番仓促而抱歉的检查之后,她被带了进去。

她在一个衣帽间找到了她的父亲。艾伦·瑞金正忙着在光鲜的萨维街西服外套上传统的圣殿骑士礼袍,检视着在镜中的自己。

他在镜中看见她,冲她微微一笑,同时调整着引人注目的领带。

"我看起来怎么样?"

如往常一样,他在拨弄袖口。她没有上前帮忙。

索菲亚打量着他那完美的灰发,以及脸部的线条,他连帽斗篷上挺括的褐红色与黑色的褶皱,他胸前奖章上那经典、端正的红十字。

"像个圣殿骑士。"她回答道。

他可能就是没有注意到她语调中的冰霜,但更有可能的是,他毫不在乎。

"一个没有犯罪的世界。"他说,"他们会为此给你颁个诺贝尔和平奖的。你最好开始写获奖词了。"

"我读过你的了。"

这一次,他确实注意到了。他的动作慢了下来,双眼在镜中对上了她的眼睛。

"然后?"

索菲亚低头看向自己手中紧抓的那一叠纸,又一次反感地扫了一眼眼前的文字,随后大声地念了出来。

"'如果我们根除了自由意志,我们就能根除刺客,根除这个威胁了社会几个世纪的癌症。'"

她的声音在"癌症"这个词上停顿了。暴力是一种疾病,就如同癌症。她这样对卡勒姆说过。而就像癌症一样,我们希望有朝一日能够控制它。

对于她来说,那个癌症是暴力。而对于她父亲来说,那是刺客们本身。

她愤怒地翻着演讲的剩余部分:"'杂种……害虫……'"

"这不是我最好的作品,但它能够表达重点。"他回答说。

"你的重点是种族屠杀!"索菲亚暴怒地说道。

"这是个新开始。"

他的语调平静、理智。当他回头注视她时,他看起来风度翩翩:"你完成了一件了不起的事,索菲亚。你现在还看不出来,但有一天你会明白的。这么多世纪以来,我们一直在寻找解决方式。而你,我的孩子……你消灭了问题本身。"

她一直知道他厌恶刺客。他们夺走了她的母亲。在长大成人的途中，她也憎恶着他们的兄弟会。她永远也不想要另一个家庭承受她的家庭所承受过的——或卡勒姆的家庭所承受过的痛苦。

多么奇怪啊，圣殿骑士的孩子和刺客的孩子有如此多共通的痛苦。

也许比索菲亚至今所知的还要多。

索菲亚渴望着终结这种痛苦。她不顾一切地想要终结它。如此不顾一切，她完全没有注意到，或是拒绝注意到，这件一生中都一直明摆在她面前的事。

"我们……我……这么做是为了拯救生命。"她低语道，被这个可怕的顿悟所窒息，几乎无法言语。

"并不是所有的东西都该活着的。"她的父亲说。她瑟缩了一下，想到她所见到的那最后一名刺客的脸。

他看了眼他的手表，朝那扇门走去。当她没有跟上前时，他停下脚步，挑起一边眉毛。

在眩晕中，她强迫自己动起来，强迫自己走在他身边，与他一同走入大厅。穿着礼袍的圣殿骑士与她擦身而过，其中一些人的兜帽拉起，但大多数都往下放着。

她想要弄清楚，她的梦想到底已变得有多么扭曲。

"那么，我的项目……"

"第一次为社会带来了稳定的秩序。"她的父亲说道，他补充完整她的句子所用的字词是她从没有想到过的，"我们所见证的是一个黄金时代的诞生。"

伴随着千万人的血而诞生，这样的时代是无法迎来什么好的东西的。

罪恶感是如此深切，索菲亚几乎摔倒在地。"这是我所做的。"

"你所做的已经完成了。我们的成果归于长老们。这是他们最辉煌的一刻。"

她简直无法相信。他真的误会她的意思了？还是这又是他在搪塞她？

我一直如此愚蠢，她想着。如此盲目。

"你骗了我。"这不是一个叛逆的青少年向一个严苛家长的愤怒反击。这只是个简单的事实。

他说谎了——不仅仅是关于利用她数十年的热情研究，而是关于所有的一切。关于成为一名刺客意味着什么。以及成为一名圣殿骑士意味着什么。

当他俯视她的时候，贵族般的脸上有一丝轻微的软化。他语调中的柔和是她多年未曾听到的，但他所说出的语句比刺客的袖剑还要尖锐。

"我一直知道在你的心中，你首先是一名科学家，其次才是圣殿骑士。"

而对他来说，这就让他所做的每一件事——从他的妻子、她的母亲被从他们两人身边带走以来的每一件事——都变得正当了。

索菲亚抬头望着他，感到恶心。"你近期的工作给我们留下来深刻印象，"他说，"但它证实了我们的看法，那就是人类不能得到救赎。"

"那么，"她的语调冰冷，像铁一样生硬，"你已经把每件事都想清楚了。"

"还没有。我的演讲……有一句你的美妙词句，它可以用上。"

有一会儿，她只是瞪着他，惊骇于当他们在讨论不仅仅是对刺客组织，而是对自由意志本身的完全灭绝时，他竟然还在想着这么微不足道的事。

随后她明白了。他想要她与他并肩前行。

不仅仅作为一名有用人才，这个他已经拥有了，他能够，也已经以他想要的方式利用了她和她的才智。他不需要这个了。他不需要她的修辞技巧，她的"美妙词句"。

这句话是一根橄榄枝。艾伦·瑞金想要他的小女孩完全站在他这一边。作为一名盟友、一名信者。

她想起几天前他对她说的话。你觉得我看起来老吗？没有人能永生不死，连圣殿骑士大团长也不例外，而他想要他的后嗣站在他身边，全心自愿地接过他的事业。

他从来不是一个感情外露的父亲，而不管过去曾经有多少温暖和父爱存在，它们都随着她母亲吐出的最后一口呼吸而永远地消失了。

这是他表达关心的方式。这是他表达爱的方式。

今晚他还向她表达了别的东西，向她表达了一遍、又一遍、又一遍。他对种族屠杀的完全认可终于让她得以认清艾伦·瑞金的毫无人性究竟到了如何的深度。他现在正尽己所能奉上所能贡献的一切，而她能够从他脸上看到一丝细微的希望。

但它太细微了，而且太迟、太迟了。

她有一句完美而切题的开场白，可以让这位完美的人选来说出。她直直地注视着她的父亲，引用道："'现在我将成为死亡，众世界的毁灭者。'①"

---

①出自《摩诃婆罗多·薄伽梵歌》，由曼哈顿计划主要领导者奥本海默引用。

他脸上有一块肌肉抽动了一下。仅此而已。

"我不确定我能够胜任。"

一个声音穿过层层关闭的门传来,打断了那个以不正常的亲密关系将他们囚禁的魔咒,"今晚,我荣幸地有机会能引荐我们古老骑士团未来的缔造者:有请圣殿骑士团大团长,以及阿布斯泰戈工业与基金会首席执行官——艾伦·瑞金博士!"

大门猛地打开,光线射入昏暗的走廊。她的父亲转过身大步走进去,没有再看她一眼,走向演讲台,仿佛在外面等候入场的这段时间,没有任何事发生过。

第二十六章

近两千名圣殿骑士发出的掌声与欢呼如雷鸣般响彻房间。当艾伦·瑞金大步走向演讲台时,聚光灯跟随着他,仿佛他是一名摇滚巨星。

她父亲和善的声音传出,观众的欢呼声轻了下去,他们倾身向前,急于等待他的讲话。

"许多个世纪以来,"瑞金说道,"我们一直身处与一群敌人的战争之中,他们相信个人所需比人类的和平更加重要。随着我们收复了伊甸苹果,时机已经到来,我们将永远地消除刺客们所带来的威胁。"

更多的掌声。更大的兴奋。索菲亚本以为她不可能更不舒服了,但现在,她意识到对圣殿骑士来说,她父亲的观点中她所唾弃的东西并不仅仅是可以接受的。那就是他们的准则。

"我们现在拥有了通往人类本能的基因地图……"

索菲亚在光线下眯起眼睛,突然感到一阵恶心。它太直接、太过明亮了,她感到被暴露在外,脆弱无助。如同一只摊开的手上的动物。而她想要的只有在黑暗处自己待着。去舔舐伤口，也许某一天再恢复过来，如果真的有可能恢复的话。

"任何独立、反抗或反叛的冲动都会被粉碎。任何有可能阻挠我们前进方向的倾向都将会被彻底根除。"瑞金继续说。

索菲亚走出到主入口区域。她父亲嗡嗡的话语声和她高跟鞋在地板上发出的轻响是唯一的声音。前方的彩色玻璃上，有什么动静引起了她的注意。索菲亚以为那不过是又一个穿着传统长袍的圣殿骑士。也许是个迟到了的人把。

随后她意识到那个人影的动作并不像个圣殿骑士。

她父亲那关于仇恨和种族灭绝的老生常谈飘了过来。

当他接近的时候，索菲亚有一瞬间无法动弹。她看不清兜帽下方他的脸，但她并不需要看清。她曾见过他的动作，她能辨认出他的肢体那灵巧、带有独特节奏、如同一只巨大的猫一样的律动。她在阿尼姆斯房间见过这种动作。而此时、此地，她又见到了，在这个最不可能的——最危险的地方。

她知道自己应该为见到他感到惊恐万状。这是那个被她抓住、囚禁、对他施加了种种折磨的男人。但她脑中所想的一切，却是看到他活了下来，让她感到多么难以言喻地欣慰。

他在三英尺外停下脚步。现在她能看到他了，能看见他强健的下颚上长出的金红色胡须，能看到他一眨不眨的双眼。哪怕是作为一个囚徒无助地面对她时，这双眼睛似乎都始终在直直地注视着她。

她无法呼吸。因为恐惧、哀伤，或渴望，或许是因为所有这些情感同时涌入心中——这颗自孩提时就阻挡着它们侵入的心。她不确定是为什么。

她有千万件事想要告诉他。但她说出口的只是："我只需要大叫一声……"

她不知道这是个威胁、还是个警告。曾几何时,她生命中的一切都如此清晰、如此直白。如此有序。

而这个男人,以及他教会她的那些事情,关于他自己、关于刺客、关于索菲亚·瑞金的那些事情,将一切都搅入不可知的、美丽的、可怕的混乱之中。

但是,她依旧没有叫。而他知道她不会的。他相信她,哪怕经过了这所有的一切。

卡勒姆双眼中充满了同情。他应该恨她,但并没有。他开口了,声音轻柔,一如他一直以来的声音:

"我是来帮你的,而你也能帮我。"

索菲亚瑟缩了一下。眼泪充满了她的双眼,但她拒绝让它们流下。曾经,她对他说过这些话。曾经,她是真心的。

"我无法再帮助你了。"无法帮助他、无法帮助人类……她甚至无法帮助她自己。

"那些伟大的计划呢?治愈暴力。与攻击性斗争。"他在嘲笑她吗?折磨她、试图羞辱她?不。那不是卡勒姆的作风。那是她父亲的作风。

"那些都不会发生了。"在这些字词中,索菲亚的声音和心都因真相和绝望而碎裂。

他继续直视着她,几乎带着哀伤。随后,他走得更近,他们之间的距离变得更短。她的心在她的胸膛中跃起。又一次,她无法说出这种感情是什么。她已与它们隔绝了太久了。他会亲吻她,还是会杀死她?

而哪一样是她希望他做的呢?

但他什么都没做，甚至没有触碰她："是你开始了这一切，索菲。你是无法一走了之的。"

他是怎么知道的？他是怎么知道这是她母亲给她的小名的？在疯狂之中，她开始想到那个与她长得一模一样的女人，戴着一顶刺客的兜帽。

对于彼此来说，我们是什么，卡勒姆？

"我们两个都知道接下来会发生什么。"他低语道，在那之外，她父亲的话回响着，"不是所有的东西都值得活着。"

然后她知道了。她完全知道他将要怎么做，以及为什么要这么做。他完全有理由这么做。刺客们不应遭受那种命运，那种她父亲在隔壁的房间内冲那群欢欣鼓舞、超然得不自然的观众们所夸夸其谈的命运。卡勒姆不应被就这么被丢弃，他是一个人，而不是一件不再合身的衣服。她不能责备他要复仇心情——但是，他的表情却并不像一个执著于想要复仇的人。

卡勒姆·林奇想要的东西是不同的。他想要正义——不知为何，这些刺客们、这些以一种让圣殿骑士们感到不齿的方式束缚于自己感情的人们，对正义的理解远超过他们古老的敌人。

她的父亲，那种轻易就摒弃数百万生命的轻视。艾伦·瑞金纵使死去一千次都不足以让正义得到伸张。

尽管有诸多不同，她和卡勒姆却太过相像了，他们不可能不察觉这种联系。就像她父亲一样，卡勒姆也希望索菲亚与他并肩前进。但他想要的，正是她的父亲以及她父亲所代表的圣殿骑士团渴望从索菲亚的灵魂中根除的所有一切。她的火焰，她的好奇，她的同情心。

"我做不到。"她低语着。她体内的某些东西因为这些话而粉碎。

在我的一生中，我都是破碎的。再碎裂一些也无所谓。

卡勒姆的视线仍旧是和善的，他的双眼闪向她的嘴唇，又回到了她的眼睛上。

"你能做到……你可以的。"缓慢地、缓慢地，他靠向前。

索菲亚闭上了她的眼睛。

卡勒姆身上的味道闻起来并不像是古龙水、浆洗衣物和高级毛料西装，不像她的父亲。他身上带有汗水、皮革和夜晚的雨所带来的清爽气味。而在这一刻，索菲亚所想要的一切只有逃离圣殿骑士、逃离他们的骑士团、逃离他们的谎言、逃离她的父亲，这个他们最糟糕部分的化身。她想要去找出那个在毁坏了的阿尼姆斯之下、在刺客的影像包围中盯着她看的女人，想要知道她究竟是谁。

但那道鸿沟太过宽广，无法跨越。哪怕是刺客之跃也无法越过。她父亲是个怪物，但他是她父亲，是索菲亚仅有的一切。她的骑士团错得离谱；但它是她所知的一切。

卡勒姆感觉到了，他走过她身边，除了衣物的轻微沙沙声以外就只有沉默，随后只剩下了她一个人，浑身发抖，迷失无助，比以往任何时候更甚。

索菲亚试图让自己平静下来，试图深呼吸。她父亲的声音传来。

"我们的荣光并非赋予自己，而是要赋予未来。一个刺客信条被彻底清洗的未来。

清洗。当他遗弃基金会设施、冷血地下令警卫杀死所有囚犯——病人时，他所用的正是这同一个词。索菲亚眨着眼睛，感觉一阵眩晕，，仿佛她正朝着清醒的水面浮出，摆脱那被麻醉的沉眠——那充斥着哀恸、幻灭、破碎的梦想的沉眠，太过沉重，她无法背负。但她仍旧无法动弹，而欢呼声持续着。

在她小时候，父亲教过她下国际象棋。这个游戏并不如探查科学的奥秘那样吸引她，因此她有很多年没有再下过。但现在一个德语词汇回到她的脑中：Zugzwang。直译为"被迫进行行动"。它所描述的是当一名棋手为了不立刻输掉，被迫走某一步棋，哪怕这一步将会使他们陷入更加不利的境地。索菲亚现在就在被迫进行行动——或者警告她的父亲，或者就这么保持沉默，让将要发生的事继续发生。

刺客……或圣殿。

整晚都压抑着的眼泪终于顺着她发红的双颊滑落。而当它们滴落时，她并没有抬手阻挡。她甚至不清楚自己是为了什么——或者，是为了谁——而哭泣。

"女士们先生们，"她的父亲说，而她曾听到过他的这种语调，听到过那种宏大的声音，那隆隆的共振，比起以往只是稍稍多染上了一丝激动——"我为你们呈上……伊甸苹果！"

人群爆发了。索菲亚从未听到过这些矜持的观众们宣泄出如此激烈、如此激动的赞叹声。

因此她就这么站着，仿佛她和这栋建筑是以同样的石头雕铸的。她无法动身去追随卡勒姆。她无法动身去阻止他。

随后，尖叫声四起。

时间变得缓慢，仿佛在诡异地爬行，周围恐慌的声音模糊而遥远。她没有尖叫；尖叫毫无用处。圣殿骑士们挤过她身边，疯狂地逃跑，以懦夫的方式杀死刺客的想法所带来的愉悦完全消失，全因仅仅一名刺客迅猛地攻向他们的核心。

她动了起来，仍然晕眩着进入了礼堂，逆着那奔逃的、戴着兜帽的圣殿骑士的洪流；当他们仓皇地从索菲亚身边挤过、冲向安全的地方时，他们的礼袍猎猎翻滚。她感到他们中有人擦过她的手臂，闻到了汗水和皮革的气味，随后他消失了。

他可以恣意地屠杀，再拿下许多个古老的敌人，但他来这里只是为了一个人。

以及一件东西。

索菲亚登上舞台。现在上面已空无一物，只剩下她父亲的尸体。杀死他的人技术精湛，深知如何切割能够让死亡以最迅捷的方式前来。这其中表达出的仁慈和克制，是艾伦·瑞金从未曾表现过的。

血液还在涌出，在她父亲渐渐变冷的身体下面形成一汪血泊。索菲亚的视线被泪水所模糊，但她还是把目光从父亲的脸移向了他的右手。

伊甸苹果不见了。在伊甸苹果原本所在的地方，她死去父亲的手中，托着一只小小的绿苹果。

某种东西在索菲亚的心中断裂了。

"这是我做的。"她说。这并非造作。这仅仅是个事实。她共谋、甚至自愿地走下了这无法阻挡的每一步，它们将她引领到了这一刻，引领到了她父亲在礼堂蓝色的地毯上流血而死的一刻。她倾尽一切以试图打动这个男人，试图用她的智慧和她的发现来赢得他的爱。她努力为他寻找伊甸苹果，并且成功了。当他对她揭示了自己的真实本性时，她却因太过软弱而无法违抗他。

而当她知道一名刺客来夺取他的性命时，也没警告他。

"我会为长老拿回伊甸苹果。"当麦克高文走到她身边时，她听到自己如此说道。她无法将她的目光从眼前的场景移开——不是她父亲死去的脸，不是他惊讶的双眼，而是他手中所握的伊甸苹果。

这并非必要。这是一个给圣殿骑士的讯息……卡勒姆知道会由索菲亚第一个发现的讯息。

不管瑞金过去曾做过什么,他是她的父亲——她所仅有的养育者。现在,她是个孤儿了。卡勒姆夺走的不仅仅是艾伦·瑞金死去时身为的这个男人,还有他也许改变的每一种可能性。卡勒姆夺走了索菲亚本可能得到的所有亲密、理解,夺走了她本可能从这个男人那里得到的尊重,这个在她的血管中流淌着他DNA的男人的尊重。同样,她也再没有机会询问她父亲,那个与他的女儿如此相像的刺客的事了。

卡勒姆·林奇终结了瑞金,他的未来与他一同消失,逝去无踪,如同一个阿尼姆斯模拟中的全息影像。

而这,是他的女儿所不能原谅的。

"卡勒姆,"她说,"我想要,是为了我自己。"

索菲亚感觉到她脊背上有轻微的刺痒。其他人正在看着她。眼泪正从她的双眼中流下,淌过她沾满灰尘的脸颊,但再没有新的眼泪涌出来。她的悲哀减慢了、凝固了、冷了下来,如同她父亲涌出的血液。她慢慢地转过身,知道她将会看到什么——看到谁。

埃琳·凯尔站在那里,俯视着索菲亚。与她站在一起的是几名长老。凯尔的双手紧紧地环抱在身前。索菲亚想起那一天,这名年长的女人曾站在她身旁,她们一同注视着瑞金低头望着那只伊甸苹果。

你的时机会到来的,孩子。

"我们并非赋予自己,而要将荣光赋予未来。"凯尔说。

当索菲亚走过人群时,没有人试图阻止她,而麦克高文凝视着任何想要尝试阻止的人。

外面，整个世界仍旧一如往常地继续。它不了解，暂且还不了解，它已经有了如何剧烈的改变。但它就会了解了。很快。

索菲亚听到逐渐接近的警笛的呼啸，于是站在那里没有动。有太多的事要做，要继续完成。每个人都会被询问，事件将会被调查。一个可信的故事将会被编造出来、发布给媒体，来解释CEO艾伦·瑞金悲剧性的逝世。

她抬起双眼望向夜空，看不见云层，也看不见试图穿透那黯淡灰色的羞涩星辰。她看见建筑的顶端，知道，那个可能是她爱人、但现在却是她敌人的人，正在它们中的某处。

但这不要紧，圣殿骑士会找到他的。

圣殿骑士会找到他们全部。

尾声

刺客站在一栋大楼的屋顶。在他下面蜿蜒而去的是泰晤士河。黑夜环抱着他。当那身圣殿骑士盛装礼袍不再能作为掩护时,他就丢弃了它。现在他穿着一件深蓝色的毛料长大衣,以抵御伦敦晚秋的寒冷。

他并不是独自一人。他的兄弟姐妹们与他一起站在楼顶上。别处还有更多的人。仿佛与他交相呼应一般,刺客注意到灰云遍布的天空中有一只猛禽的身影。一只鹰?他不知道。也许吧也许。

但他能以它的双眼注视一切。

以他自己的方式,就像他还是个小男孩时所相信的一样,他能够飞翔。

卡勒姆·林奇深吸了一口气,伸开双臂,跃入空中。

回溯

实验体:

内森

先前，内森在他的房间里呕吐了。两次。他整个人的每一根纤维都不愿意回到那个机器中，那个手臂中，不愿意看到索菲亚·瑞金那让人着魔般美丽、略带忧伤、却无可违逆的脸庞仰视着自己，不愿意随之被丢入那个暴力、热情而可鄙的漩涡，那个被称为刺客邓肯·沃波尔的漩涡。

但他更不想变得像无限房间里那些可怜的失败者，因此这次他同意了进入。索菲亚微笑了，说她很高兴他在这里，很高兴他能够自愿而来，说她肯定只要再进行几次回溯，他的任务就完成了。

当他难堪地冲她点头时，眼泪流满他的面孔。

我恨他。我恨邓肯·沃波尔。我恨他对待别人的方式，他要命的自负，以及他的贪婪。

我恨他，因为他太像我。

而我想要变得比这更好。

回溯：伦敦，1714

邓肯·沃波尔感到好像有人拿他的脑袋当了铁砧，但这倒不是什么新鲜事。他差不多每天早上都要经历这种感觉。他已经学到了，一下床就去一趟布雷克的咖啡屋通常是个不错的点子。完全是字面意义，没有夸张。咖啡这个风靡一时的玩意儿是一种浓烈的、泥水一般的饮料，而沃波尔不止一次对任何愿意听的人说过，他从不知道是要喝了它、拿支笔蘸进去写封信、还是把这东西倒进夜壶里。但它是热的，让人振奋、让人成瘾，并且能有效地让他的脑袋变清醒，这样他就能去参加他的某个主子——东印度公司或刺客组织——的随便什么公事。

伦敦以它那超过三千家商店而自傲,每家都有自己的个性和客户,而邓肯不止一次从中了解到某些能够让他的其中一方或两方组织都能获利的信息。做完这些后,他就又能将自己的注意力转回痛饮,以及屈尊莅临当地妓院。

有时,这两方的公事会便利地在同一地点进行。比如考文特花园的英伦玫瑰小酒馆,里面的麦芽酒和妓女他都很喜欢。它的优势——某种程度上的优势,起码就邓肯看来,在于它的地下有一个用于斗鸡比赛的隔离房间。当然,拿斗鸡来打发时间还比不上狗斗牛戏,不过起码当你一手是酒一手是女人时,可以有点血腥运动来消遣。

他的门上响起的叩击声仿佛钉子一样打进他的太阳穴,他发出嘶声。"走开!"他大叫,随后因为自己的声音听起来有多响而再一次瑟缩。

"抱歉,先生,但我有个给你的信息。"门那边传来一个年轻的声音。邓肯因为认出那个声音而呻吟起来。他撑起身子,眨着眼睛,觉得哪怕窗板关着阳光也太刺眼了。他在床边坐了一会,注意到昨晚失去意识倒在床上之前忘记脱掉裤子了。他抓起一枚扔在那雅致的小桌子上的钱币,随后站起身,走到门边,一手按在自己一跳一跳的脑袋上,将门拉开。

乔弗里很可能对他雇主的真实身份一无所知。对这个男孩来说,这样也比较安全。他只需要知道自己只需要当个能送信和包裹的导游就能拿到很多钱就好。

乔弗里只有八岁,有着明亮的蓝眼睛和卷卷的金色头发。那种常常被滥用的"小天使"形容词,放在他身上倒是绝对适用。邓肯漫不经心地想着,乔弗里有没有意识到,刺客组织付给他的丰厚薪水得以让他不至于落入其他更堕落的人手中,那种人是会占一个天使一样孩子的便宜的。

你的刀刃要远离无辜者的血肉,这是信条的原则之一,而一度,这也曾是沃波尔所珍视的原则。现在,他已经没有十几年前加入他们时那么理想主义了,但当他看着这个男孩时,他仍旧为此感到高兴。孩子们受到的不该是伦敦对待他们的这种方式。事实上,整个世界对待他们的方式都不对。

"抱歉吵醒你了,先生,不过我有条信息,而且说是很重要。"

兰德尔觉得他手下的哪个刺客什么时候去尿了个尿都很重要,沃波尔想着,但没有说出来。他这会儿没有说话所需的精力,所以只是点了点头,靠在门框上,挥手让那个男孩继续说。

"他说,让您一点钟和他一起去吃鱼,"男孩说,随后明显勉强地加了一句,"还有,啊……您得是清醒的。"看见沃波尔脸上的表情后,他急忙加了一句,"如果您乐意的话,先生。"

邓肯发出一个恼火的声音。就像兰德尔本人一样,这条信息清晰,直达重点。

"我想最后那句不是他说的吧,对不对?"

"呃……唔,不是,先生。至少那句'如果您乐意的话'不是。"

"好孩子。别说谎。至少别对我说谎,唔?"邓肯丢给男孩一个钱币,开始关门。

"抱歉,先生,但我被特别要求要等您给个回复。"

邓肯吐出一句精彩的咒骂。

"那要我告诉他您是这么说的吗,先生?"

啊,那可就不太好了,邓肯想着。"不,你大概不该这么说。告诉他我会去的。"

"好的,先生,谢谢,先生!"随后这男孩急急冲下台阶。

邓肯靠在门上。他在伦敦的住房虽然不大却很雅致,位于托特纳姆法院路,尽管他在那里待着的时间很少。起码清醒的时间很少。不过不管有没有清醒地享用那个奢华的房间,花销都是如假包换得昂贵。他缓慢地走向桌边,捡起怀表,那是在他二十一岁生日时,他的表兄罗伯特·沃波尔送给他的礼物。他们两人从未特别亲近过,不过邓肯很喜欢这块表。

他下午才需要去东印度公司大厦开会,而现在只不过十点十七分。

还有足够的时间让他洗个热水澡,去咖啡店,随后再与刺客导师会面。

"吃鱼"意味着会面地点位于弗利特街萨摩①夫人蜡像馆外。这是个极受欢迎的景点。花上一便士左右,你就能和蜡像版本的皇室人员站在一起,从断头台上的查理一世到勇士女皇布狄卡。或者你也可以体验各种耸人听闻的场景,诸如迦南女性把孩子祭献给莫洛克神啦,或是置身于土耳其后宫的内部啦。一个相当真实的残疾孩子雕塑在门外恭迎着参观者。邓肯正端详着它、咧嘴笑着,随后感到导师站在了他的身后。随之而来的是那个冷酷、干脆的熟悉声音:

"你迟到了。"

"去你的,我现在来了,"沃波尔说着,站起身,转而面对导师,"而且我是清醒的。这至少能代表点什么吧。"

兰德尔的头发铁灰,双眼淡蓝。那从未吐露过幽默感的嘴唇通

---

① 原文为"Saimon",意即鲑鱼——编者注。

常只是一条细线。现在,他的嘴唇抿得如此之紧,在他开口之前几乎都看不见了:

"它代表的东西每次都变得更少,邓肯。而如果你再这样对我,那就会是最后一次了。"

邓肯远离那一群排队进门的人,同时说道:"你不能因为一名刺客大师伶牙俐齿就把他干掉。"他说。

"不,"兰德尔回答道,"但一名不可靠、不稳定、无礼又一半时间醉醺醺的刺客呢?"

"即便如此。"

兰德尔叹了口气,将双手紧握背在身后,看向外面繁忙的街道:"你这是怎么了,老兄?十三年前我们刚刚认识时,你满腔热情地想要有所作为,想要让事情变得更好。你蔑视圣殿骑士所代表的排他性和他们想要控制所有人所有事的欲望。你相信自由。"他蓝色的双眼变得忧郁起来。

"我还是相信,"邓肯怒气冲冲说,"但十三年能改变一个人。而兄弟会和军队也没什么不同。你们会说些漂亮话,兰德尔,但最终,还是有个阶级,而每个人都得服从于它。"

"我们当然得服从它。"只有像沃波尔一样认识兰德尔这么久的人才能注意到这个男人正被困扰着。他一贯冷静而精确的语调现在甚至更甚于往常。"邓肯,你是我所认识的最聪明的人。你知道我们所面临的是什么。你知道我们需要良好的协调配合。我必须要能够相信我的人会如计划一般完成任务,而不是转头去投入闹哄哄小酒馆的片刻刺激之中。我们的名字不会被刻在纪念碑上,也不会有雕像为纪念我们而树立。那种陷阱是为那些圣殿骑士而设的,我们很清楚那种不必要的奢华倏忽而空虚。"

他微微叹了口气，摇了摇头。"我们所做的工作就是我们的遗产，"兰德尔继续以一种柔和的语调说，"我们的名字并不重要。重要的是我们所留下的。"

邓肯感到一阵灼热的愤怒涌上来，而他将它压制了下去。他平静地、小心地说道："你派乔弗里把我带到这里来是为了对我说教吗？八岁大的是他，不是我。我，"他向前迈了一步，赫然耸立在这个小个男人面前，"不会被人用这种语调说话。我是一名刺客大师。"

"是的，你确实是。而我是你的导师。"

哦，如果有个警告的话，那就是这个了。他们的视线相交，在比心跳更短的一瞬间，邓肯确实在考虑是不是要当场干掉他。

不管走到哪里，邓肯总是遇见这种事。海军是这样。贵族政治是这样。不管怎么做，人们总是会被困在他们的所在之处。

即便是刺客组织，赞颂个人意愿的他们，最终也都是伪君子。

"我很抱歉，导师，"他说，一手放在心脏上，鞠躬，"我在此，并且我是清醒的。您召唤我来有何事？"

召唤。这是个确切的词。像一条脚边的狗。

菲利普说话时的眼神冰冷，仿佛要刺入他体内："我有一项给你的新任务。我们收到了图卢姆的阿·塔拜传来的信息。有传言说又一位智者现身了，而阿·塔拜向我们及其他人联络寻求帮助，以追查他的下落。"

不，沃波尔想着，他说的不可能是我认为他在说的事。

阿·塔拜是一位玛雅刺客，是加勒比地区的兄弟会导师。他是一名刺客的儿子，在兄弟会长大。关于他和他的命令的所有报告都称他极其卓越。在此之前，兰德尔曾提过要加强与加勒比兄弟会之间的联系，认为那个被恰当地称作新世界的地方确实是崭新的天地，最终将会成为圣殿骑士的力量之源。而因此，会需要刺客去抑制他们。

但图卢姆距离此地有五千公里之远，坐落于一片丛林里的废墟之中，而那里没有咖啡屋、没有酒馆、没有妓女。并且，沃波尔在皇家海军的日子让他非常清楚，就算那里有掺水烈酒，也会可怕至极。那里将没有名、没有利、而如果兰德尔想要他去那里——

"在新世界，我们还没有强有力的人物——至少，没有我们想要的那么强。阿·塔拜能帮助我们改变这一点。我想要你帮助他追踪那名智者，并在他门下继续你的训练。"

邓肯眨眨眼睛："我很抱歉……我一定是误会了你的意思。但我发誓你刚才是说要一名刺客大师去受训、去向一名原始——"

兰德尔的手猛地闪出，动作快得邓肯完全没有看见，这让他想起来为什么这个外表温和、毫无吸引人之处的男人是名导师。兰德尔紧紧地抓着他的手臂，强壮的手指精确地压迫着那些能带来疼痛却不会造成损伤的地方，邓肯感到自己的脸因难堪和愤怒而燃烧起来。

"你会接受被赋予的任务，而且你会尽全力。"导师说道。他的声音如往常一般平静、普通，"如果圣殿骑士先于我们找到这名智者，他们将会拥有一件可怕的武器，来对付我们以及全人类。阿·塔拜所了解的事是我们所有人都需要学习的……而我相信他也可以教会你怎么控制你的脾气。"

所谓的"智者"，指的是先驱的某个特别强大的后裔，而正是先驱创造出了能给某个人，或某个组织带来诸如伊甸苹果这样力量特别强大的物品。

兰德尔是对的。这确实很重要。

但他所暗示的是沃波尔在作为刺客几乎长达十五年以后仍然需要受训……

"东印度公司看重我,"沃波尔说,口吻稍稍有些粗鲁了,"如果我突然消失了,他们不会高兴的。"

"这正是我派你去的另一个理由。我们相信你已经引起了一些不必要的注意,你,以及我们,也许正处于危险之中。提交辞职书,告诉他们你需要更多的冒险刺激和独立。他们会相信你的。"

这引起了沃波尔的注意。东印度公司,以它在事实上对香料、丝绸之类的纺织物以及茶叶的垄断,无疑引来了圣殿骑士的插手。多年来,邓肯一直在观察公司雇员,试图探查出哪个是圣殿骑士、哪个不是。他已经将怀疑人选缩减到几个人身上,但最近,兰德尔确认出一个可憎的骑士团的团员,确是个他从未想到过的人:亨利·斯潘塞,先生,一名新加入东印度公司强大董事会的成员。

当然,邓肯与这个人只有点头之交。沃波尔由作为一名水手起步,即便他已在公司内步步高升,也很少与董事会成员有什么交集。斯潘塞是个性格温吞的人,有粉色的两颊和小小的红嘴唇,似乎永远都露着个愉悦的微笑。他看起来毫无危害。邓肯想不出斯潘塞是怎么推测出他与刺客组织的关系的,而他也为此感到恼火。想到自私而专横的圣殿骑士团时,这个男人的名字竟然从未浮现在他的脑海里过。

尽管兰德尔所举出的所有观点都极为正当,也还带出了一个冰冷而让人不快的事实:只要沃波尔仍然遵循兄弟会的原则行事,他就将永远都得不到他认为自己应得的那份荣誉与财富。而他也知道,尽管兰德尔说我们"所有人"都可以去向那名玛雅导师学到些什么,但他却是兰德尔认为这"所有人"之中唯一的一个需要去学的人。

就某种意义上来说，这是种指责。

他不会接受的。"我不去。"

"你当然不去，"兰德尔和蔼地说，这让他吃了一惊，"你在生我的气。你觉得受到了轻视。你和我以前就绕过这种圈子，邓肯。但你是个好人，而我认为你仍旧相信兄弟会的目标和哲学。"他薄薄的嘴唇扬起，露出一个罕有的微笑，"否则你觉得我们为什么忍耐了你那么长时间？你会想通的，你一向都可以的。"

"幸好我们是在个公共场所，老人家，"邓肯嘶声说，"否则你现在已经死了。"

"确实，选这个地方是故意的。没有头脑是无法达到导师级别的，"兰德尔嘲弄地说，"花点时间冷静一下你的头脑，邓肯，等你准备好了我们再谈一次。这对你来说会是个巨大的机会，只要你能跳出自己的思路，你就能看见这一点。"

"你将能看见我的屁股，如果你愿意的话可以亲它。"邓肯回嘴道，并转头大步离开，满心是怒火和受辱的自尊心。

他一整天都在印度大楼里生闷气，而那里偏巧不巧在进行董事会每周例会，圆滚滚的亨利·斯潘塞，先生，也位列其中。当这个男人离开时，邓肯决定要主动进攻。

他在伦敦的街道上跟踪着斯潘塞的马车，耐心地等着他停在自己的旅馆门口、再度离开去与董事会其他成员一起用餐、最后似乎终于决定在一家更有格调的小酒馆消磨这个晚上。

沃波尔看到斯潘塞独自一人坐着，吸着一支长柄陶制烟斗，读着那仿佛遍布全城的上千本小册子之一。他做出一个停滞了一会、随后恍然大悟的表情。

"亨利·斯潘塞，先生，对不对？"那个男人抬起头时，他小小地鞠了一躬，"邓肯·沃波尔，愿为您效劳。我很荣幸地效劳于您优秀的公司。"

"啊，是的，"斯潘塞惊呼道，他粉色的脸上放着光，仿佛这是全世界最美妙的事，"我一直听人们说起你的名字，沃波尔先生。请坐、请坐。想来点雪利酒吗？"不等回答，他就用眼神向一名侍者示意。那名侍者拿来了又一个杯子，当她把杯子放在邓肯面前时，脸上露出美丽的红晕。

他极度失望，今晚自己竟然不是仅仅来小酒馆猎艳的。不过他记下了她，以供日后使用。

"这可是个漂亮的，"他说，"真可惜她不在菜单上。"

"哦，我相信只要人选合适的话，万事皆允。"斯潘塞说着，他的目光在沃波尔身上多停留了仅仅片刻，随后又抽了一口他的烟斗。突然之间，他看起来完全没有那么无害了。

万物皆虚；万事皆允。

刺客信条的一部分。

沃波尔没有做出反应，但他的脉搏加快了。所以——兰德尔是对的。他确实被察觉了。

大多数时候，邓肯都是个莽撞的人，而他也从不否认这一点。但有时候，他会变得冷静，仿佛那灼热的大脑被按入冰冷的水池中，而他知道自己个性中的这一部分要更加恐怖。

现在，当他注视着斯宾塞，对这位圣殿骑士露出一个愉悦的微笑时，这种冰冷就在他的体内。

"好事一件，唔？你不说出去，我也不会说。"

"我当然不会说。"斯潘塞说，"我们是绅士，还是不列颠最优秀公司的雇员。我很相信我们两人都会将观察到的任何不慎疏忽一直带入坟墓的。"

哦，这你可说对了。

"唔，这样的话，我强烈推荐英伦玫瑰。去找茉莉。"

他们闲谈着丝绸和茶叶的价钱，以及后者是不是会变得像咖啡一样流行。"也许，"斯潘塞说，"不过我更希望它继续作为绅士们所偏好的饮料。让那些废物们继续啜饮泥浆水吧。"

这只是句玩笑，不过在邓肯眼中，这番漫不经心的评论就注定了亨利·斯潘塞的命运。

斯潘塞会死在今晚。

沃波尔耐心地等候着，玩着纸牌，喝着酒，直到斯潘塞起身准备离去。邓肯的双眼盯着纸牌，听见这名圣殿骑士拒绝了坐马车回家的提议，说他的出租房不是很远，而今晚夜色宜人。

邓肯给了他足够的时间先走一步，这样这个畜生才不会起疑心，随后兑现了他的筹码，跟了上去。

尽管自迈克尔·科尔的专利球状灯第一次在圣詹姆斯咖啡屋外亮起已经过去了十年，电灯仍然没有大范围安装，伦敦的街道仍然黝黑。但半月提供的照明足以让邓肯看见斯宾塞一只手拿着提灯，在前方的大街上脚步沉重地走着。沃波尔在街上跟了一会，随后躲进一条小巷，轻巧地顺着另一架小酒馆的石头侧墙爬上去，轻轻地落在石板瓦的房顶上，从上方继续追踪。

他的猎物被包裹在一层模糊的红色光晕之中，邓肯露出笑容。为什么他以前从未这么做过？这真是太简单了。伴着酒馆、赌场、妓院的烟囱散入空中的黑烟，他轻巧地顺着屋顶飞跑，从一栋建筑跳向另一栋。

随后他停了下来。

太简单了。该死的。

他是走进了一个圈套吗？有那么一会儿，他想要放弃追逐这个正独自一路步履坚定地走着的矮胖子。也许他应该回到兰德尔那儿，接受那个任务。那也许也不那么糟。

但它当然就是那么糟。一段漫长、艰难而不舒服的航海旅程，加上之后除了丛林、神殿废墟、和很多很多的"训练"之外屁都没有。

不。他才不会像条夹着尾巴的狗那样溜回兰德尔那里。他冷笑着，继续前进。

斯潘塞转入一个拐角，消失在一条小巷里。除非这家伙准备解开裤子解个手，否则对于一名有钱的绅士来说，这个行动可不怎么明智。

这，当然，意味着这确实是个陷阱。邓肯现在不确定这个男人是否是独自一人了。但如果他知道这是个陷阱，那它就不再是个陷阱了。一不做，二不休，他想着，轻弹手腕激发袖剑，跳了下去。

一般来说，沃波尔会二话不说就刺穿这个男人的喉咙。但这一次不一样，特别是当他看见亨利·斯潘塞，绅士，正站在那里，裤子扣得好好的，期待地向上望着时，当刺客朝他跳下来的时候他没有做出任何要逃跑的动作。

这种信心让人佩服，所以当邓肯精准地落在这个肥胖的圣殿骑士身上时，他只是将刀刃按在了这个男人的喉咙上。

"你知道我在跟着你。"他说。

"我确实希望你这么做。"斯潘塞回答道。

邓肯眨了眨眼睛。他环视四周，刀刃仍然指着这个男人的喉咙。

周围完全没有任何人。他感兴趣地开口问道:"在我看起来你不像是想自己找死的人。"

"哦,我当然不是了。"

"但是,我就要杀你了,圣殿骑士。"

斯潘塞笑了:"我想,还不是马上。你是个聪明的家伙,沃波尔。我要给你一个你可能会感兴趣的提议。"

沃波尔陡然大笑起来。"我不会拿开我的刀,"他说,"不过在我割开你的喉咙之前,我会让你说一会。"

"这一点儿都不舒服,不过就照你的意思吧。我不是那所小酒馆里唯一的圣殿骑士。我们知道你是一名刺客。而我们知道了一阵子了。你可以在此时此地就杀了我,但你跑不远的。"

"现在圣殿骑士们也能飞檐走壁了?"

"不,但我们确实在四面八方都有眼线。而你将再也不敢接触组织里的任何人了。那可是相当大的损失。"

邓肯紧绷着脸:"继续说。"

"我们已经观察了你一段时间了。我不知道刺客们给你的待遇如何,但我知道你没有在组织内晋升。而如果你真的满足于留在兄弟会,你现在绝不会为要不要杀我而迟疑——不管这是不是陷阱。"

这男人敏锐得该死,他说得没错。

邓肯下了个决定。他从这男人的身上跳开,站起身,伸手将斯潘塞拉了起来。尽管这个男人的双手又软又潮,但是手劲很大。

如果我不喜欢他说的话,我可以轻易干掉他。邓肯说服自己:"你是要给我个……职位吗?"

"在东印度公司?不。你能够获得更高的薪水、更高的地位,只要你加入圣殿骑士团。在我们看来,为自己的工作骄傲、期望得到认可和晋升不是什么人格瑕疵。"

这些话让邓肯吃了一惊。他意识到，将他的野心视为一种瑕疵正是刺客们所做的，而这个发现让人惊异地痛苦。有一会儿，他什么也没说。斯潘塞也没有吭声，没有催促他。

最后，邓肯·沃波尔静静地说："加勒比兄弟会的导师听到了有关一名智者的传闻。"

斯潘塞猛吸了一口气："这个消息真的……极为有帮助。"

沃波尔继续说道："这可以只是个开始。"

邓肯抬头看着咖啡屋的招牌：红色背景下一只用金壶装着的饮料，下方是两根交错的长管陶制烟斗。他低头看着街道；天气好得足以让他看见伦敦塔，这鹅卵石的街道就是以它命名的。

他透过波浪形的玻璃窥视洛伊德的咖啡屋。兰德尔在里面，就像以往这个时候一样，听着船只的管理人、他们的水手以及购买他们运来的商品的商人们所带来的新闻。

有一会儿，沃波尔颤抖着站在外面。他的头很痛，咖啡也不起作用。是时候来结束他昨晚所开始的事了。

是时候把另一种隐藏的刀刃刺入这导师的心脏了——一种你永远也感觉不到、直到一切为时已晚的刀刃。只要邓肯·沃波尔正确地出牌。

当他进来时，兰德尔抬起头，一边灰色的眉毛因惊讶而扬起："早安，邓肯，"他说，"你看起来很清醒。"

"我是很清醒，"他说，"但我很想要些咖啡。我考虑了你所说的话，而你是对的。一个人永远不应该因为'够好了'而止步。一个人应该为成为最好的而奋斗，而如果我能够从阿·塔拜身上学到什么、并因此帮助兄弟会……那我会这么做的。"

某种很像是真正感动的表情闪过菲利普·兰德尔鹰一般犀利的面容。

"我知道对你来说，要吞下骄傲有多么难，邓肯。"他说，声音几乎是和蔼的。他冲一个侍者挥手致意，那人又拿来了一只杯子，在这空空的容器里装满冒着热气的黑色浓厚液体。

当他接过这杯饮料时，这个信条的叛徒冲他的导师微笑，说："就着咖啡就比较容易吞下去了。"

实验体：
埃米尔

回溯：君士坦丁堡，1475 年

八岁的约瑟夫·塔齐姆正注视着君士坦丁堡的港口，他的双眼大得好像两颗圆月，他的嘴因惊讶张成一个完美的原型。

从布尔萨，他出生的地方，来到这个渡口，之后还要横渡这宽广的水面，这趟旅途已经惊喜连连。他之前还从来没有去过离家超过一公里的地方。

他的母亲纳兰站在他身边微笑着，一手放在她儿子窄窄的肩上。

"看见没？我告诉你君士坦丁堡有些布尔萨没有的东西。"

三个晚上之前，她来到他们的房间里，苗条、强壮的身体因紧张而僵硬。她告诉他，他们要前往君士坦丁堡，马上动身。这很奇怪，也很吓人，而他不想离开。

在约瑟夫年轻的生命中，一直都只有他们两人相依为命。他从来不认识自己的父亲，就算倾尽一切力气询问父亲现在的状况，得到的答案也极为有限，他所确定的只有父亲并不愿意离开妻子或孩子，而且很有可能，再也没法回到他们身边了。

不过，有一些故事是他母亲愿意同他分享的：关于他的笑和温柔，还有他温暖的笑容。"你非常像他，我的孩子。"纳兰会这么说，而她的双眼里充满幸福，尽管也仍旧同时被悲哀所缠绕。

不过，现在，他母亲的眼中没有阴霾。不管是什么让她想要这么快动身离开布尔萨，都似乎已经被留在了那座城里。

"你现在高兴自己到这里来了么，我的小狮子？"

注视着逐渐接近的港口，以及那后面挤满的高耸、骄傲、色彩斑斓地映衬着蓝色天空的建筑，约瑟夫思考着这个问题。这里的距离也没有远到万一哪天他想回去的时候却回不去——在收拾他们简陋的行李时，妈妈曾这么对他指出过。

他不喜欢去思考他们离开时的样子，或者为什么要离开。随着船只逐渐接近港口，伴随着绳索抽打在船身上的声音，以及小小的人影忙碌地奔跑着过来接待它、将它安全引入的样子，他通常的好脾气流露了出来。约瑟夫点点头。

"是的，"他宣布说，"我很高兴。"

那个声音渗入埃米尔的意识。女性的声音，平静，处于完全的自控之中。友善，但并没有真正的同情。但他越是专注于这个声音、脑袋就痛得越是厉害。

"这没有告诉我们什么重要的事。我们知道他小时候就是个麻烦制造者，但这看起来也太过年幼了，不会惹出什么真正的危害。"

"我不会这么确定。"这一次是个男人的声音。快速、干涩、直切要害，"显然，在他在那里的第一年，有某些具有重大意义的事发生了。"

埃米尔不想听到这些。不知怎么的，他知道这是危险的，知道这会把他们引向——

"你能将它确定到具体日期吗？"

"可以，稍等。就在那里，这就行了。"

布尔萨是奥斯曼帝国的第二大城市，所以，不管是君士坦丁堡、康斯坦丁堡还是伊斯坦布尔——最后这个是这一伟大的港口城市一个现代的、本土化的名称，都没法像震撼一个边远乡村的小男孩一样震撼到这个孩子。他熟识街角、小巷、隧道，还有那些他知道他的母亲不会喜欢他涉足的地区。不过尽管布尔萨确实又大又忙碌，伊斯坦布尔毕竟是奥斯曼帝国的首都，它所能提供的东西要多得多。

它是商业和活动的中心，商人、水手和旅游者，旅店主和雇佣兵，士兵和乞丐……全都在这个喧闹、多彩、芬芳而震颤的拼图中交错而行。各行各业的人、各文化宗教的人们都受到这座城市的欢迎——真诚的、怂恿的欢迎。

约瑟夫总是认为他母亲会做世界上最好吃的甜点。在布尔萨，她在市场工作，她的卡莫尔帕萨简直无与伦比——那是一种用无盐的羊奶酪、面粉、鸡蛋和黄油滚成核桃大小的小块，随后在柠檬汁中煮熟的食物。因此，他毫不意外地看到一个本地小贩——一个发福的愉快男人，名为贝基尔·宾·萨利——在尝了第一口之后马上就雇佣了她。

约瑟夫的主要任务和他们在布尔萨时一样——帮母亲弄来做卡莫尔帕萨的所需原料，吸引顾客来到摊位，并把用手绢布包好的美味点心送去给城市各处的客人。有的时候，他会走……和大多数人不太相同的路径,选择从上或从下越过城市,而不仅仅是穿过去。

在一次这样的冒险中,他像只猴子一样爬上屋顶,想要获得一个环顾城市的绝妙视野。然后他注意到了某些奇怪的事。有些屋顶上方装着柱子,在这些柱子上连着绳子,高矮楼房之间互相连在一起。这些是做什么用的?有些扎起的绳子大概是为了晾衣服或挂横幅,但其他绳子都又粗又结实。它们能够轻易地支撑起一个人的体重,而等他小心地左右手交替、从一处屋顶来到另一处后,他发现,这条绳子显然也能支撑他的体重。是谁把它们挂起来的?它们是做什么用的?他每次抬起头时都在心里疑惑。

但比起这些房顶的绳索是谁装设的,眼下还有更紧迫的问题。随着时间一个月一个月的流逝,约瑟夫很明显地发现,尽管他母亲还是能够喂饱他们,她拿回家的钱币却远没有在布尔萨的多,而花掉挣来的钱的时间也更短。在这里,做卡莫尔帕萨的材料更加昂贵,而奶酪也更难入手。他们带到这里来的衣服他已经穿不下了,而他知道,他们没有钱来购置替代的衣物。

尽管正在飞速长个,约瑟夫的个子就他的年龄来说还是很小,而且他瘦得像根杆子,因此能轻易地在大集市或其他地方的人群中溜进溜出。有太多人会粗心大意地把他们的钱塞在袖口里或者放在皮带上的小包里,只需要一记心跳的功夫就能把它们扒下来、逃之夭夭。每天晚上,他都向他母亲展示一大把,据他说是在街上表演杂耍、为贝基尔的摊位吸引注意力时"挣来的",或是因为送货特别快而由感激的客人所"奖赏"的钱币。

刚开始,他的母亲非常惊喜,为这意外的收入而称赞了他。但它发生得越来越频繁,这让她担忧起来。一天晚上,她对他说:"约瑟夫,告诉我,而且不要说谎……你没有为了得到这些而去伤害任何人吧?"

约瑟夫因这个措辞而大大松了一口气,这样他就能巧妙地避开真正的问题、算是诚实地回答了:"我绝不会为了钱伤害任何人的,妈妈!"她似乎相信了他的话,没有再追问下去。

一天晚上,当大集市被火炬所点亮,一些乐手在击着那格拉,弹着萨兹琴赚些钱币①。约瑟夫在人群中游荡着。他站在一个高个的女人身边,她穿着色彩斑斓、做工精细的卡夫坦和费拉斯②,显然是个有身份的女人。她的一只显然从未做过体力劳动的柔软手掌紧紧抓着一个大概三四岁的小孩,另一只臂弯里则抱着一个小婴儿。那个稍大些的孩子全神贯注地观看着,随后咯咯笑起来,开始踩着脚上下跳动。她母亲的面容闪亮着,伴随着自己女儿的跳动摇着手臂。

因为注意力被完全分散,她是约瑟夫一整天以来遇见的最容易得手的目标。他只花了一次呼吸的功夫。那个钱包惊人地重,他把它藏在衬衫下,熟练地转移到人群边缘。一阵快速地小跑过后,他已经离开了忙碌的主街道,进入一条小路。他环顾了一下周围,满意地看到只有自己一个人,随后打开了那个荷包。

周围太暗,无法看清,不过约瑟夫已经学会了如何从大小和手感上分辨钱币。他笑了。这够他用好几个礼拜了!当他开始将钱包放回衬衫里时,一个人影向他冲过来。

本能让他头脑混乱,他差点动手打了出去,而那个比他大得多的对手把他一把击倒在地。他重重地撞在地上,呼地吐出肺里的气息。

约瑟夫被紧紧制住,在小巷的黑暗中他看不见攻击者的脸,但

---

① "那格拉":一种印度鼓;"萨兹琴":一种弹拨乐器。——译者注
② 伊斯兰服饰。——译者注

这并不妨碍他又踢又打、试图咬人。噢,要是我再大一点就……

"你以为你在那边是在干吗?"

听起来是个男孩的声音,比他年长,绝对也更高、更重,但还不是个成年人。约瑟夫瞅准机会试图用膝盖踢那个大男孩的腹股沟。那个孩子扭身让过,发出几声咒骂。争斗继续。

约瑟夫重重地击中那个男孩的手肘内侧,迫使它弯曲,让男孩向一边倒去。他随即跃到他身上,就像只猫扑住老鼠一样。约瑟夫没怎么打过架,他的个头不太适合干这个。但他现在很愤怒,而他开始用紧捏的拳头反复猛击那个男孩。他感到一记攻击打碎了对方的鼻子,并带来了一声尖锐的大叫……随后这个个子大得多的对手决定要动真格了。一只大手伸出,抓住约瑟夫的喉咙,开始挤压,同时这个男孩迫使他翻身躺在地上。

"你个笨蛋,我是在试着要帮你!"男孩说,声音因流血的鼻子而显得瓮声瓮气,"我现在要放开你了,好吗?"

他确实言而有信,放开了约瑟夫、并很快地退到攻击距离之外。当约瑟夫坐起身,尝试地触碰自己的脖子时,惊讶的好奇心赶走了愤怒。这倒不太痛。

这两个人在微弱的光线下瞪视着彼此,气喘吁吁。"你是约瑟夫·塔齐姆,"最终,那另一个男孩说,"我是达伍德·宾·哈桑。"

"你怎么——"约瑟夫开口,但对方打断了他。

"我一直在观察你,"达伍德说,"你这一拳靠的是运气好。你有什么手绢吗?"

约瑟夫有。这条手绢整天都被用来包裹递送的卡莫尔帕萨,闻起来有点甜。他把手绢递给达伍德,同时意识到,对方得有好长一段时间闻不出任何味道了。

"呃，是你先攻击的我。"约瑟夫说，尽管他想要道歉，也和达伍德一样，知道这一拳确实只是靠的好运。

"我只是想要制住你而已。"达伍德接过手绢，开始小心翼翼地擦着他血淋淋的脸。

"如果你不是要攻击我或偷我的钱，你干吗要制住我？"

"因为那不是你的钱啊，对不对？"

约瑟夫没有回答。这不是他的钱。但是……"我要把它给我妈妈，"他静静地说，"我们需要钱。"

"而那个在看跳舞的女人不需要？"达伍德反驳说，"她的孩子就不需要了？"

"她看起来可以余出几个钱币来。"约瑟夫有点辩白似地答道，他想起她做工精细的迷人衣物。

"就像你一样，塞利姆的孩子们没有父亲。我不知道你的父亲发生了什么，但我知道他们的父亲怎么了。他对他们暴力又残忍，所以有天晚上塞利姆逃走了。你拿走了她所有的一切。你能看见她的好衣服，但没看见她脸上的瘀青吗，嗯？"

羞愧冲刷过约瑟夫，他感到自己的脸烧了起来。这个钱包确实重得不寻常，通常上市场的人们不会随身携带那么多钱，因为小偷可不少见。

"我猜你想要我把从她那里偷来的钱交给你。但我怎么知道你不是在说谎？"

"我不想要你把钱给我。我想要你把钱还给她。我想从你这里要的只有你自己。"

"我不明白。"

"大集市，伊斯坦布尔本身……如果你既没有钱又没有势，这里会是个艰难的地方。而它对孩子来说可能会特别危险。我们都会彼此照顾。"

他的鼻子已经不再流血了，但即便是在这昏暗的光线下，约瑟夫也能看出那鼻子简直一团糟。达伍德把手绢递还给他，但他挥手没有接。他怕自己打断了那个男孩的鼻子。他想着那个快乐的小女孩毫不优美、但欢欣雀跃地跟着音乐舞蹈。他怀疑达伍德告诉他的故事是不是真的，如果是真的，那他不知道距离这个女孩上一次笑起来又已经过了多久。

"显然，你已经是个好扒手了。我能够教你怎么战斗。呃，怎么战斗得更好。"尽管他的脸上还是糊满血，但达伍德笑了，"有些事、有些人，是值得去争取的，哪怕得到个血淋淋的鼻子，或更多别的什么也一样。而有些东西不值得。你需要学会分辨哪种是哪种，否则某一天，你那灵巧的手指就会偷错了人。"

这整件事听起来都非常奇怪……非常可疑。但它同时也显得很合理。约瑟夫很清楚达伍德本可以就地杀掉他，但这个男孩把他放了。

达伍德站了起来，比约瑟夫高了差不多一英尺。约瑟夫猜他也许十三岁左右。"来吧，我来把你介绍给塞利姆和她的家人，这样你好把钱还回去。或者，"他说，"你现在就可以走。"

约瑟夫下定了决心："带我去。"

一小时以后，约瑟夫独自走回家。他的衬衫里没有钱币，但心中充满了满足，而他的脑袋里全是点子。他满心激动地想要学会一切达伍德能教他的事。

"将这个达伍德·宾·哈桑与我们的数据库进行交叉比对。"那个柔和、自控的女性声音传来。

"什么都没有。和刺客组织没有关系,至少在我们可以查明的范围内没有。"

"多奇怪,我还以为,依照这段回忆的重要性,这可能是约瑟夫被招募的时间。"

"我想八岁甚至对于刺客来说也太小了。"

"正式招募,也许。但是……这确实值得让人思考。下一个日期是什么?"

"1480年4月23日。"

回溯:君士坦丁堡,1480年

这是土耳其名为"春节"、庆祝春夏开始的祭典的一天,城里的每个人都喜气洋洋。尽管这个节日是为了纪念赫孜尔和易勒雅斯这两位先知的相会,但伊斯坦布尔种种不同种族的所有成员都能在这个节日中找到些值得庆祝的事,而一切都是关于许愿、辞旧迎新、健康和财富的,以及很多很多佳肴、舞蹈和音乐。

为了聚集在集市上的人群,纳兰比以往更卖力地准备了足够多的卡莫尔帕萨,而一贯慷慨的贝基尔·宾·萨利,这个负责集市上几处摊贩和场地的小贩,在面对客人时简直浑身都因友善闪闪发光。在这一次,约瑟夫太过忙于正经递送,没工夫扒钱包,不过就算有机会他也不会这么做了。

"春节事关这个社群,"现在十八岁的达伍德对他这一队年轻的小偷、探子、间谍和义警如此说过,"我们不会用让人难过来当作我们的新开端。"约瑟夫全心同意这一点。反正在集市上也有足够的正经生意可做。

庆祝活动顺利进行到入夜。到了下半夜，留到最后的那些参加庆典的人也开始回家去了，带着满满的肚皮，也许还因为酒精而感觉坏了点或好了点，倒头便睡了下去。在约瑟夫和他母亲回到他们朴素的住所后，她给了他一个惊喜，将某个用布包着的东西放在小桌子上。

"今天是个许愿和全新开始的时刻，"她说，"而你的父亲对你有个愿望……等你准备好的时候。我想现在就是时候了。"

约瑟夫的心跳了起来。他坐在长条凳上，注视着那个神秘的包裹："一个愿望……什么愿望，母亲？"

"那就是把我所知关于他的一切，在不背叛他所发下誓言的情况下统统告诉你。并且，我要给你一件曾经属于他的东西。"

约瑟夫因激动而颤抖，而当他母亲开口时，他不仅仅是用耳朵，而是用他全身的每个部分倾听着。

"一直以来，我所做的工作都与我现在的一样，"她说，"我制作卡莫尔帕萨，贩卖它们。你的父亲帮助我，就像现在你做的一样，但他也做别的事。"

她深色的双眼注视着桌上一株小小的蜡烛火苗，显然在她想要对自己的独子所讲述的事情，与她必须保守的秘密之间挣扎着。

约瑟夫被激怒了，他抓住自己的头发，假装在撕扯它们："妈妈，我要因期待而死了！在我的头发变灰之前告诉我，好吗？"

她笑了，随后在他身边坐下，深情地拨弄着他的头发。"你还不到十三岁，从那么多方面来看，你都还是我的小男孩。但是，"当他翻起白眼时，她又加上，"从那么多方面来看……又不是了。"

"你说他做别的事。"约瑟夫帮助般地提示道。

"他不是奥斯曼人的朋友，或……其他那些试图支配和控制人们的人的朋友。"她给了他个诡秘的微笑,"我的小小狮子,你以为我不知道当我看不见你的时候,你都做了些什么吗?"

约瑟夫的脸色变白了。她是怎么……

"光是跑跑递送、取悦顾客你是绝不可能挣到那么多钱的。我见过你和达伍德以及其他人在一起。你探索周围,你攀爬,你在屋顶上奔跑。你为你所做之事尽你所能的一切。你的父亲也是一样。"

"他发生了什么事,妈妈?"

她转开视线,重新注视着跳动的火苗:"他死了,约瑟夫。我拿回的只有仅仅几件东西——"她止住自己,喷了一声,"我说得太多了。但这些东西是你的,现在你已经长到配得上它们大小的年纪了。你不再是个小男孩了。"

早就不是了。约瑟夫想着,他的自尊心稍稍有点受创。但他感觉自己受到的任何冒犯,都被他母亲那强壮、美丽的脸上所露出的混杂着哀伤的骄傲表情洗刷一空。他接过递来的布包,注意到包裹它的蓝绿色丝绸有多长。

"打开它的时候要小心。"他的母亲提醒他。

"为什么,里面是藏着蝎子还是毒蛇?"

"没有……但尽管如此,它也有可能咬到你。"

他打开最后一层包裹,注视着里面露出的东西。它看起来像个护腕,或是某种臂铠。皮革的做工美丽无比,约瑟夫小心地拿起它,记着母亲的警告。他把它反过来,看见有什么东西装在它的下方。

"这是什么?"

"你的父亲管它叫做钩刃,"他的母亲回答道,"里面有一个机械装置可以——"

一片金属带着一声尖利的响声从臂铠的一端射出,把约瑟夫吓了一跳。

"啊,看来你已经找到了。"她母亲轻笑着说完,"这是个钩子,而你能看到,这里还有一把普通的刀刃。"

"我要怎么用它?"

纳兰的笑容消逝了。"我从来没有见过它们实际使用,"她说,"现在,你知道的和我一样多了。但是……我想你注定会知道得更多的。"

他抬头看向她,黑灰色的双眼中写着疑问。她自己的双眼突然在烛光中闪烁起来,因未落下的眼泪而闪闪发光。

"我很自私,而不知道为什么,我曾希望你会满足于过平凡的生活,和我在一起,并且有一天会有个妻子和孩子。我跟你父亲结婚时就知道他是谁,是什么人,而我无法在爱你的同时却否认在你身上看到的他的部分。你注定不应该留在我身边,卖卡莫尔帕萨、在集市干活,就像他也不应该一样。去吧,去发现你父亲的遗产,我亲爱的、现在是个男人的小男孩。"

他想要向她保证他会安全的;想要告诉她,他不会让她在已经背负了所有这一切之后,再为他的死而哀恸。但他无法对她说谎。那一晚上,那黑暗的小巷,那些他所帮助过——以及他所伤害过的人们脸上的表情,太过有力地拉扯着他。

因此,在这一刻,他尽其所能地当一名顺从的儿子。他站起身,环抱着她。在他这么做的时候,他意识到不知怎地,在去年这一年中他的个子已经窜得比母亲高出了半个头。他将她抱得是那样紧,几乎害怕自己可能会将她捏碎。他在她的耳边低语:"我会变得智慧的。"

这是他能给予唯一的保证了。

夜晚在呼唤，而他急不可待地要学习。

并且……要向达伍德炫耀。

他非常、非常小心地实验着钩刃的使用方式。和那把刀刃不同，它是个工具，而不是武器，而他机敏的脑筋已经开始思考究竟要怎么使用它。当他行走在几乎空无一人的街道上时，他可以把东西从地面上扯过来。它让他可以够到的范围差不多延伸出了一英尺，因此那些曾经不可能的落手处突然变得可能了，而他发现，自己可以向上攀爬得比以前还要快。

向上……也许向下也可以……

他来到一栋建筑前，他记得在这里见过那些神秘的绳索。他用钩刃轻快地爬上了屋顶。心脏在他的胸中跃动，他将那新工具勾在绳索上。

它完美地卡在上面……就好像绳子的粗细是为了配合钩子的弯曲角度而经过特别挑选的。

约瑟夫因兴奋而口干舌燥。这不可能是个巧合。这是有意为之的——而他想着，也许，多年以前，他的父亲也站在这同一座屋顶上，用着自己的现在所戴着的这把刀刃。

他一定要知道那是种什么感觉。但如果从这里摔下去，距离会非常高。非常非常高。

他战战兢兢地伸出钩刃，勾住绳索。他花了片刻才鼓起勇气。但随后，他深吸一口气，踏出屋顶之外。

平稳、轻盈，他顺着绳子加速。下方几码之外，石制路面静候在那里，准备当钩子滑下或断裂的时候将他的骨头砸碎。这段滑行让人头晕目眩，兴奋不已，并且太过短暂。在他意识到以前，他的双脚已经踏上了那栋稍矮的楼房屋顶。

约瑟夫努力不要因纯粹的欢悦而叫喊出声。这是什么样的感觉！他必须要再感觉一次。他笑容满面，这一次，他并没有缓慢小心地将钩子扣在绳子上。他一跃而起，勾住绳索，翱翔而去。

他希望，他的父亲能够以某种方式看见他，并感到骄傲。

"这不太寻常。"那个女人说，而埃米尔漂浮着，困在自己的现在和约瑟夫的过去中，"十三岁、没有经过训练就能把一把刺客武器用得如此纯熟。非同一般。"

"这把武器和他所在的这个小帮派——我们所收集的所有证据都显示，这对于他将来所成为的那个人有着极端重要的影响。"

"而他所成为的那个人，将会影响到我们迄今以来所知最重要的那名刺客，"那个女人沉思着，"埃齐奥·奥迪托雷。在我们进入他们第一次会面之前，还有什么东西是我们需要看的吗？"

"确实还有一些似乎有些重要的事，时间约为两年之后。稍等……让我调出确切日期。"

回溯：君士坦丁堡，1482 年

约瑟夫既极度兴奋、又紧张得不得了。自他第一次在小巷里遇见达伍德、并了解了这个年长男孩的奇怪集市儿童组织已过去了七年，他们已经过了各种冒险与险境。

自那值得纪念的初次会面之后，达伍德的鼻子就再没有愈合成原样。他一直保守着他的诺言。他教会了约瑟夫如何战斗，既有公平的方式，也有狡诈的。他将约瑟夫介绍给了组里的其他成员——在那时还全是小孩子，尽管其中的一些人，比如达伍德和约瑟夫自己已经长大了。约瑟夫现在的位置已经仅次于达伍德了。他们中有些人离开了城市，或是搬到了城里的其他地区。但他和达伍德留了下来，以一种商贩们自己做不到的方式照看着这个集市社群的利益。

今晚，他们将要以一种从未经历过的方式履行这个职责。他们不会再丢小烟雾弹来转移注意力、在人群中偷钱币甚或去毁坏货品。今晚，他们要闯入一间民宅，并偷走他们能拿得了的任何东西。

他们是迫不得已。诸如和善的贝基尔这类商贩们的摊位是从拥有这块区域的其他人手中租来的。租金高昂，但这也可以理解——在这个世界上最伟大的城市里，这里是买卖的最佳位置。但上周，一个陌生人乘着大轿、穿着上好丝绸一路走进了集市，将冰冷、揣摩的双眼投向了某些商铺。

随后下一刻，震惊的小商贩们就发现他们的租金翻了四倍。

他们毫无任何办法。心碎的纳兰对自己心急如焚、狂怒不已的儿子这样说："可怜的贝基尔一直在哭。他在那间商铺做他的生意已经做了十几年了。而现在，他不得不离开了。"

"如果我们出得起那个价呢？"约瑟夫这样问道。

她苦涩地笑了："即使你能扒来那么多钱包，我手指利索的小男孩，你也没有那么多时间。我们在五天之内就会被赶出去。"看见他的脸色，她又加了句："我们已经比大多数人要幸运了。城里还有其他露天市场，而大家都喜欢卡莫尔帕萨。我们会没事的。"

他们也许能渡过这一关，但并不是每个人都行的。友善的贝基尔会变得怎样？其他那些没法那么简单地将生意转到其他地方去的人们呢？

幸好，达伍德同意约瑟夫的意见，于是他们共同规划了这个现在准备实施的计划。

他们先前已派出一些更小的孩子,去那个新业主的住所附近假扮成乞丐,在他出门办事时小心地跟踪他。那天晚上,他们中的一个报告说,这个业主——显然不是土耳其人——将会外出用餐、一直到午夜都不会回来。

不出所料,他住在城市最好的区域,邻近托普卡匹皇宫,但谢天谢地,好在不是在皇宫之内。那是个私人住所,前门有两名卫兵把守,里面还有几名仆人。照计划,一组孩子会开始吸引守卫的注意力,让这对年轻的劫匪能够来到后方,藏身于私人庭院那开着花的树丛之中。

当警卫们开始试图赶走这些孩子们时,就轮到约瑟夫动手了:他要激活他的钩刃,攀上上层窗户,打开它,并给他的朋友放下一条绳子。一旦达伍德爬上来,他们就收回绳子、关上护窗板,这样下方经过的守卫就不会发现任何可疑之处。

声音从下面的屋子传了上来;仆人无所事事地闲谈着,趁着主人不在家的空档来八卦、休憩。所有的偷窃都需要在楼上进行,而约瑟夫很擅长一心多用——当他和达伍德在楼上的房间内翻找时,他同时也有一句没一句地听着下方的闲聊。

约瑟夫假装毫不关心自己看到的一切,尽管他这短短的一生中都没见过如此多的奢侈物品。房间里装饰着丝绸和毛皮;四处摆放着精雕细琢的、沉重的椅子——而不是长凳;抽屉里装满了珠宝和华美的衣物,衣物上缝制着宝石。他马上开始动手,用刀刃将宝石从衣料上撬出来,同时达伍德在屋里翻找着钱币,以及其他更小、更便于携带的财富。他们有几个"认识某些人"的商贩,能够很快地变卖掉这些宝石和其他的细小贵重品。

"这简直难以置信。"约瑟夫嘟囔着,拿起一个小石膏雕像塞进口袋里。他的视线落到了一柄细小、极度锋利的匕首上。刀把上覆盖着金子,以红宝石点缀,刀鞘是由黄油般滑顺的柔软皮革制成。他将它丢给达伍德,对方轻巧地接住了。"拿着,暂时归你了,"他说,"你一直那么嫉妒我的钩刃。"

达伍德咧嘴笑了。在接下来的几分钟里,他们搜刮了整个大房间,冲着这巨大的财富直摇头。"我们该考虑一下多干些这种活,"约瑟夫说,"我包里装的钱都够付今年一年多涨的房租了。也许两到三年。"

"不,"达伍德说,"这会引来太多注意。我们这次是不得不这么做。但我们最好别太招摇。别太贪婪,约瑟夫。它每每会让你——"

这些话在他的嘴边消失。他们听见楼下的房门打开,话音传了上来。他们的视线僵直,双眼猛地睁大。约瑟夫第一时间转向窗户,稍推开护窗板,窥视下方的花园。

那下面站着一个警卫,衣着打扮他从来没有见过。在这个警卫离开之前,他们没有任何用绳索逃跑的可能。

"我们被困在这儿了,"他低语道,"至少现在是这样。"

达伍德点点头:"继续观察。也许他们不会马上就上楼来。"

"我很高兴一切都进展顺利。"一个声音传来。这个声音带着浓重的口音,尽管约瑟夫辨认不出这个口音来自哪里,他马上就讨厌起它来。"圣殿骑士一直都对集市抱有兴趣,当然了。能够在需要时藏身于市井之中的不只有刺客组织。现在,我们有了永久摊位了。"

刺耳的笑声传了上来。达伍德与约瑟夫彼此对视着,恐惧不已。这个眼神冰冷的新店铺业主在布置某种间谍网?刺客组织?圣殿骑士?他以前从来没有听到过这些说法。

但对达伍德来说,它们似乎确实具有某种意义。这个稍微年长一些的少年脸色变白了。他在发抖。

"达伍德？"约瑟夫说，但达伍德将一支手指放在嘴唇上。他碰了碰耳朵，表示让约瑟夫继续听着，随后移到床边，自己去瞥向那名守卫。他所看见的景象似乎让他颤抖得更厉害。

对话继续着。"你准备要成为这城里最有钱的人之一。"第一个说话者继续道。

"之一？"新商铺业主说。

"我想苏丹大概会多那么几个钱币，"第一个说话者说，"无所谓，这值得庆祝一番。"

"啊，既然我将要成为君士坦丁堡最有钱的人之一，让我拿一瓶特别为这种场和珍藏的佳酿来分享。它在楼上，在我房间里。我把它锁在那儿，因为你绝不能信任那些仆人。等我去拿一下。"

"走。"达伍德陡然说道。

他的脸转向门口，拿着那把约瑟夫开玩笑地抛给他的细匕首，将刀鞘滑下："拿上那些口袋。你的速度比我快，而且你还有你的刀。你能逃走的。我不行。我会尽可能地拖延他们。"

"达伍德——"

他们两人都听到皮靴踏上楼梯的声音。

"商贩们都指望着你了，"达伍德嘶声说，"有那么多东西我希望自己能有时间能告诉你，但是——快走。活下去，藏在阴影里，保护集市！"

约瑟夫站着，动也不动。

门打开了，所有的事似乎都发生在同一瞬间。

达伍德发出一声吼叫，冲向那个新业主，举起匕首，将它扎下。尽管惊愕不已，这个眼神冷硬的男人仍及时转身，刀刃没有刺中他的胸口，只扎到了他的肩膀。他冷冷地用右手拔出匕首，尽管受了伤，却难以置信地用左手抓住了达伍德的头发，重重地拽住，让这个男孩转过身面对约瑟夫。

约瑟夫恐惧万分，直盯着他朋友的眼睛。达伍德大叫："快跑！"

商铺业主举起匕首，将它直刺下来。

血红。约瑟夫所见的只有一片血红。

红色从他朋友被刺穿的喉咙中喷涌而出。

谋杀者的手上，戴着一只装饰有红色十字架的戒指。

约瑟夫想要留下来一战，想要死在他朋友的身边，胜过了一切。但他已经没有了这个选择了。达伍德为了商贩们和他们的家人，以自己的生命换取了他的。

约瑟夫哭泣着、照着达伍德所说的做了——他逃跑了，拿着两个袋子跃入黑夜之中，用他父亲传给他的刀刃逃走了，逃入了安全的地方，而他的朋友则在那美丽的地毯上流血至死。

第二天，那个眼神冷硬的男人被人发现已经死去，要买下那些商铺的交易也莫名其妙地落空了。

约瑟夫不知道发生了什么。他所知道的仅仅是，他会把生命全部献给这份他的朋友为之而死的事业。

他将藏身在阴影中，保护那些无法保护自己的人们。

而他将会观望着、等待着，等待另一个戴着红色十字的人出现。

实验体：

穆萨

"他一向很棘手。"一个男性的声音说。

"穆萨还是巴蒂斯特？"一个平静的、几乎带着关心的女性声音问道。

"两个都是。"

"我不同意你的说法。他们两个都是相当复杂的个体。"

"如果巴蒂斯特的记忆被某些毒素所影响，他会让回溯变得更加复杂。"

"记忆总是很难以处，哪怕没有被化学影响所改变也是一样，"那个女性声音说，"我们都知道这一点。它们从来都不是完全准确的。我们看不到那里所真正存在的东西。我们只能看到他所看到的。"

"就像我说的……他一向都很棘手。"

"开始回溯。"那个女人说。

回溯：圣多明各，1758 年

鼓声。

当他们还是他人的财产时，鼓声是被禁止的，是圣多明各逃奴们的自由之声。弗朗索瓦·麦坎达深知这一点，他将这个事实也教给了那些受他训练和解放的人们。

麦坎达曾教给了这个男人这一点，以及如此多其他的东西。这个男人现在正眺望着数十个麦坎达的跟随者，他们在他面前，在这丛林深处他们的基地中舞蹈着、痛饮着。

巴蒂斯特看着他们，又喝下了一大口朗姆酒。这里有三处篝火，一处位于空地的中心，另两个较小的在对面两侧。舞者们黝黑的皮肤上汗水淋漓，在光线中微微闪烁着光芒。舞者中的有些人巴蒂斯特自十三岁起就认识了。那时他和阿加特从他们的奴隶人生中逃跑，加入了麦坎达，一起追随他那热情、愤怒的追寻之旅——追寻自由以及仇恨。

那时他们成为了刺客兄弟会的正式一员。

阿加特。阿加特，与他一起在种植园长大，与他并肩作战。巴蒂斯特总是认为他们会并肩而死。他从未想过，自己会看到阿加特在今天早先所做出的事。

回忆让他的胃开始纠结，他的脸色沉了下来。他又喝了一口酒，这次是一大口，试图减轻当他想起那个男人时，那混杂着震惊、白热的怒火，以及在他心中翻搅的羞耻与痛苦的感情。但是毫无效果。

阿加特。这两个男人曾亲如兄弟。曾经。

但麦坎达挑选来接受训练的第三名种植园奴隶……她毁掉了这份亲密。

麦坎达一直趁着夜色秘密地前来种植园，没有人出卖过他。那些能够——或者说有胆量——的人们偷偷溜去参加集会，在集会上，他告诉他们，离开种植园、离开奴役，他们将能够拥有怎样的生活。

一开始，他只是说话。告诉他们他自己的人生，自由，能做想做的事。随后，他教这些迫切渴望着的奴隶们读和写。"我会与那些值得的人分享许许多多，"他承诺说，"而这，也许是我能够给予你最有力的武器。"

轻浮的小珍妮，她喜欢这些。她也喜欢阿加特。曾经有一次，巴蒂斯特撞见他们手拉着手。他嘲笑他们，警告说麦坎达会不高兴的。

"你不够坚强，"他鄙夷地告诉珍妮，"你所做的只是让阿加特从他的训练中分心。"

"训练？"她看着他们两个，这样问，"用来做什么？"

巴蒂斯特绷着脸，将他的"兄弟"拽走，去同麦坎达私下会面:"她永远也成不了一名刺客,"他告诉阿加特,"她不是我们中的一员。不完全是。她的心底里不是。"

麦坎达也意识到了这一点——在一些时日之后。她学会了读写,但再无其他。他从未邀请珍妮加入那些真正的训练。当巴蒂斯特意识到麦坎达,这名还在孩提时就因甘蔗压榨机上发生的一次事故失去了一条手臂的前任奴隶,不仅仅能够逃离、还能够领导人们的时候,他的心中溢满着骄傲。

在这种特殊训练中,巴蒂斯特和阿加特学习了如何使用武器——以及如何不用武器进行攻击。如何调制毒药——以及如何下毒,比如将粉末掺在饮料中,或在飞镖上涂厚厚一层。

这两个男孩学到了如何杀人——公开地,或是从阴影处下手。甚至,如麦坎达所展示的那样,只用一条手臂就做到这些。而当他们最终留下懦弱的珍妮、逃离种植园时,他们确实杀了人。

鼓声变强了,将巴蒂斯特的思绪从快乐的过去带回了冷峻的现实。今晚,他,巴蒂斯特,将会主持这场仪式。这,同样,也是麦坎达教给他的。

巫毒。

不是真正的仪式,不,而是其表象。符号的力量,以及并非魔法、却形似魔法的力量。

"让他们对你感到恐惧,"麦坎达说,"让那些恨你的人。哪怕是那些爱你的人。尤其是那些爱你的人。"

今夜的仪典将会改变一切。必须如此,否则,麦坎达曾为之奋斗的一切——巴蒂斯特为之奋斗的,以及,曾几何时阿加特曾为之奋斗的——都将分崩离析。

参加仪式的众人喝下了许多他给的朗姆酒,并未意识到杯中除了酒还有别的。很快,他们将准备好接受仪式,准备好目睹那些否则他们绝不可能目睹的景象。

去相信那些否则他们会质疑的事。

去做那些否则他们不会做的事。

鼓声逐渐激烈,攀上一阵近乎狂暴的渐强鼓点,随之一声哭嚎、一声怒吼从一边传来。一头公牛被领了上来,粗壮的脖子上围了一个花圈。它被下了药,保持着平静,将完全不会挣扎。

巴蒂斯特站起身,有力的手指紧抓着砍刀刀柄。他是个高大、肌肉强健的男人,而他以前也为麦坎达的典礼做过同样的事。他轻巧地跃下平台,大步走向那头野兽。早先,在他的命令之下,它已经经过了沐浴,并涂上了从某些前任奴隶主那里偷出来的香油。现在,它转过长着角的脑袋,大睁着的大眼睛凝视着他。他拍了拍它的肩膀,它发出轻哼声,温和如同一头老牛。

巴蒂斯特抓着砍刀,转向他的人民。

"是开始典礼的时候了!我们将对罗阿[①]奉上祭品,请他们来到我们中间,告诉我们,兄弟会该怎么做才能继续前行!"

这些语句离开他的嘴边时带来了一阵痛苦。麦坎达。二十年来,从十三岁到三十三岁,巴蒂斯特和阿加特一直在他身边作战。他们了解了导师对兄弟会的愿景——一个没有被仁慈或怜悯这种不合时宜的理念所冲淡的愿景。他如此向他们保证,而他们全神贯注地倾听着。那些是弱点,而不是力量。没有人是真正无辜的。一个人如果不是支持你,那就是反对你。

用某种方式来说,一个人如果不是刺客,就是圣殿骑士。

---

①对巫毒教中多个神灵的称呼。——译者注

一名不会鞭打奴隶的奴隶主依旧是一名奴隶主。一名所有者。即便是那些并未拥有奴隶的人，依照法律，他们仍然可以拥有奴隶，因此他们是有罪的。他们服侍于圣殿骑士，即使他们自己不知道。麦坎达的世界里没有他们的位置，巴蒂斯特的世界里也没有。

而这就是为什么，巴蒂斯特——和那些现在停下了舞蹈、转而面向他的人们——在几个晚上之前，试图向那些他们被迫与之分享这个岛屿的殖民者投毒。

但他们失败了，而他们的领导者代替他们付出了代价。

"弗朗索瓦·麦坎达是我们的导师。我们的兄弟。他启迪了我们，并以身作则。而他到死都没有背叛我们——他被折磨而死，他的尸体被火所吞噬！"

咆哮声四起。他们已经醉了、被下了药、并且愤怒，但他们正听着他的话。这很好。照巴蒂斯特的计划，很快，他们所做的将会更多。

他继续道："而在这哀恸和愤怒的时刻，我的兄弟——你们的兄弟——之中的一个，也离开了我们。他并非在一场争斗中被杀，他也并未受到火焰的折磨。他只是离开了我们。离开了我们！阿加特像个懦夫一样地逃跑了，而不是接过弗朗索瓦·麦坎达以他的生命所换来的遗赠！"

更多的咆哮。哦，是的，他们确实愤怒。他们几乎就和巴蒂斯特一样愤怒。

"但我在这里，作为你们的祭司，向罗阿恩请以求他们的智慧。我没有背弃你们！我绝不会背弃你们！"

他举起手。砍刀长长、钢制的刀刃上反射着火光。随后，巴蒂斯特将它劈下，迅速、利落，将他身体里的全部力量都放入这一击。

血液从这个牲畜被劈开的喉咙中如泉水般涌出。它试着要发出声音，却发不出来。它身下的大地因这公牛的生命之源而变得血红、松软。但它死得很快。也许比它在一个种植园主的屠宰场里所可能遭受的要迅捷得多，巴蒂斯特想到。痛苦则肯定更少，因为那些药剂的作用。

他在兽皮上擦净刀身，随后用手指蘸入热血之中，用它描画自己的脸。他抬起双手，做势邀请。现在他们涌上来了，麦坎达的人们用那猩红为自己涂画，将死亡置于自己的身上，一如它触及他们的灵魂。

过一会儿，这具尸首将会在中央的巨大篝火上被烤熟。人们会用砍刀切下大块美味、多汁的肉。生者将借由死亡而继续生存。

但在那之前，巴蒂斯特有个计划。

当聚集来的每个人都用祭品为自己染血后，巴蒂斯特宣布道："我将啜饮毒药，并要求罗阿降临于我。他们会降临，一如他们曾经降临。"

当然，他们从没降临过，也没有降临于麦坎达过，尽管他们两人都经历过一些有趣的幻象。他所准备的的合剂在到达某种剂量后将会致命，儿摄取少剂量会引起不适，但无害。

而巴蒂斯特深谙为了不同的目的分别需要多少剂量。

现在，他在两手间碾碎芳香的药草，闻到那干净、清新的气息混合在血之中。随后，在旁人看来他似乎是凭空变出一个小小的毒药瓶。人群中掠过一阵惊喘。巴蒂斯特藏起笑意。他是灵巧把戏的大事。

他挥舞着它，并大喊："今夜，当死亡与我们的记忆如此接近，我将这头强壮公牛的死亡献给戈地·罗阿！今晚是谁将通过我给予智慧？是谁将告诉我们这些麦坎达的人民应该怎么做？"随即他将这苦涩一饮而尽。

三次呼吸之后，世界开始改变了。

颜色变幻，似乎开始闪烁。鼓声响着，鼓声，但却没有人在击鼓．那个声音失真，混杂着某种因狂喜或折磨发出的尖叫。噪声渐强，压倒一切，巴蒂斯特在痛苦中呻吟着，双手捂住耳朵。

随后他意识到了这响声来自于哪里。

那是他自己的心，击打着他的肋骨，叫嚣着想要出来。

随后它确实出来了，撕开他的胸膛，躺在他面前的地上，鲜红、搏动着、散发着热血的恶臭。巴蒂斯特低头注视着它在自己身体上撕开的那个洞，惊骇万分。

是因为那毒药。我喝得太多了。我会死。

恐惧席卷了他全身。尽管他知道这是个幻觉，却愚蠢地伸手去抓他那仍旧在跳动着的心。它从他血淋淋的双手中滑出，像一条鱼，四处跳动着。他冲它追去，它跳着逃脱。

这种情况从未出现过。这种梦境状态——

"这是因为这并不是个梦。"一个声音说道，流畅、充满了幽默，那种幽默可能是也可能不是一种残忍。

巴蒂斯特抬起双眼，看见那个骷髅在冲他微笑。

并尖叫。

他抓挠着自己的双眼，逼迫自己看清楚，但尽管他的视野变得清晰，那个影像却并未离开。骷髅的身体慢慢变形，长出血肉和隆重的着装，看起来像是那些优雅、有钱的种植园主中的一名，如果种植园主有着黑皮肤，以骷髅为头的话。

"巴隆·萨枚第①。"巴蒂斯特低语。

"你要求被一名罗阿附身,我的朋友,"巴隆以丝般的声音回答,"你在邀请人参加派对时应该小心。"

在巫毒教中,罗阿是人类和遥远神祇庞度之间的媒介灵魂。戈地·罗阿是死之灵魂。而他们的首领是墓场之王——巴隆·萨枚第。现在,这名罗阿大步走向这跪倒在地、浑身颤抖的刺客,伸出一只手。"我想,对你来说更合适,我的脸比牛血更合适。"他说,"从今天开始你将佩戴它,明白吗?"

巴蒂斯特抬起他血淋淋的双手,触摸自己的脸。

他没有感觉到温暖的、活生生的肉体……只有干涩的骨头。

骷髅俯视着他,狞笑着。

巴蒂斯特闭上双眼,疯狂地揉着,但他的手指抠入空空如也的眼眶。他哭泣起来。他的脸——巴隆·萨枚第拿走了他的脸——

别像个小孩一样,巴蒂斯特!你是清楚的!你自己调制的这副毒药!这只是个幻觉!睁开你的眼睛!

他照做了。

巴隆仍旧在那里,狞笑着,狞笑着。

而在他的身边,站着麦坎达。

巴蒂斯特的导师看起来一如生前那样。高大、肌肉虬结、骄傲而强壮,比巴蒂斯特大十岁左右。就如在活着时一样,他没有左臂。

"麦坎达。"巴蒂斯特低语。眼泪从他的眼中涌出——欢喜、解脱以及惊异。他的双膝仍跪在血淋淋的地面上,朝他的导师伸出一只手,去抓他穿着的长袍。他的手碰到了什么并非布料的柔软东西,

---

①巫毒教中的死之神灵。——编者注

并穿了过去。

巴蒂斯特猛向后缩去，震惊地盯着一只沾满烟尘的手。

"我死了，被那些本应死于我手上的人们所烧死。"麦坎达说。这是他的声音，他的嘴唇动了，但那些字句似乎漂浮在这名导师周围，如同烟雾，在巴蒂斯特的头颅边萦绕扭曲，钻入他的耳中、他的嘴中、他的鼻子中——

我在呼吸他的骨灰，巴蒂斯特想着

他的胃开始翻搅，就像之前一样，他开始干呕。

一条蛇从他的口中出现——粗如他的手臂，黑色，因巴蒂斯特的唾液而闪烁，扭动着从他的身体中钻出。当他最终吐出了这条大蛇的尾部后，这个爬行动物滑到了麦坎达的幽灵身边。麦坎达俯下身，将它捡起，放在自己的肩上。它的舌头闪烁，小小的眼睛注视着巴蒂斯特。

"大蛇是智慧的，并不邪恶。"巴隆·萨枚第说，"它知道什么时候应该脱皮，这样就可以比以前长得更大、更强壮。你准备好要脱掉你的皮了吗，巴蒂斯特？"

"不！"他大叫道，但他知道这毫无用处。巴隆·萨枚第退后一步，脱下他那正式的礼帽交给麦坎达，露出下面的头骨——他没有头发，正如他的脸上没有血肉。

"是你召唤了我们，巴蒂斯特，"麦坎达说，"你告诉我们的人民，你永远不会背弃他们。现在我已经死了，他们需要一个领导者。"

"我——我会领导他们，麦坎达，我发誓，"巴蒂斯特结结巴巴地说，"不管你要求我做什么，我都不会逃跑。我不是阿加特。"

"你不是。"麦坎达回答道，"但你也不会领导他们。我会领导他们。"

"但你已经……"

麦坎达开始化为烟,他肩上的蛇随着他一同消失。烟漂浮在空中,如同武器,随后拧成了卷须,开始朝巴蒂斯特飘来。

陡然间,巴蒂斯特明白了将要发生的是什么。他试图站起身。巴隆突然出现在他的身后。强壮的双手——有血有肉,并非骨头,但即便如此仍冰冷如坟墓——紧夹住巴蒂斯特的肩膀,让他无法动弹。那细细的烟汇聚成的卷须飘向他的双耳、他的鼻孔,寻找着入口。巴蒂斯特咬紧牙关,但巴隆·萨枚第咂了咂舌头。

"哎,哎。"他责备道,并用他那镶着骷髅头的手掌轻拍巴蒂斯特紧闭的嘴。

巴蒂斯特的嘴张开了,烟雾进入。

而他既是他自己……也是麦坎达。

还有三项任务,随后我们将领导他们。

巴蒂斯特瞪视着他丢下的那把砍刀。砍刀落在他仍搏动着的心脏旁边。带着一种奇怪的疏离感,他意识到他不需要他的心。这样更好,不需要关心。不会对他人感到爱或是希望。唯一重要的只有他自己的欲望、他自己的需要。因此,他将他的心脏留在原地。

但他拾起了那柄砍刀。

他将它慢慢地用右手举起,并伸出他的左臂。他的一部分尖叫着要他不要这么做、尖叫着作为他自己他也能领导得很好。但另一部分——他的一部分,不是麦坎达、不是巴隆·萨枚第——想要这么做。

还有,药物也对痛楚起作用。

巴蒂斯特举起砍刀,深吸了一口气,随后仅仅一击,将他的左臂从手肘上方齐齐切下。

血似乎从伤口爆发，疯狂地喷洒着，但他是对的。这并不痛。被截下的肢体落在地上，变成一条大蛇，这一条爬向那骷髅脸庞的罗阿。

在他的脑中，麦坎达低语道："很好。现在，你就像我一样了。你不再是巴蒂斯特了。你将成为弗朗索瓦·麦坎达。他们看见了你的举动。他们知道我驾驭着你，就如他们驾驭着一匹马。通常，罗阿会在事成之后就会离开。

"但我不会离开。"

巴蒂斯特平静地将他腰上系的饰带抽出。在失血杀死他之前，他自己将涌着血的伤口系紧。说到底，他和巴隆不同，他还活着。

巴隆·萨枚第同意地点点头。"很好。他与你同在，从现在直到永远。我也是。"他点了点自己的下颚骨，"戴着我的面容，麦坎达。"

巴蒂斯特点点头。他明白了。

他同意了。

自这一刻起，流言四起。麦坎达没有死，人们悄声说。他从燃烧的火刑柱上逃脱了。他在这里，而他满心是憎恨与复仇。

而自这一刻起，将无人再见到巴蒂斯特。他仍是他自己，没错，但他的名字将是麦坎达，而他的脸上将会戴着、将会涂画成白色，这颜色会突显于他黑色的皮肤上：那是狞笑着的巴隆·萨枚第白骨磷磷的面孔。

实验体：
林

林听着索菲亚·瑞金博士第三次耐心地解释，林必须以她的自我意愿进入阿尼姆斯。林交叠着双臂，凝视着，没有回答。

"我知道上一次发生在你身上的事是……创伤性的。"索菲亚说。她大大的蓝色眼睛友善但疏离。在它们深处有着慈悲，但并没有真正的同情。

"你什么也不知道。"

"创伤性"是个完完全全轻描淡写的说法，一个苍白、冷淡的词汇。完全无法描述出林的先祖，一个名为邵君、由小妾成为刺客的人，在五百年前看到、而林则在现在被迫目击的景象。

五岁。在当时的新皇帝、后人称为正德皇帝的朱厚照下令处死一名策划谋反的宦官时，邵君五岁。刘瑾是一伙拥有强大权力的宦官们的首领，在朝野中他们被称为八虎。但他被他们中的其他人所背叛，就像是他出卖了他的皇帝一样。

因这极端恶劣的叛国罪，正德皇帝下令，刘瑾要受到与此大罪同样可怕的折磨——凌迟千刀处死。

最后，行刑在切下了超过三千刀之后才结束。这可怕的景况持续了三天。刘瑾很幸运，他在第二天、只挨了三四百刀时就已经死了。旁观者只用一文钱就能买到一块这个男人的肉，用来就着米酒吃。

好多天，林都无法将这个景象从她的脑海中抹去。当她痉挛着、尖叫着倒在阿尼姆斯房间的地板上时，浮现在她头顶上方索菲亚那忧心忡忡的面孔与恐惧感紧紧纠缠在了一起。即便现在，林只要看着这个女人就想吐。

"我希望你能够理解，大多数时候，对于你将会经历什么，我们同你一样一无所知。"索菲亚继续说。

"真让人安慰。"

"报告显示你的状态很好。"索菲亚热切地说,"我想要重新进入。上次回溯之后,我们排查了我们能够得到的所有资源,而我相信,这一次我们已经找到了一段记忆,既重要、能够让我们了解到许多东西,又不那么地……"她搜寻着那个词,随后,在片刻的诚挚中,冲口而出,"恐怖。"

林没有回答。她的绑架者——这是她唯一能够将他们视作的身份,此刻对邵君的了解比她自己要多。林最最希望的,就是不再回到那个可怜女孩的体内。这个小孩,是中国历史上最糟糕的花花公子的众多小妾之一。

不。这不完全正确。

林最最希望的是保有她的理智。而她知道他们会送她回去,不管她是否愿意,不管回忆是否恐怖。

索菲亚·瑞金也许想要相信,自己是在邀请林重新进入那可怕的机器,但两个女人都知道她并不是在邀请。她是在命令林。

林所拥有的唯一选择是她要如何遵从——自愿,或是非自愿。

很长一段时间后,她说:"我会去的。"

回溯:北京,1517 年

夏季已经来到北京,但还不到朝廷移居避暑山庄的时候。

黯淡的灯笼将闪烁的光线照在许多女人身上。她们中没有一个超过三十岁,正在几近令人窒息的酷暑中断断续续地沉睡着。这间庞大的房间是占地面积 1400 平方米的乾清宫内九个大房间之一。现在,它华丽雕刻的木质天花板完全被黑暗所遮蔽,但光线仍旧照出了以金叶画成的龙身上的微光,以及那华丽、但紧锁着的门把手闪出的光芒。

十二岁的邵君轻易地打开了那巨大的门，静悄悄地走过黑色的大理石地板。这座宫殿是紫禁城内殿中最大的三座建筑之一。这里是正德皇帝、他的皇后以及他最宠爱的妃子的住所。

邵君出生于此，是一个地位低下的妃子的女儿。那名妃子未能熬过生产的磨难。如果有什么地方可以称之为她的家，那么这里就是了：它精雕细琢的天花板，巨大、舒适的床铺，以及那些女人们学习符合她们身份的艺术时的喃喃细语。那些艺术包括舞蹈、乐器、刺绣，甚至如何走路、如何行动、以及如何充满魅力地微笑。

她也需要学习这些。但不久之前，她那几乎不属凡世的美丽舞姿和杰出的杂技天赋吸引了年轻的正德皇帝的注意，他立即就利用她来勘察他的敌人，或者耍把戏给他的朋友们看。

邵君小心地爬上那张她和另两个人共享的大床，尽力不吵醒张，但是没能成功。张睡意蒙眬地说："总有一天你会爬到我们床上来，然后把我们都吓死。"

君轻声笑着："不，我觉得这种事不会发生的。"

张打着呵欠给她让出位置，困倦地枕在朋友的肩膀上。在被灯笼光照亮的黑暗中，邵君微笑了。

邵君很早就被正德皇帝钦点出来担任工作（三岁的时候，皇帝让她翻跟头），这让其他嫔妃一直对她充满敌意。有的嫔妃半遮半掩，也有的不那么含蓄。她的出身比较卑微，在这正德置于三宫中、只能远远遥望天子的数百号人中，晋升得却相当迅速。

因此，当张，一名大殿侍卫的女儿，有着小小的、束紧的胸部和小脚，端庄的仪态，贝壳般白皙的皮肤和温柔的大眼睛，一个典型的中国完美女性，一年前被带到这宫中时，邵君以为她也会像别人一样。

但当张听说了邵君之后,她就找到了她。以她身为皇帝最宠爱的密探的经验,邵君对于朝臣和其他嫔妃的虚情假意特别警惕。最开始,她极为小心、滴水不漏。

张似乎能够理解,并没有强求。但慢慢地,有些奇怪的事发生了。皇帝的首肯能够如同字面意义一般定夺一个人的一辈子,是荣华富贵,还是死无葬身之所。在向皇帝争宠时,她们明明应该是彼此的对手。但张却似乎从来不这么觉得。一次,她的一句不假思索的评价狠狠刺痛了邵君。

那时,邵君刚刚在宫廷的缎带舞比试中击败了她。"没人能做出像你那样的动作,邵君,"她崇拜地说,"这就是为什么就像所有其他人一样,我对你只能远观景仰,望尘莫及。"

"但你那么美丽,张!"君指着她自己从未缠裹的胸和脚,抗议道。正德不许她缠足和裹胸。你太擅长躲藏和攀爬了。他这么说。邵君知道,没有缠足、裹胸,男人永远也不会觉得她迷人的。"我永远也没法像你一样,永远!"

张笑起来了。"你的舞姿就像兔子,而我的笑容就像蝴蝶。"她说道,这两种动物在中国被尤为喜爱。没有哪只特别宝贵,也没有哪只比另一只更好。它们只是有所不同。

她能明白。邵君这样想着。她不得不转过头去,以免任何人看到她眼中突然涌出的喜悦的泪水。

自那时起,她们就成为了姐妹。而现在,张躺在她身边时,一如往常地开口说道:"告诉我。"

邵君说着这些故事的时候,同时感到欢喜和痛苦,因为她知道、张也知道,稍年长一些的张绝不可能经历这些事情。蝴蝶像只蟋蟀似的被关在笼中，但兔子却是自由的。

曾经，邵君想要带张去看她的世界。那是几个月以前，不到三更——到三更时，鼓楼上的士兵就会敲响十三记铜鼓，唤醒仆人们为每日朝见做准备。当然，嫔妃们不用起床，但宦官、朝臣和他们的下属都必须做好准备，在四点与皇帝会面。这样的朝见在一天中还会再进行两次。

当然，正德憎恨这个安排。他提出改成在晚上进行一次朝见，事后附带一场盛宴。但似乎即便是皇帝也不能事事如愿，这个主意受到了激烈地反对。

邵君知道，想要偷偷溜出寝室四处探索，这是最佳的时机。因此她和张在这时候溜了出去。很多宦官们都在他们的岗位上睡着了，而邵君很轻易就能把其他人骗走、让他们分心。她们溜上来大街，张抬头看见了布满星星的夜空——这是她从来没有见过的。过去，即便嫔妃们被准许在夜晚外出参加庆典或其他活动，她们周围的灯笼也会将羞怯的星辰遮掩。

她们一路前行。这许多年来，邵君已经找到了很多隐秘的小道，但张太害怕，不敢从结满的蜘蛛网和尘土间爬过去。邵君劝着她、保证说自己会帮助她的，但张的脸变红了，单单说了一句："我的脚。"

邵君感到好像被人当头一棒。她已经忘记了嫔妃们和出身高贵的女人们被缠足的另一个理由：这样她们就不会跟着其他男人逃跑了。

她难受地看着她的朋友，注视着她自己的哀伤倒映在张柔和的双眼之中。

她们回去了，而邵君再也没有提议出来过。但张决心要逃离她贵重的牢笼,哪怕仅仅是从邵君的冒险中感受到一点点自由。就像现在,她总是让她的朋友讲述自己的故事。

邵君侧耳倾听,床上的其他女孩似乎都熟睡着。其中有一个甚至轻轻地打着鼾。她开始在张的耳边轻声低语:

"今晚,"她说,"我在豹房表演了。"

"有豹子的地方?"张问道。

正德皇帝下令将豹房兴建于紫禁城之外,用来存放异国动物,进行杂技和舞蹈表演。那里也是用来偷听的好地方,但邵君没把这点说出来。这会把张置于危险之中,而她绝不会这么做。

"今晚没有豹子,"邵君答道,"但有两头狮子和七头老虎。"

张咯咯笑起来,用手捂着嘴抑制笑声。

"这里也有七虎哦。"她说。

邵君没有笑。朝廷中,最重要、最有权势的宦官们被合称为八虎。就像张指出的,现在他们只有七人了。邵君曾被迫观看,他们的领袖刘瑾被极度痛苦地处死的过程。

就连张也不知道这一点。

"确实。"邵君只简单附和了一句,随后继续详细地描述着那些大猫强有力的肌肉,它们美丽的金色、橘色与黑色相间的毛皮,朝臣们有多怕它们,而让邵君直接在它们的笼子上进行表演又有多么刺激——她随时都可能直接跌入笼子里去。

"还有昨晚呢?"昨晚张睡着了。因此邵君热心地告诉她,昨晚,正德进行了他最喜欢的娱乐活动之一。

"我知道你听说过的。"她逗弄她。

张玩笑地打了她一下:"但我又没见过。"

"好吧。他昨晚又下令布置好集市,而这次,他假扮成一个从南京来的平民。他让马永成扮成卖蘑菇的农民，而魏斌则是卖丝绸的。"

让这些位高权重的大人们假扮成普通的农民和小贩，而他，他本人，装成个寒酸的顾客，能给正德带来极大的乐趣。但被迫扮演这些角色的朝廷官员们可不这么觉得——尤其是八虎的成员们。

"那高凤呢？"

"他卖蜗牛。"

张把脸埋在枕头里捂住自己的笑声。邵君也咧起嘴。她必须承认，这些傲慢的人咬着牙忍耐这些"演出"的场景绝对值得一看。

"那你呢？"

"我？我帮忙煮面条。"

"再告诉我一些。"张愉快地轻叹着。她的双眼又合上了。邵君照做了，讲了更多这好笑的场景，轻柔、絮絮地说着，直到张的呼吸变得缓慢而平稳。

但邵君没办法轻易入睡。正德告诉她，他想要了解北边正在发生的战斗，以击退蒙古军阀达延汗所领导的袭击。

"也许我会私下进行，"他这么说着，在说话的同时继续琢磨着这个点子，"我需要另起一个名字——就像我在扮集市商人时那样！你觉得'朱寿'这个名字怎么样？"

"如陛下所言，我敢肯定这是个好名字！"她急急地回答。

但他还没说完："我会需要我聪明的小猫咪邵君在营帐旁边漫步，替我去探听。"他对她说。

尽管想来，如果跟随皇帝上战场，邵君所处的境地将会比张更加危险，但她却忍不住认为事情会截然相反。张并不愚蠢，但她的本性中却有邵君自己从未有过的无辜和脆弱。正德有时会把邵君叫做猫，她似乎总能稳稳落地。

八虎正在密谋着什么，而嫔妃中则充满诡计和欺骗。她不想将张一人丢在这其中。但她没有选择——这次没有了。

如果天子要她在自己对蒙古人进行攻击时陪伴左右，她就不得不去。

邵君注视着她朋友平静的睡脸，一股激烈的保护欲在她心中升起。

我在此立誓，张，我最好的朋友，我唯一的朋友。如果你需要我，我便会来。不管为什么、不管在何处——我会为你而来，保护你的安全。无论有什么威胁、无论有什么圣旨，只要你需要我，没有任何事物能阻挡我为你而来。

永远。

不知怎的，睡梦中的张仿佛听见了邵君那在心中的低语。她微笑起来。

Assassin's Creed
Copyright © 2017 Ubisoft Entertainment.
Assassin's Creed, Ubisoft and Ubisoft logo are trademarks of
Ubisoft Entertainment in the U.S. and/or other countries.
First Published 2016
First published in Great Britain in the English language by Penguin Books Ltd.
All rights reserved.
© 2016 Twentieth Century Fox Film Corporation and Ubisoft Motion Pictures Assassin's Creed. All Rights Reserved.

封底凡无企鹅防伪标识者均属未经授权之非法版本。

图书在版编目（CIP）数据

刺客信条／（美）克里斯蒂·高登等著；吴培希译．—北京：新星出版社，2017.3
ISBN 978-7-5133-1159-5

Ⅰ．①刺…　Ⅱ．①克…　②吴…　Ⅲ．①长篇小说－英国－现代　Ⅳ．① I712.45

中国版本图书馆 CIP 数据核字（2017）第 031033 号

幻象文库

刺客信条

（美）克里斯蒂·高登等 著　吴培希 译

策划编辑：陈　曦　贾　骥
责任编辑：陶凌寅
特约编辑：王　骏
责任印制：李珊珊
装帧设计：九　一

出版发行：	新星出版社
出 版 人：	谢　刚
社　　址：	北京市西城区车公庄大街丙3号楼　　100044
网　　址：	www.newstarpress.com
电　　话：	010-88310888
传　　真：	010-65270449
法律顾问：	北京市大成律师事务所

读者服务：010-88310811　　service@newstarpress.com
邮购地址：北京市西城区车公庄大街丙 3 号楼　　100044

印　　刷：	北京玥实印刷有限公司
开　　本：	910mm×1230mm　　1/32
印　　张：	9.125
字　　数：	160千字
版　　次：	2017年3月第一版　2017年3月第二次印刷
书　　号：	ISBN 978-7-5133-1159-5
定　　价：	38.00元

版权专有，侵权必究；如有质量问题，请与印刷厂联系调换。